映画と災厄

生にフラッシュを

イルゼ・アイヒンガー

小林和貴子 訳

Film und Verhängnis

Blitzlichter auf ein Leben

Ilse Aichinger

東宣出版

映画と災厄——生にフラッシュを

Gedruckt mit Unterstützung durch das Bundeskanzleramt Österreich
本書の翻訳出版にあたり、オーストリア連邦首相府より助成を受けています。

目次

I　映画と災厄

II　消失の日誌

オーストリア
ニーダーエースタライヒ州
オーバーエースタライヒ州
ウィーン
ザルツカンマーグート地方
リンツ
ザルツブルク
フォアアールベルク州
シュタイアーマルク州
ラックス高原
チロル州
ザルツブルク州
ケルンテン州
チロル州
ブルゲンラント州

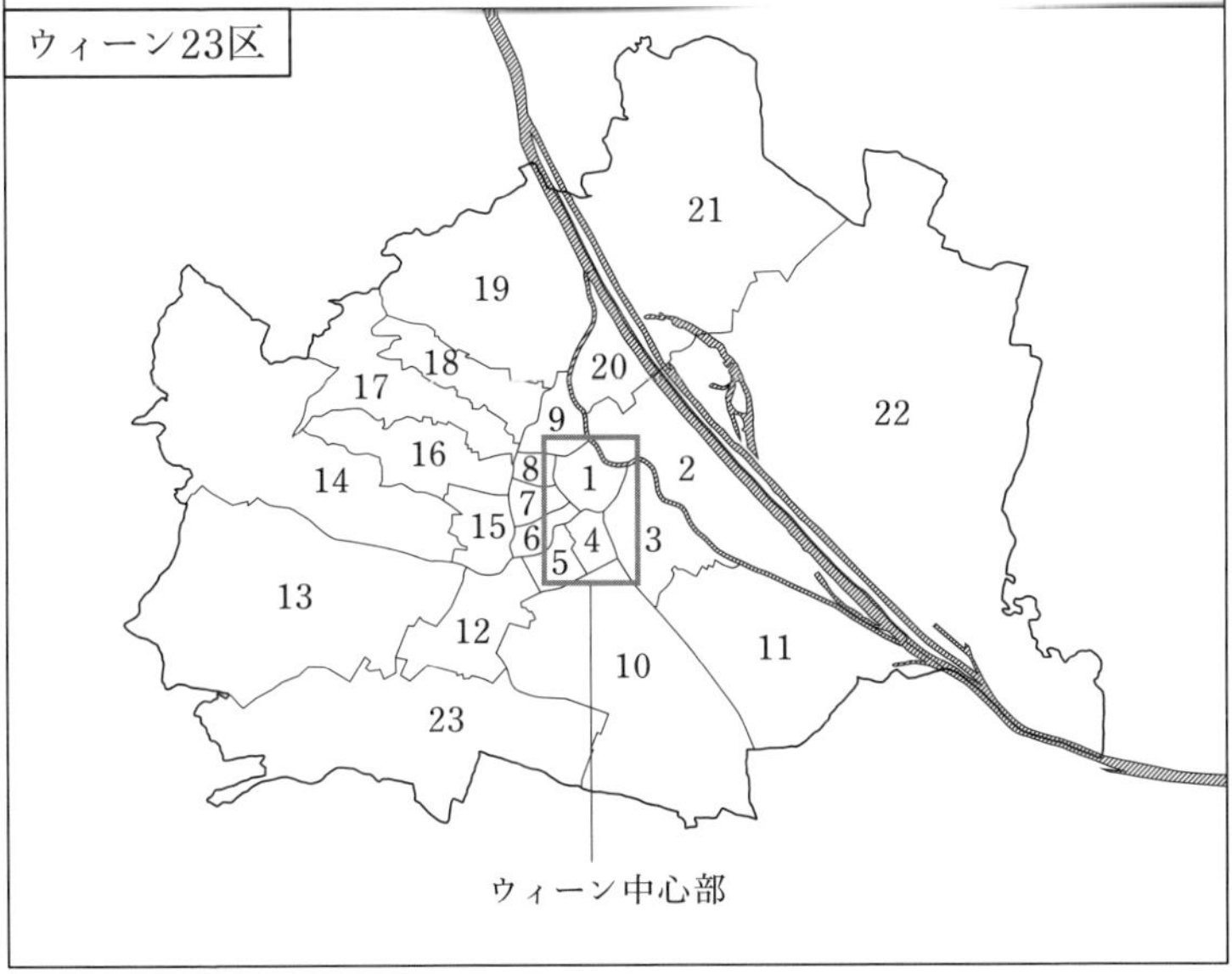

ウィーン23区
21
19
18
17
20
22
9
16
8
1
2
14
7
15
6
4
3
5
13
12
11
10
23
ウィーン中心部

Ⅰ「映画と災厄」で言及される主な場所

① ホールヴェク通り
② ジャックイン通り
③ プリンツ・オイゲン通り
④ レン通り
⑤ ギュルテル
⑥ ライスナー通り
⑦ ザレジアーナー通り
⑧ ヴォールレーベン通り
⑨ シュヴァルツェンベルク広場
⑩ エリーザベト通り
⑪ ニーベルンゲン通り
⑫ バーンベルガー通り
⑬ ゲトライデマルクト
⑭ グンペンドルファー通り
⑮ マリアヒルファー通り
⑯ マルク・アウレル通り
⑰ フランツ・ヨーゼフ河岸
⑱ スウェーデン橋
⑲ コールマルクト通り

A 祖母・叔母とともに住んだ家
B ファザン映画館（1908—75年）
C サーシャ・パラスト（1931—44年）
D サクレ・クール学校
E ジャックイン教会（三重の奇跡をおこなう神の母教会）
F ホーフマンスタール生家
G ウルスラ修道会学校
H 炭商人リンドナーの家
I ウィーン・ゲジュタポ本部（合邦期）
J 叔父フェリックスの元妻の家

本書執筆時にアイヒンガーの通っていた主な映画館

1 フィルム博物館（1964年—）
2 ベラーリア映画館（1919年—）
3 帝国シネマ（1911—2006年）
4 ブルク映画館（1912年—）

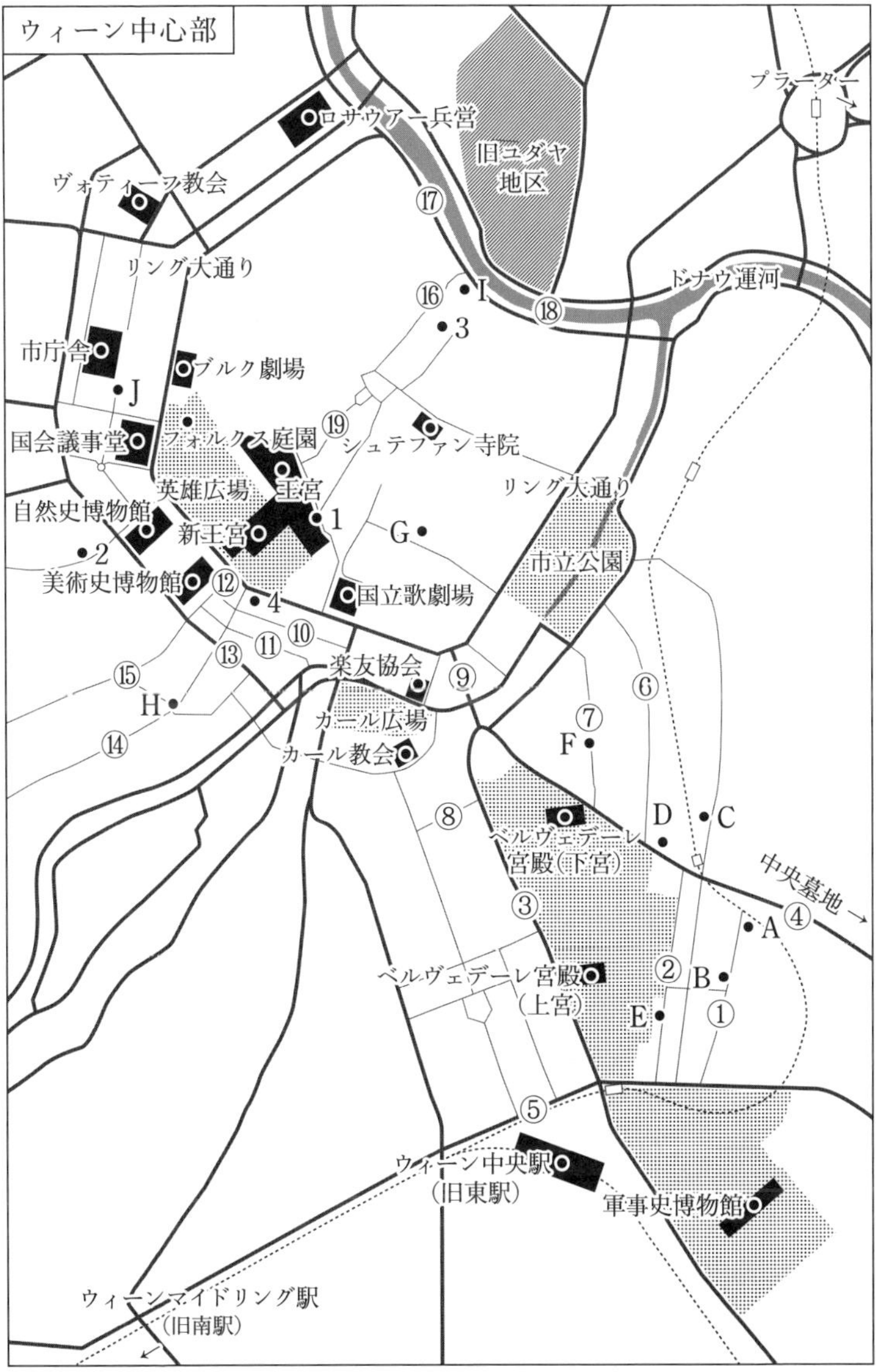
ウィーン中心部
ロサウアー兵営
旧ユダヤ地区
プラーター
ヴォティーフ教会
リング大通り
ドナウ運河
市庁舎
ブルク劇場
国会議事堂
フォルクス庭園
シュテファン寺院
英雄広場
王宮
リング大通り
自然史博物館
新王宮
市立公園
美術史博物館
国立歌劇場
楽友協会
カール広場
カール教会
ベルヴェデーレ宮殿(下宮)
中央墓地→
ベルヴェデーレ宮殿(上宮)
ウィーン中央駅(旧東駅)
軍事史博物館
ウィーンマイドリング駅(旧南駅)
A
B
C
D
E
F
G
H
I
J
1
2
3
4
①
②
③
④
⑤
⑥
⑦
⑧
⑨
⑩
⑪
⑫
⑬
⑭
⑮
⑯
⑰
⑱
⑲

I　映画と災厄

映画と災厄

I　市外へ——ピアノ奏者

旧ローマ帝国の街並みときたら、旧《ふる》い宮廷御用達薬局に輪をかけて頼りないこと間違いなし。整列した部隊《コホルス》のためならいざしらず、外へ抜け出る道がない、内輪のサークルのためでもないなら、しかと心を落ち着かせてくれることだって。それに、どのみち周辺の誘惑に負けてしまう者であれば、そんなにとっさに方向転換するのも無理。

母の妹だった。私たち皆と同様、ホールヴェェク通りの祖母の家に住んでいた、[1] ギュルテルの近く、市外の方。一九三八年三月までの二年間、ウィーンの音楽アカデミーでピアノを教えていた。それは市内の方。けれどもプライベートに教えていた最後の生徒たち（青いスーツのシュテファン・シック、あるいはペテルカ嬢）も去ってしまうと、すっかり急き立てられてしまった。映画館へと行きたがった、どこかの、ではない。ファザン映画館は、ギュルテル同様、風が吹き抜けた。そこに向かう間、映画館はまだ閉まっていた。

ともかくひとまずは、今日の、明日の、明後日の上映プログラムの検討。昨日のも。それから、そのまま軍事史博物館へ、でも種々雑多な武器に、殺された皇太子の血にまみれてボロボロに引き裂かれた軍服は、もうしばしば十分なほど子細に、あるいは散漫に眺めてあって。ウィーンの街を取り巻く、吹きさらしのみすぼらしい環状道路《アウセンリング》はそばだった、リングとは言わず、ギュルテル[2]と言った、ギュルテル線《リーニエ》、みじめなオーダー専門の仕立て屋から借りてきたよう、そこでは風邪を、あるいはそのことへの不安を身に招くことが大いにありえた。あるいはフィルハーモニーの第二バイオリンを想うことが、かすかな恋慕。コンサートのチケットは高すぎた。道はそれから東駅、南駅へと続いた。市電D線はやや急スピードでカーブをきり、プリンツ・オイゲン通りを駆け下っていった。そこを曲がっていくことは、ひょっとしたらフランス大使館へ、どちらかというと、たいして意味のない誘いだった。

ギュルテルはむしろ、喜びよりも、喜びを待つ喜びに相応しかった。そして合わせた洋服を試着することの方が、それを「発表する」よりも楽しかった。「ギュルテルとファザン通りを通って来るよ」ツェンタ通りに住む老いたハンガリー人の仕立て屋のおばさんは、そう言ったものだった、家に来て、ほぼ無償で繕ってくれた、スカートを短くして、コートの裾を縫い、前立てを直し、二重のより糸からなるボタンを、それが長持ちするように縫いつけてくれた。ボタン、喜びを待つ喜び、けれどもギュルテルはいまや、ますます風が強くなり、ますます物悲しげになっていった。おそらく踵を返す方がよかった。ためらいながら、でも、やっぱり。

午後になった、より良い時間帯。ファザン映画館はいまやきっと、扉をもう開けていて、風が中へと吹き抜けた。ファザン映画館では、いつも隙間風が幅をきかせていた、上映中も。けれどもそこではイワン・ペトロヴィッチ[3]が、少しきつすぎる軍服に身を包んでは、ロシアの、あるいは白ロシアの将校たちを演じていた。

その後はまだ、喫茶店エオスに行くことができた、レン通りとリンケ・バーン通りが角をなすところ、とても居心地の良いカフェハウス、大きすぎず、高すぎず、ここもまた一つの場所だった、軽い、本末転倒な不安を、軽い、本末転倒な夢を、抱き、広げ、囲い込むところ。一杯のショート・モカ、気が高まりすぎることはなく。それから、また家へ。

しばしば叔母は、かなり唐突に言うのだった——「ポーランドは、消滅するべきではないわ」。それを聞くと、カール・ヴィッセンホーフはいつも感激したものだった、叔母のことが好きで、できることならヒトラーよりも早く、叔母をオランダに連れ出していたかった白髪のオランダ人。「なぜ」と聞いた。叔母の答えが、私にはいまだに聞こえる、満足げなその響きも——「わからないわ」そう言うのだった。

ピアノを習いに、女の子がもう一人来た。すると練習、ひたすら練習、ショパンをたくさん、チャイコフスキーに、バッハも。映画館は、なくなった。音楽アカデミーでの職も、なくなった。そうこうするうちに、ポーランドはもう何度か復活した。叔母には、その必要がなかった、ホールヴェク通りの皆は、そこから蘇るという類の墓に、煩わされてはいなかった。

II　さらなる想起に向かって、飛ぶ

想い起す、正しければ、とても幼い頃、中年の女が別の女にこう言うのを聞いた——「いまやトーキーがあるんですって」。謎めいた一文だった。そしてそれは、私をとらえて離さなかった、大人たちによるごく珍しい謎めいた文の一つだった。

数年後——もう小学校に通っていた——母の妹が言った、私たちが日曜日に、叔母も一緒に住んでいた祖母のもとにいたときのこと、午後の遅い時間、ほとんど規則的に——「これから映画館に行こうかし

ら」。叔母はピアノ奏者で、短期間、ウィーンの音楽アカデミーで教鞭をとり、長時間にわたって熱心に練習をしていたものの、自分の映画館に行くために、すべてを中断させた。叔母の映画館とは、ファザン映画館だった、叔母の行くのは、いつもと言ってよいほどファザン映画館だった。叔母は寒さに震えながら帰宅し、説明したものだった、隙間風が吹いていたのよ、あそこでは身に死を招いてもおかしくないわ。けれども叔母は、叔母のファザン映画館に忠実で、また、そこで身に死を招くこともなかった。叔母がそれを身に招いたのは、そして死の方でも祖母ともども叔母を招いたのだけれど、二人が移送された先のミンスク絶滅収容所においてであった。ファザン映画館であったら、まだ良かっただろうに、叔母は、そこがとにかく好きだったのだから。

もっとも、選ぶことなんてできないもの、それは死についてだけでなく、こよなく愛する映画が突如、上映プログラムから消えてしまうときに、映画の選択肢についても私がときに遺憾に思うところ。そうありたいけれど、悲しいかな、私は映画通ではなく、むしろ同じ映画を観に六、七回まで足を運ぶ、その映画で雪が降っていたり、イングランドやニューイングランドの景域《ラントシャフテン》が立ち現れたりするときは、あるいは、ほとんど同じくらい魅かれる北フランスのそれが。

ルイ・マルの『さよなら子どもたち』[4]は、私がもっともよく観た映画の一つだった、親戚がたどった似たような運命のせいだけでなく、信じられないくらい濃厚な雰囲気のせいでもあった、生徒寮とその地方の、畑と学校を取り巻く空間の雰囲気。映像と、光と、言葉が、調和している、それらはそれぞれにとどまり、それでいて結びついている、まるで映画の人物たちのように。

「今日は、一九四四年一月一七日だ」映画の中で、少年が言う、「一九四四年一月一七日、そして今日という日は、二度とふたたびやって来ない」。そう言って少年が思いはかるのは死、と同時にほとんどそれと気づかないまま、慰めのなさと不安に揺さぶられる一日における希望。台詞と場面は明瞭で、いつまでも忘れられない。少し後の場面で、キリスト教の寄宿生を装っていたユダヤ人の友たちや、それらすべてを敢行した男が、ゲシュタポの捕吏たちによって教室から連れ去られる。永遠に。「さよなら、ジャン神父」少年たちは、教師の背に呼びかける。「さよなら、子どもたち」力ずくで連れ去られるまえに、うろたえることもなくジャン神父は言う。映画の終わりで、主な登場人物である、ルイ・マルのかつての同級生たちと教師の実際の運命が伝えられる。マウトハウゼン、アウシュヴィッツ、あるいは数多くの他の死の収容所のどれか[5]。

そのような映画は、夢に似ている、日中もついて回る、きわめて正確な夢。

第二次世界大戦が始まったあの日も、私は映画館にいた。ファザン映画館ではなく、同じくらい近かったけれども別の方角に位置する映画館。サーシャ・パラストといって、かつてのオーストリア＝ハンガリー帝国馬術学校の敷地内に置かれていた[6]、映画はおそらく『F・P・一号応答なし[7]』といった。サーシャ・パラストでは身を震わせることがなく、座席もより快適だった。そこはもう、ほぼヨーロッパと言ってよかった、なにせメッテルニヒ侯爵の箴言によれば、彼の邸宅の一〇〇メートル先はアジアなのだから[8]。

当時はまだ本編が始まるまえに週刊ニュース映画が流されていて、戦時中、それらはますます声高に、ますます高圧的になっていった。週刊ニュース映画の後に、それが伝える戦勝報道の後に来ることは危険だった、映画館に足を踏み入れることがどのみち許可されていない者以外にとっても。ちなみに義務化されていた「ユダヤ人お断り」の標識は、サーシャ・パラストの入り口には、さほど目立つ形で掲げられておらず、おかげでその後、そこは貧乏くじを引くことになった。天使たちの功績が報われることはめったにないもの、そのことを私はいつも身をもって知ってきたし、いまでもそう。

戦争が終わったものの、映画館は、映画は、週刊ニュースは、まだしばらくの間、なくなったままだった。それがもっとも大きな失望というわけではなかったけれど、失望ではあった。ルイ・マル時代の後には、『天使にラブ・ソング を』[9]時代があった。あるとき、ウーピー・ゴールドバーグは本物の修道女ではなく、ハリウッド映画のスターだと教えてくれた人がいた。離婚を繰り返したハリウッド映画スターとは、私にとっては理想的な修道女だといえるのだけれど。

以前は、イングマール・ベルイマン時代[10]もあった。ひじょうに年を取ってはいるものの卓越したある人を説得して、『鏡の中にある如く』を観たことがある。映画館を後にするやいなや、雨が降り出すと、彼女は言った――「あの映画には、映画館はもっと暖かくなくっちゃね」。天候ですら、映画史を左右するということ。

驚くかな、イギリスのある怪奇譚集のまえがきで、メアリー・ホッティンガー[11]は書いている――「なぜある種の文学ジャンルが特定の国々の土壌で繁茂するのか、そのことについて、考察を行うことはもちろん不毛である。大英帝国の島々の精神世界はきわめて豊富であり多様であって、日常生活と書かれたものにおける非合理なもののしぶとい存続は、人々をして他のどこよりもいっそう意識的に、疑うということを先延ばしさせる傾向がある。イギリスにおいて怪奇譚がそのモダンな形式で発達したのは、そこにそれを表現する言葉が存在したからか？　それとも、言葉がただ単にそうした要求に見合うものだったのか？　いずれにせよ英語の語彙は、きわめて自然にそうした話の語りに相応しいものである」。少なからずの映画は、私にもまさにそう映る。言葉、景域、映像、メタファー、これらが、たがいを見つける。

マックス・オフュルスの『恋愛三昧』[12]でもそう。それ自体はありふれた物語――恋に落ちた者たち、橇での遠乗り、欺かれたグスタフ・グリュントゲンス、廊下で用いる片眼鏡、お決まりの決闘、そしてマグダ・シュナイダーの絶望的な叫び声――「二発目の銃声は？」それらがここでは、多くの舞台版とは違って、光と言葉の軽快さをとぎれとぎれに映し出す。

いつの間にか、反復し続けるあるテーマについての理解が明らかに変わった――『フォー・ウェディング』では、結婚式に招かれたイギリス人の客の一人で、その後すぐさま倒れて死んでしまう者が、明らかに不必要な結婚式という形式的な儀礼の由来について、天才的というしかない答えを口にしている――「おそらく恋に落ちたときにはもう、すべてを言ってしまったからだね。結婚式を挙げるとき――あらゆる話題が、完全になくなってしまったときなのさ」

その客の葬式で、友人がオーデンの最良の詩の一つを引用する、オーデン自身は、ここから三つ角を先に行ったところのホテルで亡くなり、ウェストミンスター寺院に埋葬されている。その詩ゆえに、私は何度も『フォー・ウェディング』を観にいったものだ。[13]

もう星はいらない
どれも消してしまえ
月は取り
太陽は撤去してしまえ
海は流し捨て
森は掃き集めてしまえ
いまや何も

いいことなどないのだから

紳士淑女気取り《スノッブアピール》が他のどこよりもまだ耐えやすいブリテン諸島のあらゆる対極をなすのが、ウィーンのベラーリア映画館、日曜日はもう二時に門扉を開けて、最初の上映をスタートさせる。プログラムは毎日、変わるけれど、観客はそれほどでも。小さなロビーでは、明らかに第三者というのであれば、怪訝に、どこか上から目線で、一方でまた親しみを込めて、眺められる。そこではよく、他では決して観ることのできないとても古い映画が上映されている、カプリ島[14]、あるいは他の有名な場所が舞台となっていて、たいてい良い終わり。

テノールと観客のやじが聞こえる。フィルムが切れたり、ちらつきがひどいときは、短い休憩が生まれる——国立歌劇場ほど長くはないけれど、映画はその分、長くなる、日曜の比較的早い午後には悪くない。そうしたら近くにある喫茶店で、さてどうしよう、とゆっくり考えることができる。例えば、どの映画で午後を終わらせよう、とか。今日、エオス映画館[15]では『死の歌を私に奏でて[16]』を観ることができるけれど、私は、そこへは行かない、その歌は、その辺りでもう、私の親戚に奏でられたのだから。

Ⅲ　市外へ——技術者

幸せの可能性への想いは、今日にいたるまで映画館で育つ。その幸せの可能性すら拒まれたままだったのが、弟だった。サラエボ[17]に生まれた、弟と、ほんの少し年長の姉は。もう二人の姉は、まだレンベルク[18]にいた頃に生まれた、ずっと後の時代に鑑みれば、格別恵まれた出生地とは言えないところ。どちらも駐屯軍を抱えた町だった。弟は、一士官の息子として生を受けた。

　父の士官としての位は低かった、自らが信じない宗教をとりかえるのを拒んだため。そうする代わりに、サラエボの小さな庭に、梨の木を一本植えた。それで為すべきことはすべてなされた、木は植え、息子も世に送り出した。[19]しぜんと息子は、フェリックスと名付けられた、娘が数人生まれた後で、喜ばしく迎えられる息子たちが、しばしばそう名付けられるように。子どもたちは、真剣に受け止められた、とりわけ一番下の男の子は。どの子も仕事は自分で選ぶことができたけれど、後になって決心を変えることは許されなかった。仕事を選ぶには、子どもたちは皆、若すぎたものの、後々、その仕事にとどまり続けなくてはならなかった。それで、とどまり続けた。

　末っ子の弟は、姉たちよりもいくぶん物静かで、優柔不断なところがあった。後にウィーンの工科大学に学び、技師の学士号を取得した。間もなくして第一次世界大戦が勃発すると、父同様、士官になった。イゾンツォ川[20]での戦線で食料運搬係になり、他の多くの者たち同様、かなり前に出ることになったため、他の者たち同様、鉄十字勲章を授かった。祖国は感謝した。祖国というものは、望みを叶えてもらうと喜んで謝意を表するもの。それは統治形態を、しばしば名前をも変えるけれど、必要とするあいだは謝意を示し、匿名にとどまる。そうして、時機が来るまでは。

　ひとまずは調子が良く、大学卒業後すぐに、シュタイアーマルク[21]のヴィルドン出身の若くてかわいらしい女と結婚した。まもなく生まれた息子は、ヴォルフガング・フェリックスと名付けられ、ふたたび幸運が誓われた。一家はシュタイアーマルクに移り、やがてまたウィーンに戻った。ウィーンで娘が生まれたものの、今度は弟のではなかった。

　ウィーン市庁舎横のその大きな住居に、闇商人たちが現れた、いまいち『第三の男』のような人たちではなく、彼らの演技は、より下手なのであった。次第に倉庫の体《てい》をなしていったそこでは、隙間風が吹いた、荷物が引き上げられ、降ろされた。

ほどなくして、一九四一年に移送が始まった。かわいらしくて面白いシュタイアーマルク出身の妻は離婚を切り出し、弟を救う気などおよそなかった。婚姻中にできた息子がいたのだから――当時のナチスの法律に従って――簡単に救うことができたのに。けれども多くの人々は、すぐに見返りがないとなると、おいそれとは行動を起こさないもの、あるいは「帳尻が合わなければ」――ウィーン人たちの言うところ。

弟の父は、一九三一年、心臓病であっという間に亡くなった。弟の母と三人姉妹の末妹と弟自身は、死に方という点でも運がなかった。まず、大きな住居の一部屋に住まわされ、同時に、ユダヤの星の着用を義務づけられた、それからスウェーデン橋を通っての移送、幌のかぶっていないトラック、風の強かった五月のあの日。弟と、ほんの少し年長の姉と、母にとってその日は、死の収容所への移動で終わった。残るは、それがミンスクだったという希望、あるいは道中で射殺されたという、より大きな希望。「さよなら」整列係の一人が言った、「より良い監護のもとで、だな」

何か月か経った後、私がしばしば訪ねたある映画館の受付係は、チケットを千切る際に一瞬、見上げて言った。「もう上映《フォアシュテルング》は始まりましたけど、中に入っていいですよ」それから少し小声になって、つけ加えた――「親戚がどうなったか、ご存じなんでしょう?」私は応じた――「想像《フォアシュテレン》はできます」。「想像なんて、誰にもできませんよ」女は言った、「知らされるのは、いつだって新しいことです」。その映像《フォアシュテルング》に、私はギリギリ間に合った。けれども、肝心の像《フィルム》[22]が切れていた。

1 ウィーン三区ホールヴェク通りは、ローマ時代の軍用道路に通じている。
2 ギュルテルはベルトの意味。
3 イワン・ペトロヴィッチ（一八九四―一九六二年）、二重帝国はセルビア出身の俳優。無声映画時代から人気を博した。
4 一九八七年フランス映画。脚本・製作・監督を手掛けたルイ・マル（一九三二―九五年）の自伝的作品。
5 マウトハウゼンはオーストリア、アウシュヴィッツはポーランドに位置する。なお一六頁で言及されているミンスク絶滅収容所はベラルーシにあった。
6 室内馬場があったところに一九二一年、エオス映画劇場が建てられ、それが改築されてサーシャ・パラストになった。三一年に開業し、四四年に焼失している。
7 一九三二年ドイツ映画。
8 ナポレオン戦争後のヨーロッパを秩序づけたウィーン体制の中心的存在であったオーストリアの宰相メッテルニヒ（一七七三―一八五九年）のものとされる箴言に、「バルカン半島はレン通りに始まる」がある（ラント通りのバージョンもあるが、両者ともに初出は不明）。ウィーン三区に位置するレン通りは、旧市街地方面から東へと長く伸びていく通りで、二七番地にメッテルニヒの宮殿があった（現在はイタリア大使館）。サーシャ・パラストは宮殿そばのウンガー通り六〇番地にあり、メッテルニヒに言わせれば「バルカン半島」、つまりアジアに位置していた。
9 一九九二年アメリカ映画。続編は九三年。修道院を舞台にしたコメディで、ウーピー・ゴールドバーグ（一九五五年―）が主役を演じた。
10 イングマール・ベルイマン（一九一八―二〇〇七年）、スウェーデンの映画監督。『鏡の中にある如く』は一九六一年の作品。
11 メアリー・ホッティンガー（一八九三―一九七八年）は、探偵・亡霊物語をドイツ語に訳したことで知られるスコットランド人。
12 一五七―一五八頁の注を参照のこと。なお「二発目の銃声は？」と叫ぶのはマグダ・シュナイダーではなく、正しくはルイーゼ・ウルリッヒ。

13 一九九四年のイギリス映画『フォー・ウェディング』には、W・H・オーデン（一九〇七―七三年）の詩「葬儀のブルース」が読み上げられるシーンがある。本文では以下に、同詩の最終節（第四節）が引用される。イギリス生まれでアメリカに移住したオーデンが亡くなったのは、ウィーンは国立歌劇場そばのアルテンブルガー・ホテルにおいてであった。オーストリアのキルヒシュテッテンに埋葬され、ロンドン・ウェストミンスター寺院には墓石だけがある。

14 地中海に浮かぶイタリアの島。

15 ウィーン三区に位置する。一九四四年に焼失したサーシャ・パラストからやや離れたところに四五年、開業。二〇〇四年にその歴史に幕を閉じた。

16 邦題は『ウエスタン』、一九六八年伊米合作映画。

17 現ボスニア・ヘルツェゴヴィナの首都。

18 現在の名称はリヴィウ。ウクライナ西部に位置する。

19 男たるもの家を建て、木を植え、息子を創るべし、という格言がある。

20 現スロベニア西部からイタリア北東部にかけて流れる川。

21 オーストリア中南部に位置する、郷土意識が強いと言われる地域。人は偏屈で保守的とのイメージがある。

22 ここには映像と親戚を想う像という二重の意味が込められている。

私たちの足元の地面

国家に対する不信感、どの国家に対するそれ、管理委員会、公職に対する不信感、省庁に各部署、役所、戦時には確実に幕僚監部もが置かれる、かなり近寄りがたい高貴な一群の建築物に対する不信感、そうした不信感は、私が幼い頃に始まっていました。誰もがそうすると言っていいように、子どもの頃、私は多くを問いました。国家については、問いませんでした。それは私の感覚では、あまりにも多くの顔を持ち、一つの顔が他の顔を覆い隠していて、国家のある部署が用心深く、他の部署に対峙していました。そういうところを、切り抜けた者はいませんでした。

「あなたたちが離れるっていうなら、おまわりさんのところに連れて行きますからね」私たちの単調な散歩の間、子守女は毎日のようにそう言いました。よく引き合いに出されたこのおまわりこそ、私にとって最初の、人間の姿をした国家形態でした。当時、私はソロー[1]についてまだ何も知らず、そのエッセー『市民的不服従』も、もちろん知りませんでした。それを手にしたのはずっと後になってからで、その頃には、もう十分なほど経験をつんでいました。

「この子たち、ユダヤ人だよ」祖母の住む家の斜め向かいにあった小売店の女主は、私たちが牛乳や砂糖を求めてやってくると、そう言い、カウンター越しに指差しました。それまで押し合いへし合いしていたせっかちな人々、媚びるように女主を「テレース」と呼んでいた人々は、ゆっくりと戻ってきて、妹と私をじろじろと見つめました。私たちはすぐさま店を後にして、息もつかずに祖母のもとに戻り、そのことについて一言も漏らしませんでした。

そうする代わりに私たちは、居間にあったテーブルの周りを駆け始めました。靴下になって、それほど長い間でもなく、というのも、もうすぐに私たちの下に住む、俗にいう一派（この表現を選んだのは、今日、我ながら悪くないように思えます）が、箒で天井を叩いたからです。

私たちの足元の地面は、要するに、その上で動くためにあるのではありませんでした。しっかりした地面ではあったけれども、保証のない地面。しっかりしていて、それでいて保証がない、その下では、祭りが終わると魔女たちがまたがって飛び去ると伝えられる箒の柄が、待ち構えていました。事実、この地面から、私にとっては国家の性質に関する、ある明らかな推論が生まれたのでした。

一度、誰かがこう叫んだことがありました――「司法宮殿が燃えている」[2]。私の心に触れるものはありませんでした。「司法宮殿」は、燃えているよりも燃えていないほうがむしろ脅威的な響きを持っていました。ここまでは最初の経験です。後になるとその経験はより激しいものとなり、その代償は急速に膨らんで、当地で熱狂的に歓迎されたヒトラーの奇襲後ではなく、とりわけその最期の後になって、急速に高まっていきました。

確かに、いまや別の国がありました、そこでは家から引きずりだされ、殺されることはあり得ませんでしたが、もうまたふたたび戸に鍵をかけた役所的なトーンで、それはウィーンにあって他のどこよりも頻繁に、急速にシニシズムに接近していくのです。

当局の表現はともかく戦前も戦後も同じで、私にとっては今日にいたるまで、本質的に変わるところがありません。「その辺に寝たらどうですか」母が家と診療所を失った後、私が住宅局に出向くと、そういうことでした。今日においても、リスクを冒して当局に、とりわけ下位の部署に問い合わせると、壁にぶち当たっているような印象を受けます。

ソローと私を分かつもの——彼自身が書いているように、彼は決して見たことがないけれども、よい国家を想像することができます。私にはできません。秩序づけられねばならないところには、恣意がつねに十分なほど近くにあります。国家というものは国家の理論を要求し、理論は容易に標語へと姿を変え、標語は格言に、格言は恣意に変わります。私には、いわゆる「後から生まれた者に対する恩寵」[3]——馬鹿げた表現で、「ホロコースト」同様、定義する代わりに覆い隠して事実を曲げるものです[4]——はなかったので、この移行は荒々しいほど明瞭でした。

祖母の父は、北部鉄道[5]に雇われていました。曾祖父の最初の比較的大きなポストは、どちらかというと小さい、名の知られていなかった場所の駅長でした。アウシュヴィッツです。後に曾祖父は、ボスニアの鉄道を拡張する仕事を得ました。ウィーン当局は満足でした。曾祖父は、信じてはいなかったユダヤ教を、キャリアを理由に捨てたがらなかったので、さらなる仕事はもらえませんでした。きっと、あまり多くを成し遂げなかったという思いで死んだことでしょう、穏やかに死んだことを願っています。

祖母には、この幸運がありませんでした、母の妹、弟と一緒にミンスクに移送され、虐げられ、一九四二年五月に殺害されました。

祖父には、まだ運がありました。祖父も同じく、好きでもなく信じてもいなかったユダヤ教を捨てようとしなかったので、つつましやかな士官の位にまで上っただけでしたが、自らの寝室で穏やかに息を引き取りました、母が診て、しまいに母は、祖父の頭に自らの手を載せました。祖父は、中央墓地の一部であるユダヤ人墓地（第四門）に埋葬され、妹同様、私は修道院の制服の袖に、喪章を掲げました。どことなく誇らしかったです。

あなた方からの賞のことを知ったら、祖母は幸せでしょうし、祖父は誇らしいでしょう。母もです、母は長く生き、もう少しで容易に知ることができたでしょうに。けれどもいまとなっては、誇りと喜びといっても、もう誰もいません。さらに私は、必ずしもこの賞に含意されたものではないにしても、国家に従順な詩人ではありません。すでに述べたように、私は「国家」という言葉を怖れており、怖れているのは言葉だけではありません。

私という人格にとってみれば、「詩人《ディヒター》」という呼び名に馬鹿々々しさを覚えます。弱めて——「国家」とあると、私には同時に、硬直した、決まった形のないものに聞こえます。「詩《ディヒトゥング》」では曖昧すぎます、あまりにも、すぐに壊されてしまいかねない雲のようです。肝心なのは、つねに正確さでなくてはなりません、まさに文学の領域において容易になくなってしまう、正確さなのです。


（偉大なるオーストリア国家賞授賞式での演説、一九九六年三月二〇日、ウィーン）

1　ヘンリー・デヴィッド・ソロー（一八一七—六二年）、アメリカの思想家・詩人。『市民的不服従』（一八四九年）や『ウォールデン　森の生活』（一八五四年）など。

2　一九二七年七月一五日、ウィーンで司法省が社会民主党の労働者数千人により放火されたことを指す。背景には、第一次世界大戦後の第一共和国における複雑な政治的事情があった。首都は社会民主党主導の「赤いウィーン」によって支配された一方で、ウィーン以外の地域では旧来のキリスト教社会党やその他の保守派による支配が続き、共和国内で両陣営の対立が絶えなかった。対立は「共和国防衛同盟」（社会民主党）と「郷土防衛連合」（キリスト教社会党）という実力部隊の対立を生み、二七年にはオーストリア東部のブルゲンラントで両者の発砲事件に発展、死者も出た。その後、防衛連合の組員三人が捕らえられたものの、同年七月一四日に無罪判決を受けていた。

3 「後から生まれた者に対する恩寵（Gnade der späten Geburt）」とは、西ドイツ・ドイツ首相にもなるヘルムート・コール（在任一九八八―九八年）によって、八三―八四年に広められた概念。一九三〇年以降生まれの者は、生まれたときにはすでにドイツがナチ色に染められていたのであって、それに賛成も反対もできなかった、という趣旨のもの。まさに三〇年生まれの政治家コールが、当時の対イスラエル外交において「新しいドイツ」の「戦後世代」に属すことを強調するために用いたものだったが、のちに戦後世代のナチズムに関する責任をなきものにしている、との批判を呼んだ。

4 イタリアの哲学者ジョルジョ・アガンベン（一九四二年―）は『アウシュヴィッツの残りもの――アルシーブと証言』（一九九八年、邦訳二〇〇一年、上村忠男・広石正和訳、月曜社）において、本来「丸焼きの犠牲」を意味する「ホロコースト」という語が、キリスト教的ヨーロッパの歴史のなかで「神聖で至高の動機にたいする全面的な献身という意味合いをもった崇高な犠牲」の意味を得るようになったことを示し、それを「ガス室での死と（中略）結びつけることは、愚弄としかおもえない。（中略）この語をあいかわらず使う者は無知か無神経さ（あるいはその両方）を露呈している」とまで書いている（一―一〇、同訳書、三七頁）。なおアガンベンは、ユダヤ教徒の使う「ショアー」（ヘブライ語で大災厄の意味）も、これが神の罰の観念を含む婉曲的な語であることから、ガス室での死と結び付けることを退け、便宜的に「アウシュヴィッツ」や「収容所」という語を使っている。アイヒンガーも、「ショアー」という語を使うことがない。

5 現オーストリア連邦鉄道の主要路線の一つ。一八三七年、最初の区間（ウィーン市内北部のフロリツドルフ駅からニーダーエースタライヒ州のドイチュ・ヴァグラム駅）が開通した。

アルト・アウス湖　一九三〇年

幼少期の夏を、妹と私はよくアルト・アウス湖[1]で過ごした、私たちには贅沢すぎる場所。けれどもその贅沢をさせるために、母が施設での診療を請け負った。私たちの無償滞在というのが給料の大部分をなしていて、そこの仲間たちとは事情が大きく異なっていた、裕福な親の子どもばかりで、彼ら自身、そのことを良くわかっていた。

快活さこそが条件だったものの、それはあっという間に影を潜めた。誰も望んでいなかったのに、私たちは輪になってする遊びや、シュタイアーマルクの歌を教わった。私には別の、もう少しつまらなくない、もう少し男の子っぽい遊びの方が良かった、それにシュタイアーマルクの歌ではないもの、できることなら、そもそも歌ではないもの、私は歌うのが好きでなかった、それに、とりわけ一緒に歌うのが好きでなかった。そういうわけで私たちは夏の間も、冬の間よりもっと明白に、アウトサイダーにとどまった。私たちは他の子たちと一緒に、「シスター・シュテラ」とか「シスター・ゲルティ」とか呼ばれていた、若くて親切なところもある女たちに連れられて、その小さくて深い湖の周りを歩いた、ヤーコプ・ヴァッサーマン[2]の別荘を通り過ぎたとき、彼が庭でバラを剪定していたのを見たように思う。退屈しのぎに私もバラの剪定をしようかと考えたときもあって、ヴァッサーマンはいつもバラを切っているの、と尋ねた。「そんなことないさ」ようやっと尋ねた人物は言った、「まだ他のこともしているよ」。どうして彼が笑ったのか、そのときの私にはわからなかった。けれども即座に抱いた印象は、それだけでは物足りない、というものだった。そこでの遊び仲間たちも、物足りなかった。

ときおり野外で、私の感覚を動かすことはなかった土地を見渡せる場所で行われた食の儀の後、私たちは眠ることになっていた、子どものうちはそうしたことにも感覚がない。「食べることと寝ることは、若者の特権ですよ」と最近、追加で何かを注文しようとしていた中年の二人に、ウェイトレスが言うのを耳にした。大きくなってその特権がなくなってしまうと、睡眠というものは残念ながら、たいがい終わってしまうもの。眠らない者はしかしながら、空腹になりやすく、そのようにして自然においては、一方がもう一方を、行き過ぎるほど補うようにできている。

アウス湖地域の自然は、私にはなじめないものだった、当時、海賊ものや亡霊ものの物語を読み始めていて、荒々しい、雲で覆われている北海やバルト海地域への憧れが増した。フリースラント、ハリゲン諸島、マルク＝ブランデンブルク、そうしたところに行きたかった。それに、はやく秋になってほしかった。

力強い名前が三つ、脳裏に焼き付いている――フリッツィ・ティーマン、暴れん坊で、いつも一足先。彼は受け入れられていた。ことさらはっきり受け入れられていたのは、二人の少女――ヒルデとイルゼ・カウツキー。一方は、ブロンドできゃしゃ、短い旅行中にザルツカンマーグートの鉄道で転び、窓ガラスで腕を切って、母がすぐさま包帯を巻いた。さらなる事故にはいたらなかったけれど、より正確な決心には――もう二度と、ウィーンの子どもたちのコロニーには戻らないぞ、という。カウツキーの娘たちも、ヤーコプ・ヴァッサーマンも、午後の睡眠も、もうたくさん。

けれども秋になっても、街で、学校で、妹と私は、周辺にとどまった。輪に加わりたかったけれど、どうしてもというわけでは。当時、アルト・アウス湖で、帰属しないことの根本概念の数々を体得した。そしてこの教えは、良かった——その後に生じた、ほとんどすべてに対して。

1　オーストリアはザルツカンマーグート地方東南部、シュタイアーマルク州に位置する。

2　ヤーコプ・ヴァッサーマン（一八七三—一九三四年）、ユダヤ系ドイツ人の作家。

クリスマス　一九二七年、一九三七年、一九四一年

クリスマスがいくぶん視界に入ることはほとんどなかったし、すっかり過ぎ去ることも滅多になかった、そうこうするうちにそれは、打ち捨てられた、癖になるような機会の数々に仲間入り。二者択一的《アルタナティーフ》にとっくに脇に置かれてしまおうと、軽くパロディーにされてしまおうと――クリスマスは、ちっとも埃をかぶることのないまま、癖になるような機会になって、とっくに無効。いっそのこと、ほとんど変わることのないそのメタファーとともに、ある春の日の遅い時分に、ウィーンからさほど遠くないクロイツ山で思料する方がマシ、その間、花粉が飛んで、それが正反対のアレルギーへと、まったく別の癖へと手助けしてくれる。クリスマスはここでは目下、あまりにも打ち捨てられすぎていて、いつかまた話題に上ることからあまりにもかけ離れすぎていて、その伝記が魅力的になるほど、その小道具も。二者択一的な疑念ですら、求められておらず。それほどまでに打ち捨てられたというのであれば、対案に対する対案をめぐる考えが芽生えそうなものだけれど、一つ一つの対案には、それぞれの建築家たちによる立案が、統計の検討が必要、頭上がすぐに張り出してしまう、なんてことのないように。けれども、もう演じられることのない笑劇に対して、どんな対案があるというのだろう？　誰もうそのことを問わない、ということこそ興味をそそる。疑念を、慈悲深い疑念ですら、ほとんど必要とすることのできなかった過ぎ去った瞬間の数々を、ふたたび定義したくなる。

急いで言われたところの祭りの習慣《ユールブロイヒェ》は、一九二七年、一九三七年、一九四一年はまずまずのもので、その後はひたすら上り坂、勢いを止めることなどできなかった。

一方で、マックス・オフュルスは書く、前世紀の初め、彼の父はキリスト教的なものをいくばくか受け入れはしたものの、ザールブリュッケン[1]とその近郊において、オフュルスにはクリスマスツリーが存在しなかった、と。私たちのところでは――ラインガウ[2]のかなり外側――、クリスマスツリーこそ、無くてはならぬものだった。ただ同然で融通してくれたリンツ[3]のツリー商人と馴染みのあった父にとってだけでなく、ウィーン三区にいた、各種のキリスト教宗派が周辺にとどまっていた祖父母にとっても。

私たちの父は、それらを買った、なかには、ツリー全体を固定するための明るい十字のスタンド、天使の髪、蠟燭、ガラスの尖端、その後、喫茶店に行って、葉巻を二本吸い、これも支払わない果実酒を一杯飲んで、ツリーを家に持って帰った、飾りつけはじめ、何度も離れては、ツリーを見つめた。父が教鞭をとっていた向かいの学校の窓は、心地よく暗かった。心を乱すものは何もなかった、私たちはというと、それからほどなくして急性統合失調症でリンツの精神病院に入れられた子守女と、急いでドナウ橋へやられていて、リンツ・ラント通りの飾り付けられたショーウィンドウ沿いを、行って、帰った。そうこうするうちに、準備はほとんど整っていた。部屋を片付け、父に「ご主人様」と言ったミッツィ・ハマーディンガーは家に帰っていて、白と金で包まれたプレゼントは大きすぎるくらいの枝の下に置かれていて、リンツの教会という教会は、鐘を鳴らしてクリスマスの訪れを告げた。買い物をしたかいがあった、ツリーはというと、支払いを済ませないまま、客間にたたずんでいた。ハッチ・ブラッチとその気球の空色の本[4]は裸のままツリーの下にあって、「きよしこの夜」を歌う者は誰もいなかった。それが、その後も続いた。とりわけクリスマスツリーはどんどん低くなり、どんどん安くなっていったけれど。そうしたツリーは、すべてを象徴していた、とりわけ、ほとんどすべてを。

一九三七年のクリスマス前夜、クリスマスツリーを得るべく、私はまたしても奮闘した、今度はウィーンで、ウィーン人たちのクリスマスツリー癖は当時すでに、とどまるところを知らなかった。ホールヴェク通りから、悲しいかな、響きだけにとどまったヴォールレーベン通り[5]へ、それからカール広場へと駆けた、フィッシャー・フォン・エルラッハによる教会[6]のまえ、べた雪の中にまだ何本か、最後の哀れなツリーたちが横たわっていた——その最後の一本を手に入れた、ただ同然、それを持って、家へ。二階で一瞬、立ち止まり、私のツリーを検分——助けが必要なほど弱っていた、でも、私のものだった。「変則的ね」とは私たちの母のコメント。「いける、いける」[7]母の姉の言葉。「なんてことに」祖母が言った。

私はそれを、本当にもらったのだ、ハルツ地方の臭いがした、私たちは客間に運び入れた、それにはそこが相応しく、ツリー自身もそう感じているようだった。私は、隠しておいた、詰め綿を入れた箱を取り出し、ツリーの下に置いた、毎年、私たちが祖母にプレゼントしていたもので、今回は金の包装紙に包んであった。「ちょうどよかった」祖母は言った。それから母がベーゼンドルファー・ピアノで「今年もまたふたたび」、「いざ歌え、いざ祝え」、「きよしこの夜」を弾いた。それからヘルマン・レオポルディ[8]の歌を何曲かと、自作曲をいくつか。

「明日には何かが変わっているかも」は、祖母の好きな歌だった。母がそれをある男の名前で流行歌雑誌に投稿したところ、名誉なことに紹介された。それまで自らを信じてこなかった私たちの一人一人が、つかの間ではあったけれど、癒された。

ホールヴェク通りでの、家がアーリア化されるまえの、最後のクリスマスツリーだった。それはまだ静かに、関係なさそうに寒い出窓にたたずみ、その存在《プレゼンス》への嗜癖以外の何をも抱かせなかった、私たちは、それが保証されているとはみなさなかったけれど。その後も毎年、ツリーはあったものの、出窓がもうなかった。

そして一九四一年が終わる頃、何人かに——そんなに少なかったわけではなかった——最後のクリスマスツリーのチャンスが訪れた。ツリーなら十分にあった。ポーランドの教会まえ、ボヘミアの教会まえ、[9]カール広場に、けれどどこも、びっくりするほどあっという間にきれいさっぱり片付けられてしまった。ツリー商人の大部分は三区から消えてしまっていて、だからホールヴェク通りからヴォールレーベン通りの近くへと、場所を移さねばならなかった。その響きゆえに、長休みの最後にはタクシー運転手も回り道する誘惑にかられたものだったけれど、今回はクリスマスツリーゆえだった。

カール教会のまえにはまだ、モミの枯れ枝とツリーの尖端、ひん曲がったモミの木が一本、溶けた雪の中にあった。フィッシャー・フォン・エルラッハ作の柱のまえではまだ、それらはなかなか準備万端なように見え、私は素早くつかんで、枝一本も残さなかった。もう一度、届きえないものが届きえるものになっていた。

迫害された者たちの少なからずが、ユダヤの星を、それからそれをコートに縫うためのより糸を、大切にとっておいたように、私はモミの小枝を大切にとっておこうとした、ツリーはもう、どこにもなかった。それがあまりにも二者択一的でなかったからといって、それが私の気に障ることはなかっただろう——だけれどもツリーのせいで、すっかり思い違いをすることになった。

1　ドイツ西南部、フランス近郊。オフュルスの出身地。

2　ドイツ西南部、ライン川沿いの一地域。
3　オーストリア北部はオーバーエースタライヒ州に位置する。アイヒンガーが幼少期を過ごした場所。
4　オーストリアの作家フランツ・カール・ギンツカイ（一八七一―一九六三年）による一九〇四年の児童書、二〇世紀前半に人気を博した。
5　優雅な暮らしという意味。四区に位置する。
6　オーストリア・バロックを代表するカール教会のこと。
7　ドイツ中央に位置する山地。魔女伝説で有名。
8　ヘルマン・レオポルディ（一八八八―一九五九年）、オーストリアの流行歌作曲家。
9　ポーランドの教会もボヘミアの教会も、レン通り（三区）に位置する。

ゲルマニストの娘　一九三四年

妹は幼いうちに、自らの人間形成を学校教科でもって邪魔させまい、と決めた。地理だろうと、物理だろうと、代数だろうと——口述試験の問いには沈黙を貫き、まえだけを見つめた。ヨシフ・ブロツキー[1]の描くシベリアの囚人さながら、そうすることで妹は、システムに反撃した、放校処分、美しい、大きすぎるバロック建築からの追放——そして、私たちは別れた。

妹は、ザレジアーナ通り同様、またしてもホーフマンスタール地域の一つ、ローダウンに行きついて、より穏便で、より女の子っぽいセーラー服になった。[2]その全寮制学校の小さな庭には、かつてリルケがソネットの一部を書き、酸っぱいミルクを飲んだ東屋《あずまや》があった。修道院はサンタ・クリスティアーナといい、シスターたちの服装のおかしさにも変化があった。修道服を決めるのは、もはやパリのマザー・バラ[3]や聖アンジェラ[4]ではなく、一九世紀のパリでも、初期あるいは後期の殉教者たちのローマでもなく、どこか農民風のヴェールにワンピース、優雅さはほとんどなく、来たるドーヴィルの魅力にも、とうてい見合わない。けれどもフックス小城がアクセントをなしていた、ホーフマンスタールとリルケ、私たちが彼らのことを聞いたのは、後になってからのことだけど、物理と代数は時間割から消されており、ウィーン南の郊外を覆う、より親切な空がその上を覆っていた。日曜日、私たちは祖母のもとで会った。

私はというと、ホールヴェク通りへと向かう交差点にある、明るいサクレ・クールはもはや高すぎたので、ヴェーリングにある、より薄暗いウルスラ修道会学校へと移り、ヨハネス通りで授業を受けたあと、ゲンツ通りの生徒寮へと向かった。[5] ふたたび大きな庭、魅力なし、意外性も、またしても修道服、これも暗い青、今回は体に合わず、再度のピアノレッスン、でも『さよなら子どもたち』のようなそれではなく。間違ってもトーマス・ベルンハルトの安楽椅子に見合うような雰囲気ではなかった。[6] 粥（サクレ・クールで試合のあった日）や、白い朝食のパンに挟まれたチョコレートスライスなんて、とうていおよびもしない。それらに取って代わったのは、行き帰りの道ようのラードを塗ったパンと、シュタルブルク通りの窓から日々、まえを通り過ぎていく私たち一行に手を振ってきたドルフースの子どもたち（かつてのホーフマンスタールの家には、その後、首相ドルフースが住んでいた）[7]、早すぎる時間に出されたみじめな夕食、その間、どのみち静かな者たちに言われたのは、「お静かに《サイレンス》」ではなく「静粛に《シレンティウム》」。

　より恵まれていて、実家から毎週、仕送りのあった子どもたちには、晩の薄い紅茶の他に、リンゴやブラジルナッツ、チョコレートワッフルがあって、ナッツ一粒たりともあげないよう、言われていた。

　そうした子どもたちの中に、あの別の二人がいた、宮廷御用達厩舎に宮廷御用達菓子屋、その他あらゆるところを通り過ぎて、修道会学校に来ていた。消えずに残っているのは、名前だけではない[8]——自らをエレナと名乗り、ムッソリーニを心酔していたヘレネ・ヌッチと、かのヨーゼフ・ナードラーの娘で、あからさまにドイツ諸部族の出であると言ってよかったエファ・ナードラーのこと。後者は穏やかで可愛らしく、「生まれながらの妻《ボーン・トゥ・ビー・マリード》」、けれども七年戦争が何年間続いたか、ヴォージュ山脈がどこにあるかといったことが、ほとんどわかっていなかった。それでも答えを避けるときは、頑なになったり挑発的になったりするのではなく、そっとバツが悪そうに身をよじり、あまりにも正直に自らの無知（無関心ですらなく）をさらけ出して地理の教員に微笑みかけるものだから、教員の方も、怒りの発作が次第に収まるのだった。

彼の名はカール・ヴューラーといい[9]、フリードリヒ・ヴューラーの弟で、フリードリヒは当時、有名なピアニストで、狂信は性に合わなかった。カール・ヴューラーの方はというと、ザーラッハとザルツァハを取り違えようものなら怒り狂うところだった[10]。ただ一人、エファ・ナードラーだけがすべてを取り違えてよく、また事実、取り違えていたけれど、誰も彼女を恨むことはなかった。

夜は黒のレールに白のごわごわしたカーテンがいっぱい引いてある広い寝室で、極力静かにじっと横たわり、考えを巡らせた、どうして、それから、あとどのくらい、とも。ナイトテーブルの上には、まずい夕食の後味をまぎらわせることができるように、コップ一杯、水が置いてあった。これまたサディスティックなグムンデン[11]の生徒寮にいた七年前と同じく、私の両手は長いこと白いザラザラした掛布団の上にあった。隣で横になっていたのは基幹学校に通うシュテフィ・ホンドルで、私同様、眠りについていなかった。向かいの列のほとんど真向かいに、エレナ・ヌッチとエファ・ナードラーが横になっていて、しばらくひそひそ話をしていたけれど、何について話しているのか、私が考えることはとんとなかった、ずっと後になって、どうしてゾフィー・フロイト[12]がウィーンに骨を埋《うず》めてもらいたいのか、考えなかったのと一緒。ただヌッチとナードラーの話題の方は想像がつきやすく、ゾフィー・フロイトの願いよりは輪郭がつかみ難いものの、それほど難しいわけではなかった。二人のもくろみは、ファザン通りの「神の愛する娘たち[13]」のそれらよりも明らかだった。

そうこうするうちに、シュテフィ・ホンドルは眠りについた。ひとかどの母がウィーン・プラーターに、ひとかどの叔父がブレヒトゥルム通り[14]に、ひとかどの父がブレシア[15]に住むエレナ・ヌッチは、明日はどんな嫌がらせをしてやろう、と、その細部を考案していた。自らを抑えることができずに、行き過ぎる日々もあった。目下、彼女がどこにいようとも――考え続けていくことだろう。誰だって、彼女を邪魔することはできないのだ。

その共犯者エファ・ナードラーはというと、おとなしく、北方的で順応型、考えることをほとんどせず、彼女にとってどのように映ろうとも、自らを取り巻くそのときどきの環境《アンビエンテ》を疑問視しないことが、彼女の理にかなっていた。間もなくキリスト教社会主義者と結婚し、間もなく子どもを一人、また一人ともうけ、そのうち三人を亡くし（どのみち、みな娘）、穏やかな夫も亡くした。

炭商人の娘のことを私に知らせてくれた子にナードラーのことを尋ねると、あっさり、残念がるふうもなく教えてくれた――「死ぬまで飲んだよ」

もう一人の方にも、まともな終わり方は相応しくない――統合失調症、ヘロイン、こめかみに榴弾の破片、アルコール。得ばかりしてきた者たちの天国での住まいとは、どのようにしつらえられるものなのか、それだけは知ってみたいもの。

統合失調症に、アルコール依存症、追放――明らかに、それらで身を亡ぼすのは、それらから利益を得るのと同じくらい普通。でも誰が好き好んで、不要なありきたりの人たちの側に回って、しりぬぐいするというのだろう？　機知のない人たち、目立たない人たち、極端なケースをそもそも可能にしてやる、これらの人たちの側に回って？　だったらいっそのこと、占領する側にいつづける方がいい、ひとまずは寝室を、その後は、残りを。

1　ヨシフ・ブロツキー（一九四〇―一九九六年）、ロシアのユダヤ系作家。

2 サクレ・クール学校そばのザレジアーナ通りは一二番地がホーフマンスタール（一八七四―一九二九年）の生家である。妹ヘルガはサクレ・クール学校から二三区（ローダウン）にある学校に移ったのだが、そこにはホーフマンスタールも住んだことで知られる、バロック時代に建てられた小城（フックス小城）がある。

3 マザー・バラ（一七七九―一八六五年）、サクレ・クール（聖心会）の創立者。フランス東部のブルゴーニュ地方ジョワニーに生まれ、パリに没した。

4 聖アンジェラ（一四七四頃―一五四〇年）、ウルスラ会の創立者。

5 ウルスラ修道院そのものはヨハネス通り八番地（一区）に位置したが、同修道院の運営する学校と生徒寮は、一八区（ヴェーリング）のゲンツ通り一四―二〇番地にあった。本文の記述に従えば、ヨハネス通りの修道院で授業があり、その後にアイヒンガーはゲンツ通りまで移動していたことになる。

6 オーストリアの劇作家トーマス・ベルンハルト（一九三一―八九年）の小説『木を切る――興奮』（一九八四年）では、ゲンツ通りにある家での夕食会に招かれた第一人称の語り手が、安楽椅子に座ってモノローグを披露する。

7 ドルフース（一八九二―一九三四年）とは、三二年首相になりドイツ・ナチスに対抗するオーストリア・ファシズム体制を築くも三四年に暗殺された政治家である。当時ドルフース一家が住んでいたのはヨハネス通りそばのシュタルブルク通り二番地で、そこには以前、ホーフマンスタールが住んでいた。

8 ヨーゼフ・ナードラー（一八八四―一九六三年）はオーストリアの文学史研究の大家で、民族生物学的観点からドイツ文学史を描いた。ナチ党員でもあった。

9 カール・ヴューラー（一九〇三―七三年）、ウィーン出身の歴史家。

10 ザーラッハ川はザルツァハ川の支流。

11 ザルツカンマーグート地方東部。

12 ゾフィー・フロイト（一九二四年―）、ジークムント・フロイトの孫。

13 一九世紀末ウィーンに設立された信心会。

14 四区と五区の境にある通り。

15　イタリア北部の都市。

炭商人の娘　一九四一年

マリアヒルフはノイバウとは一線を画し、ノイバウはノイバウで、マリアヒルフとは一線を画している。[1]高カラットのわびしさが二つ、激しくぶつかり合い、そのどちらも事態を変えられない。邪魔されることなく自信たっぷりに、ゲトライデマルクトからギュルテルにかけて伸びている。この二つの区を意識してから、今日にいたるまで考えてしまう、よりもの悲しいのはどちらだろう。そして、その理由を、わびしさというものが、よりどころを必要とするのであれば。

ひょっとして、私がいまだに身を震わせながらケーニヒスクロースター通り[2]を見上げるからだろうか――この地域に対する諸々の抵抗からであろうと、古風なカフェ・シュペール[3]からであろうと。左の角に、まだ一四番地の建物がある、明るくて醜く、少し高すぎ、見てわかるものなど何もない。その最上階に、炭商人リンドナーが妻子とともに住んでいた。

炭商人リンドナーは親しみ深く力持ちで、初秋には、もう顧客たちのもとへと自ら炭袋を引きずっていった。五階の私たちの家[4]にも上がってきて、私たちの頭をなで、何も飲まなかった。育ちすぎて度を越して大きく重くなってしまった自分の娘を見つめるのと同じ優しさで、私たちを見つめるのだった、その娘と私とで、毎日ゲトライデマルクトの角で待ち合わせをして、修道会学校へ向かった、クラスが一緒で、通学路も一緒、憂慮は違ったけれど。

彼女は、洋服につくどんな小さなシミも、それ以上に、クラスでほんの少しでも失敗することを恐れた。けれども彼女がかつて失敗したことなど、私の記憶にない。早口で、小さな声で話し、たいていのことは知っていた。幸せだったり不幸せだったりしたことは一度としてなかった、始業の際も、終業の際も。あるとき一緒に映画館に行こうと誘うと、驚愕して時計を見やった。映画館に行ったことがなかったのだ。見送ると、用心深く通りを渡る彼女は、明るすぎる仕立ての悪いコートに、多すぎるノートに教科書、半分食べかけのおやつのパンを入れた、重い、これまた仕立ての悪い鞄のせいで、あまりにもあてどなく映り、それはまるで、度を超えてこってりとしたものにきまっている昼食が待ち受けている、そしてその後はかなり厳格な母の監視の下で何時間もかけて学校の宿題をやることになっている炭商人の娘、エリカ・リンドナーではないようだった。

死んだ後もしばらくは、当惑させる発言に驚かされることがあるかもしれない――「私、同じクラスの一人よ」。そうしたら質問――「どの?」どんな人、どんな空間、美化された、あるいはボロボロになったどんな現在《ゲーゲンヴァルト》? そんな現在が、かつて存在していたらだけど。むしろもう何も質問しない、これまでもほとんどしてこなかった人々からの質問のほうが、いっそずっと応じやすい。そうした人々は姿を現すことすらなく、誰かとつるむこともなく、ただひたすら、ぼんやり歩くだけ――長い、明るすぎる冬用コートに身を包んで、おかしな毛皮の襟巻を巻いて、大なり小なり歴史的と言える地図帳を入れた鞄を提げて。

彼女はただの一例で、大親友であったことはなかったけれど、脳裏から消えたことはなく、どのみちみじめな想起に弾みがつくよう助けてやるのを、私は一度として忘れたことがなかった。

彼女とともにあった地域ですら、何かを失ったり、さらに得たりということはなかった。通りの名前は、その残りよりもまだ良いほう――ケーニヒスクロースター通り、ギラルディ通り、ドライフーフアイゼン通り。蹄鉄三つ《ドライフーファイゼン》[5]に同じ（それらは市行政にも合わず、レハールに屈しなくてはならなかった。それでも蹄鉄のままにしておくべきである）。どんな想起も、たいがいは幸運のひらめきを必要とするもの。ここではそれが一度に蹄鉄三つだったのだけれど、それでは足りなかった。

　彼女は首に細いネックレスを提げていて、そこに十字架がぶらぶら揺れていたのを、ときどき正していた。教室につくと、黙々とコートから身をはがし、席に着くと、行の道すがら同様、ひとまず押し黙った。私たちが一番乗りだった。一緒に来た小さな子も、同じく言葉を発することなく階下の教室の扉を開けた。その子はヘルタといった、ヘルタとしかいいようのない子で、事実、いまだにそれ以上のことを知らない。

　当時の音楽の授業は、荒野の歌で終わることが日に日に増えていき、当然、エリカ[6]があった。彼女の名はそういい、私のクラスの多くの名前もエリカといった。彼女の父はケーニヒスクロースター通りの炭商人、埃まみれで親切で、炭袋を肩に担いでは、一人で運んでいた。妻が凌駕していた、レオポール・サンゴール[7]が、ノルマンディー出身の妻に凌駕されていたのと同じ。

　炭商人の妻は厳格で、ノートに教科書、学校課題に試験結果を、事細かに確認した。とはいえ、問いただすことは多くなく、それらは秩序だっていて、あるいはたちどころに彼女の考える秩序に沿うように整えられた、無秩序というものがわかっていなかった。外履き靴がしまわれ、室内履きが取り出され、ウールのマフラーはフックに掛けられた。すべて秩序ある状態、窓からかなり下へと深く、やかましい通りに一瞥を投げる準備は、ようやっとすべて整ったものの、それを試みる者はいなかった。

　向かいのカフェ・シュペールが、半分、陽の光を浴びていた、取るに足らないけれど、希望は希望。だけれども、ブリキの鍋の蓋がたてるカチャカチャという音に惨めな炭の臭いが、来客を、友たちを、たちまち追い払ってしまった。とっくに暇《いとま》をこう時間だった。そういうわけで私は彼女のもとを去り、一度も見たことのないノルマンディーに思いを馳せようとした。今日まで努めている――ノルマンディーをこの目で見たあとも、ほぼ毎日。けれどもこの間、より強く、彼女の存在を問わずにいられない、幸運の可能性を問わずには。

同じクラスの一人とあれば、それはさらに必要なものとなる、優しい父にサンゴール夫人並みに大きな母を持ち、おまけに成績優秀、ただ、ほとんど興味を持っていなかった。私と同じ学級《クラッセ》の一人、でも、階級《クラッセ》が全然違う。小さな浴槽も備えていた親の家同様、それはそれは静かな子だった。

卒業後、彼女について聞くことはあまりなかった、他の誰のことも。戦争が始まっていた。二、三年後に偶然、同じクラスの別の子に再会した。交差点のところで少し立ち止まった。その後の事について聞いてみる、そうした事柄は、爆弾が落ち続けた間も日常の枠内におさまっていたと思っていた。けれども爆弾は、枠そのものを粉々にしてしまっていた。

「たいしたニュースはないわよ」彼女は言った、「リンドナーが浴槽で入水したくらいね」。「どこの?」私は尋ねた。「グンペンドルファー通り一四番地よ」彼女は言った、「きまってるじゃない」

この上なく正確だった。というのも今日にいたるまで私は、浴槽で自死するのであれば、ゲトライデマルクトが一望できるカフェ・シュペール向かいのその家こそ、もっとも適した場所であると考えているのだ。[8]

フォークナー[9]はあるインタビューで、自身が一九三二年一一月にハリウッドに送った、本文のない電信に触れている。本文のない電信。「役所のお嬢さんは、送信する本文はどこにあるのですか、と聞いてきました。『これで全部ですよ』私はそう言ったのです」それから彼は、彼女にお願いされて、誰の誕生日でもないのに誕生日を祝う挨拶を添えた。けれどもフォークナーであれば、ハリウッドの手前で、それにストックホルムの手前でも、しかるべきときはケリをつけた方がいいかもしれない、と想像できてもよかったのに。最後の一線を引き、一言も付け加えない、と。

1　マリアヒルフ（六区）とノイバウ（七区）は、今日ショッピング街として知られるマリアヒルファー通りを境に隣接している。

2　一区と六区の境をなすゲトライデマルクトから並行して伸びるマリアヒルファー通りとグンペンドルファー通りをつなぐ通り。

3　グンペンドルファー通り一一番地。一八八〇年創業で、一九世紀末の雰囲気を残す歴史的なカフェとして知られる。

4　一九三八年、アイヒンガー一家は祖母の家からグンペンドルファー通り五a番地へと引っ越していた。三九年にアイヒンガーと母はマルク・アウレル通りの一部屋へと強制移住させられたので、この家には一年ほどしか住んでいなかったことになる。

5　どれも隣接した通りで、順に、王の修道院通り、ギラルディ通り（一九世紀後半のオーストリアを生きた俳優・オペラ歌手のアレクサンダー・ギラルティの名に由来する）、蹄鉄三つ通りの意味。ドライフーフアイゼン通りは、作曲家フランツ・レハールにちなんで一九四八年、レハール通りへと名称改正された。

6　一九三〇年頃のドイツで作られた行進曲。「荒野に咲き誇る小さなお花／その名はエリカ……」という出だし。

7　レオポール・サンゴール（一九〇六―二〇〇一年）、セネガル初代大統領、フランス語詩人としても活躍した。

8　冒頭ではケーニヒスクロースター通りの名が挙げられているが、炭商人一家の住んでいた建物は、同通りとグンペンドルファー通りが丁字路をなすところにある。

9　ウィリアム・フォークナー（一八九七―一九六二年）、アメリカのノーベル賞作家。

アルト歌手の娘　一九四二年

ジャックイン通りは植物園の端に位置するジャックイン教会への道すがら、園の番人たちと平らな黒い垣根のまえを横切って、リヒャルト・シュトラウスの明るい宮殿が、丘を下へときらめいた。聖母マリアの連禱《れんとう》は、他の連禱もろとも、その後でならなんとか耐えられた。修道女たちはネオゴシックの祭壇に向かってまっすぐまえを見つめ、連禱が終わると、さっと消えた。通りの向かい側の大使館群は無関心を装い、礼禱後に別れを告げなくてはならないものは何もなかった。

大きな庭を持つサクレ・クール学校は、下のレン通りに建っていて、右を曲がってライスナー通りを下ると、市立公園だった。私もよくそこで曲がった。右には、またしても大使館群、イギリスの、ロシアの、ドイツの大使館。数少ない家々が、ライスナー通りが終わるところで市立公園の方へと続いていた。それらは日中、鍵がかかっておらず、そのうちの一つによく行った。ライスナー通り三〇番地、石造りの手すりつきポーチを上がって、それから三階に上がるだけ。

そこにはウルスラ修道会学校の一人が住んでいた、卒業後ほどなくして、それまでに受けてきた授業から、予期せぬ結論を導き出すことになった。その前日の晩を、私は、彼女と彼女の妹のもとで過ごしていた。晩は二人きりで、そのことで二人が悲しむこともなかった。

母は国立歌劇場のアルト歌手で、ライスナー通りでの午後のあと、会いたいときはいつでも楽屋を訪ねることができた。夜遅く、真夜中近くに、男を連れて歌劇場から戻ってくることもあった。私はいつも幸せな気分で、ライスナー通りからゲシュタポ本部隣の五階の部屋[1]へと帰ったものだった。彼女の小さな家があったラックス高原近くのクロイツ山に泊まらせてもらったあと、いつも幸せな気分で帰路についたのと同じ。娘二人は友たちを招待し、庭の入り口でイチャイチャしたり、庭のベンチに座って歌ったりした——「西の方へ風は吹き、東の方へ目は向くけれど[2]」——東への眺めは丘と森でふさがれ、風は西から吹いていたけれど。

ウィーンに戻るまえ、娘たちは私にパンとリンゴを入れた籠を持たせてくれた。そうするとゲシュタポ本部の横でもどこか素敵で、彼らの存在を忘れることもできそうだった。私には、で、姉妹のうち、姉の方には無理だった。背が高くて感じの良い親衛隊の一人に恋をしていて、父がユダヤ人であることを知られてはまずいのだった。

姉で、姉妹のうち、より複雑な方だった。偉そうにしていた学友たちを不安げにぼんやりと見流し、まるで友たちが差し出すよりもひらめき一つ分、多くを期待していたようだった。ムラ気になることは滅多になく、ただ少しソワソワするだけ。休み時間の間は、訪れないデートの約束を想いながら、あるいはタバコを吸いながら、廊下の壁に寄りかかっていた。壁は明るく、重厚、数少ない修道女たちにはやや重厚すぎた、彼女たちは、外側の構造に見合うことがほとんどできず、それに対置できる何かを、それにふさわしく、場合によってはそれに対抗できた何かを、ほとんど持ち合わせていなかった。神秘的な信仰も、異端も、燃え上がるような改革の構想も。そうしたものに見合うよう、彼女たちがどう試みなくてはならなかったとしても、それはひたすら、彼女たちが自分たちのものとしたものに適っていなくてはならなかった——従順、単純化する傾向、何も望まない態度。

修道女たちの硬い白い襟は、あごの下ぎりぎりで終わっていて、痛みを伴う跡を残したに違いなかった、彼女たちの英雄であり、無条件に自らを捧げることを誓った花婿キリストの受難への連想がなきにしもあらず。どんな世界からの離反を誓ったのか、自覚するまえに、黒地で金刺繡のしてある棺掛けが、修道女たちの頭上に広げられた。それまでの名前は抹消されていた。それでいて名前一式そのものはわずかにしかなく、それぞれにたった一つしかなかった。修道院の序列において、もっとも後ろにくる名前。けれどもそれらの名前も自己定義には役立たず、わけがわからなくなったときだけ宿命的に見えた――イノセンティア、アクアナータ、ボナヴェントゥーラ、エヴァンゲリスタ。[3]もはや、パロディーのための名称。

遅い朝の儀式は誓願《プロフェス》といって、その後、修道女たちは消えた。けれどもこの消失を、私は当時からもう信用していなかった。決まり切った祈りの際に、こわばった、わざとらしく作った明るい声が庭を超えて聞こえてきたときには、なおのこと。誰を納得させるというのだったろう、どの精霊を呼び覚まし（そうでなくても目覚めすぎてはならなかったのに）、どの心に召命の炎を燃え上がらせるというのだった？選ばれたという確信を？

「召命を感じますか？」三月のある午後、修道院長が三日間にわたる霊操の直後、教員養成施設の生徒にそう問うのを聞いたことがある。誰が誰に命じたのだろう、どんな瞬間に？　半寮制の生徒がいたように、半分だけの召命というのはなかったのだろうか？　一七時が過ぎると家に帰った？　その一人が私で、ドーラ・ヴィットの子どもたちも、そうだった。

『ラインの黄金』や『フィデリオ』だけで、夜の出番がなかったとき、ドーラ・ヴィットは娘たちを迎えに来た。一度、修道女の一人が別の一人にこう言うのを耳にしたことがある、「ブーフスバウムの母」が来たよ。そして、できるものならすぐに白い修道院の廊下から立ち去りたかったのだった。姉妹の父は二区[4]に住んでおり、診療所もそこにあって、ドクター・ブーフスバウムという名前だった。とっくに離婚していた。一度、ちらっと見かけたことがある——不機嫌そうで、元気がなく、その後、まもなくして亡くなった。子どもたちのどちらも似ていなかった。それでも私は、明るい灰色の帽子の下にあった彼の顔を想い起す、その顔に現れたある程度の絶望も、できるものなら測りたかった。そうしたものの尺度や、その尺度に可能な精確さが、まともに受け止められることは滅多にないけれど。そうこうするうちに人相も、とりわけ精神科医たちには、どちらかというと罵言として扱われるようになっている。人相も、頭蓋骨の形同様、人種的特徴に属しうるから。

　そのブーフスバウム医師を、私は二度と見ることがなかったけれど、いまでも彼のことを想う——二七年前にある市電で見かけた見知らぬ人を想うように、その人の帰り道が、私の興味を引いたかもしれなかった。

　イースター後のまさにある日曜日、一六時三〇分頃、センセーショナルなわけではなかった詳細の手がかりをつかもうと、私はクロイツ山にいるのだけれど、そこに彼がいたことは決してなかったに違いない。ヒーツィング墓地[5]での、エファ・ヴィットのお葬式にもいなかった、優雅ともいえる、高額で殿堂入りといった感の墓地。

　彼女は、母がロッシーニのオペラに出ていたある春の日の晩、ガス栓をひねり、その際、窓を少し開けておいた。けれども都市ガスの効き目は素早かった——真夜中には、もう疑念の余地がなかった。ヒーツィングの死体安置部屋は、中央墓地の第一、第二、あるいは第三門のそれと比べて、ほんのちょっぴり期待が持てるだけだった。日にちをきちんと選ぶ人のために、墓があるのは陽の光を半分浴びるところ、入口からそんなに離れていない、これまた番号のない入口。墓は、唯一の、目立たない遺体安置所を過ぎたところの左側、気持ち上がったところだった——墓石に軽く刻み込まれているのは、可愛らしい名前とまずまずの、心そそられるともいえる日付。[6]「私にその名前を教えて《テル・ミー・ザ・ネーム》、私がこんなにも聞きたいその名前を《ウィッチ・ソー・ライク・アイ・トゥー・ヒア》」では、あまりにも軽く響く、どこかお慰みの民謡、あるいは格言すぎるきらいが。慰みを求める気持ちは、ここではすぐさま別の通貨に交換した方がいい。

ここに眠る者は、別の望みの数々を持っている。もっともこんなに長いときがたった後では、ひょっとしたらただ一つの望みだけなのかも——どうしてすべてがそうなったのか、ようやっと分かりたいという。自らの誕生、存在、入学へは、どのようにしてだったのか、学友、自らの名前、自らの得体の知れなさ、近寄り難さへと導いたものは。そして、あの望みへは。自らをして近寄り難く、得体の知れないように振る舞いたい、自らのために一つの解明だけでなく、一つの定義をも見つけたい、という——取り換え不可能な形でこの世に生まれてきたことの、まさにその保証を見つけたい、という。そしてようやっと、無頓着さとともに一つの概観を、自らを解説するにとどまらない、自らの存在の地理を発見したいという、望み。

第二次世界大戦は三年目の晩春のある日、ムラ気が彼女をとらえた。妹は友人宅に泊まっていて、母は歌劇場で歌っていた、親衛隊の青年は彼女と会う気がなく、少しまえまでうるさすぎるほどだった鳥たちは口を閉ざし、呼び鈴は鳴らず、電話をかけてくる者もいなかった。胸騒ぎを即座に静めてくれたであろうタバコは視界になく、ただ即座に手が伸びて——台所へと通じるドアは開いていて、直後には、ガス栓も。すぐさま公園に向かう窓を開け、とはいえ不十分、ベッドに横たわった。

彼女が今日までに見つけていたもの——初聖体拝領、堅信礼[7]、その際にもらった可愛らしい金時計、二一歳の誕生日のプレゼント、それらの後で——希望のちょっとした痕跡、自らの確かさの度合いが高まって、来たる数十年間が日々ますます煩わしいものになっていかないように、という。でも、誰がそんな希望をプレゼントしてくれるというのだろう？　そしてなにより——誰がそうした希望のよりどころを、日々、新たに築けるというのだろう？

「幸せになりたがってたのに」途方に暮れて、残された母が言った。でも、どうやって助けられるというのだろう、一九四二年のウィーンにあって、春の空の美しさに、青春に、恋心（この場合は感じの良い親衛隊の男へのそれ）に、世界に、それら以上のものを求めようとする者を？

ドーラ・ヴィットと楽屋をともにしていたマリア・セボタリ[8]が、その直前、出番のあとで言った言葉を想い起す——「悪夢《シュプーク》はじきに終わるわよ」。そうなるときが、悲しいかな、もっとも希望の抱ける春の声々が聞こえるときでも、日々、いまだに待ち望まれている。

1　一九三九年—四五年、アイヒンガーと母は、マルク・アウレル通り九番地の一部屋に住まわされていた。すぐそばのモルツィン広場に、ウィーン・ゲシュタポ本部があった。

2　ワーグナー楽劇『トリスタンとイゾルデ』第一幕第一場、「西の方へ／目は向くけれど／東の方へ／船は進む／すがすがしく風は吹き／向かうは故郷……」を想わせる歌詞。

3　順に、無実、溢れる水、良き未来、福音を届ける者の意味。

4　二区（レオポルトシュタット）はユダヤ人の多い地区として知られている。

5　一三区はシェーンブルン宮殿庭園内に位置する。

6　エファ・ヴィットの自死は一九四二年四月末—五月のことと思われるが、アイヒンガーの祖母、叔母、叔父が移送されたのは、同年五月六日のことであった。

7　初聖体拝領は八歳前後に行うカトリックの儀式で、堅信礼は一四―一六歳頃に行う。

8　マリア・セボタリ（一九一〇―四九年）、ルーマニア出身のソプラノ歌手。

税理士ハインリヒ・ザブリク　一九四二年

要望に応じて空が曇ることなど滅多になく、それがないところに喜んでとどまり続けることだってよくある。住宅局は私たちに、ウィーン・ゲシュタポ本部真横は最上階の一部屋を割り当てた。労働局は母に、ある皮革工場での職を強要し（手鏡を入れる袋と安い財布）、私にはある税理士のもとでの、なかなか悪くないと思えた職を強いた。

ハインリヒ・ザブリクは——ハインリヒというファーストネーム（かつては「呼び名」といった、あるいはファーストネームが複数ある場合、いまでもそのようにいうが、サブリクには一つしかないようだった）が最近、朝方ふと想い起されたのだけれど——、確かに、勝手気ままに扱えるタイプではなかった。そう見えなくても、勝手気ままに扱えるタイプは結構いるにしても。

ハインリヒ・ヒムラーも、勝手気ままに扱えたわけではなく、十分に賢かった——とらえられるまえに、必要とするまさにそのところに青酸カリを持っていたのだから。その表情は、ぼんやりとして判然としなかった、もはや滑稽。同じことをスラブ語系の語末音節で発音される、ウィーンのハインリヒに関して、ここで問題となっているハインリヒに関して言える者は、誰もいなかった。仕事場での身のこなしは敏捷で、それでいて決して急いた様子はなかった。大きな音をたてて扉を閉める、なんて。

ハインリヒ・サブリクのいるところの扉という扉は、明るい、どんな音も和らげるカバーで覆われていて、一歩一歩の足音は、暗い、かなり値打ちのある絨毯で、聞こえなくなっていた。階や表札、ウィーンのその地域を選んだのは彼だったのか、それともそれらが彼を選んだのだったのか？　それらを、私はいまだに避けてしまう、私には地域の偶然性を信じる気もない。再度の直面はしない方がいい、それらはいまだに、ある種の耐えがたい利便性と収益の光を放っている、何時間も経ったあと、いくつかの角を曲がった後でようやく弱まる、見通しのきく見通せなさの光が。そうした見通せなさが、バーベンベルガー通りにニーベルンゲン通り、エリーザベト通りの一帯に、いまだに君臨している。

ニーベルンゲン、その歌、一九世紀後期にとって有用であったその解釈[1]、税理士事務所ザブリクにはそうしたものが相応しかっただろうに、ウィーンのエリーザベト通りよりは、彼独特のテロルに豪華ともいえる宿を供した通り。

薔薇はなく、パンもなく、あったのはザブリクから強要された、朝七時から夜二三時をいくぶん過ぎるまでの、労働局公認の労働。辞めようとすると、彼は言った――「戦争が終わったらだな。何が問題になっているのかわからん奴もいるもんだ、そうした奴は、これからまだ驚くことになるだろうよ」

私はというと、驚くことなどとうに諦めていて、飢え始めた。慎重にではなく、あっという間に。そのような状況において、重大決心は無理、一貫したままでいることも可能であったけれど、数週間後には、思いのほか耐え難くなった。というのも勤務時間がまたしても伸び、毎夜の睡眠がなくなった。

その症状はなかったものの、結核について、ブロンテ一家の伝記だけで情報収集し始めたわけではなかった。時が迫っていた。墓地はというと、目下あまりにも遠いところにあった。わびしいマリアヒルファー通りの健康保険組合の指示を受けて行われた診察は、だから悪い結果に終わらざるをえなかった。

学友の母が国立歌劇場のアルト歌手で、内科医の一人と親しかった。ある日曜日の晩、二人が劇場から出てきたとき——そのために私は長いこと待っていた——内科医に、そうだと確信できる症状を聞いてみた。ただちにもう一度、健康保険組合に出向いて、夜に熱が出ることを伝えた方がいいと言われた、飢えはもうあと三週間の辛抱だろう、とのこと。三週間とは、十分に長かった。

健康保険組合も、そこに従事していた多くの人々も、当時から雑で、国に忠実だった。どんな口調で彼らが応じるか、検討はついていた。さらに疑いの余地なく、ごくわずかなものでも認めるまえに、彼らが求めてきたものも——肺のレントゲン撮影。

ただちに済ませ、その結果を、連絡を受けていた例の内科医の診察室へと持っていった。彼は慎重に封筒を開け、レントゲン写真を一瞥すると、ふたたび封筒にしまった。それから私をちらっと見て、説明した。「予見していたものだよ。肺に影だ」——「影なんて、予見していなかったじゃないですか」私は言った——「まったくだね！」彼は応じて、私への請求はなかった。穏やかな人で、肩幅が広く、ほぼ毎晩、歌劇場に通っていた。

私には、オーバーエースタライヒでの三週間の地方滞在が認められた。療養施設も診療所も満杯だったので、幼少の頃から知っていた農家のもとにやられた。彼らは知的で、プロテスタント、それでいて祈りは毎晩、捧げていた——「私の寝床が墓石になるのでしたら……」。祈りは長かったけれど、「私の寝床」は、そこでも墓石にならなかった。末の息子が雄牛二頭ともども、橇で事故に遭い、亡くなった。彼らは三日三晩、唄い、祈り、湖畔にある感じのいい墓地に、息子を下深く眠らせた、そのように表現した。以前からとても静かな子で、皆のなかでもっとも静かな子だった。オーバーエースタライヒそのものが、かなり静かだった。

大きな涼しい部屋のベッドに月光が注ぎ込み、しだいに、ふたたび迫りくるハインリヒ・ザブリクの影によって覆われた。私を列車へと連れていく道すがら、彼らは農場を三つ経由し、なかなかの嫌われ者で、たいして知的でもなかった唯一のカトリック農夫の農場ですら、避けることがなかった。後ろを振り返らないよう、努めた。

でこぼこ道を、郵便配達員が大きな明るい封筒を手に、やってきた。「ちょうど良かった」――そう言って、さっとくれた。ハインリヒ・ザブリクが、解雇していた。

そうこうするうちに私の方でも、ないことに慣れていたのは食べることと寝ることだけではなかった。ふたたび戻ったものもあった。なくなったままのもののもあった。税理士ハインリヒ・ザブリクも、そこに含まれる？　あの世の住まいでも相変わらず元気でいるのだろう、と思う。おそらくゲシュタポのそれなりに高級な官吏で、党員バッジすら必要なかった人だった。

彼は――多くの人と同様に――自分の「ここ」を、「今日」と取り違えてしまう癖があった。[2] そして、今日をここと。ここ、と、今日――多くの人は、彼をとても親切だと思うだろう。

1　中世ドイツ英雄叙事詩『ニーベルンゲンの歌』を題材としたワーグナー楽劇『ニーベルンゲンの指輪』（一八四八―七四年、作曲）を示唆している。

2　冒頭で地域の偶然性・必然性が話題に上るが、ザブリクはその場（ここ）でしか通用しないことを、その時・時代（今日）に通用することだと勘違いしていた、との指摘であろう。

薬局事務所　シュヴァルツェンベルク広場　一九四三年

そこはというと、正反対、まるで、サンドリーヌ・ボネールとイザベル・ユペールが共演したシャブロル監督映画『沈黙の女／ロウフィールド館の惨劇』[1]のよう。戦争に重要とみなされて、だからハインリヒ・ザブリクのもとを解雇されたのち、そこでの勤務が義務づけられたものの、そこはただ遠まわしに第二次世界大戦の終わりを決定づけただけだった。二階下の薬局も正反対だった、地域の問題に違いなかった。[2]

鎮痛薬と睡眠薬は、もうとっくに、とりわけ人に痛みを与え、尋常でないほどよく眠ることのできた人にのみ有効であったけれど、他のところではもうほとんど手の届きようのなかった人も、そこでなら処方箋なしで届きえた。薬局事務所は会計作業を手伝い、税額査定書を作成し、期日の注意喚起を行い、「ドイツ万歳」と署名した、それ以下にすることは不可能だった。

廊下ではもう朝の七時から、濃い、ほとんど薄められていないコーヒーの強い匂いが効いた、当時、それはもはや必要でなかった。当時、私自身はコーヒーを飲みたいと思わなかったけれど、その気があれば、おそらくもらえただろう、彼らは寛大で、まず、怖がるような人たちではなかった。

明るい局長室に接したところに、会計課と文書課があった。「薬局局長殿」支配人がタイプさせた。「第三四半期の売上税は……」――そこで止め、もう一度見やってから、脅すような日付の代わりにこう言った、「イギリス軍は、チュニスだ」[3]。すぐさまいくぶん声高に、ドイツ万歳の挨拶が続いた。

支配人の部屋は、会計課と文書課のすぐ隣にあった。会計担当がもう一人、ボライカ氏、一六歳の助手で、あとは秘書が三人。これらの人々を使ってよいことを支配人は知っていたものの、控えめだった。

二度目の春が来た頃、税の期日の合間に、彼は目立たぬように聞いてきた――「専門は？　簿記じゃないんだろう？」他の二人について、彼は事情を知っていた。ゲルティ――半開きの扉のところにいた隣の秘書――は、ナイロンのストッキングにできたほころびを繕うことに忙しく、婚約者に軍事郵便手紙を書いていた。その隣のマルギットは、さらに多くの軍事郵便手紙を書いていて、会話を点検していた。安全な人ではなく、レンナー嬢といった。ゲルティの方はヴェルツェル嬢といい、マルギットがいなくなると、紅茶やチョコレートをよく私にくれた。「これをあなたにって、ママが送ってくれるのよ」

そのような行動の危険性は、八月には小さくなった。マルギットがレン通りにあるボヘミア教会でドイツ人の若者と結婚し、しばらくの間、アウシュタイン夫人となり、事務所からいなくなったのだ。

教会での挙式では白い花嫁衣裳を身にまとっていた、それに、お決まりのヴェール、とても若く、とてもドイツ的なアウシュタインと一緒に私たちのもとを通り過ぎる際には、泣いていた。「だったら何でなんだろうね？」仕事中にチュニスにいるイギリス軍のことを話すときのような小声で、支配人は私に聞いた。「そうじゃなきゃならないことってあるけれど」私たちがふたたび風の強いレン通りに立ったとき、支配人は言った。一瞬の間をおいて、市電が中央墓地へとガタガタ音を立てて通っていくさなか――「でも、全部ってわけじゃない」

空襲の間、私たちは薬局事務所の地下室にいた。浅くて無防備だったけれど、ゲルティがそこにこだわった。「でないとパパとママは、私の居場所が分からなくなるもの」

私はたいてい走って家に戻った、ウィーン・ゲシュタポ本部横の、間借りしていた部屋へと。ひとまず立ち止まって、澄んだ空に爆撃編隊を見ることができた。建物の入り口まえに、親衛隊が立っていた。「無邪気に見入るもんじゃないよ」通りで偶然、私を見つけて、支配人が言った。

名はオットー・エーラーといって、グンペンドルファー通り六番地に住んでいた、私が彼をふたたび見ることはなかった。ときをおかずに亡くなった、しまいには、もう話すことができなくなっていた。それ以前も、彼が多くを話したことはなかった。けれども彼の言ったことのいくつかは、今日にいたるまで私を助けて先に進ませてくれる、半世紀前にチュニスにいたイギリス軍がしてくれたのと、似たような仕方で。

1　一九九五年仏独合作映画。サンドリーヌ・ボネール（一九六七年―、フランスの女優）とイザベル・ユペール（一九五三年―、同）によるダブル主演。

2　薬局事務所があるシュヴァルツェンベルク広場はハインリヒ・ザブリクの地域から五〇〇メートル程しか離れていないものの、旧市街地から東に向かって伸びている。広場はプリンツ・オイゲン通り（ベルヴェデーレ上宮側）とレン通り（下宮側）へと二股に分かれて続き、その先には、まさにアイヒンガーの祖母の家（ホールヴェク通り一番地）がある。

3　一九四三年五月、枢軸国軍は北アフリカ戦線で降伏する。

河岸　一九四四年

むきだしのわびしさが、そこの空気を満たしている。暗闇がただ、ためらいつつ引きのばされたよう。河岸は、ウラニア天文台からロサウアー兵営まで続いているけれど、フランツ・ヨーゼフ河岸そのものは、もう少し短い。[1] 私にとっては、もっと短くなる。私には、ウィーン・ゲシュタポ本部とその周辺が占めていた場所だけからなるよう。そこは、いまでは緑に覆われている。小さな石が、一種の墓石が、犠牲者たちのことを想えと迫る。いまではみんな、歴史《ゲシヒテ》になっている、一つの歴史物語《アイネ・ゲシヒテ》、そう言うこともできよう。物語《ゲシヒテン》というものは、ふたたび語ることができる。ふたたび語ることができるだけではない。

　ウィーンのゲシュタポは聞くところによると、他の都市のゲシュタポ本部の模範となる存在であったそう。効率的で敏捷、そして目に見えるようにわかりやすかった。事実、ウィーンでは該当者たちが、もはや暗くなりだしてからではなく、明るいうちに捕吏たちに連れていかれたという点において、目に見えるとおり。該当しない者たちにとって、その光景は耐えられるものであったに違いない。あいつらは行くべきところに行くんだよ、いい加減、働くことだ。何台もの幌のないトラック、本来は家畜用のものであるトラックが、移送を定められた者たちを載せてスウェーデン橋を走っていくさなか、私はそう耳にした。

　想い起す、一九四〇年頃にマルク・アウレル通りを駆け上がっては駆け下りていた二人の子どもを、暗青色のコートに身を包んだ痩せた子たち、コートには黄色い星。彼らの遊びの一種だった、ゲシュタポへと向かう下り道が、彼らの遊び場だった。一度、私は名前を聞いたことがある。ペーターとダニーという男の子と女の子、知ったのはそれだけだった。それからは、もう二人を見なかった。彼らが連れていかれたとき、どうやら私は家にいなかったか、視線を向こうにやらなかったようだった。彼らの視線を想い起す、当時、名前を聞いたときの、どこかおどおどとした微笑みを。

母と私は、ゲシュタポ本部の建物がまだ記念碑の一つに変身していなかった頃の一時期、そこからすぐ近くの家に収容されていた。入れられた家に住んでいた女主は、私たちが越してきたことに幸せではなかった。私たちは来るのがほんの少し早すぎたのだ。翌日か翌々日に、彼女のユダヤ人の夫が亡くなった、母は医者として看取ることができたものの、なんら助けることはできなかった、結核。女は私たちを疎んじた、自分の家に一人でいたがって、あらゆる壁越しに、私たちはそのことを感じ取った。

一度、玄関前の階段で、夜に足音が聞こえたことがあった。玄関をほんの少し開けてみた。建物内の安全を保障するために、当時、存在していた警備会社の人たちがいただけだった。そのなかに、迫害されていた者はいなかったに違いない。

その建物に、私たちは長いこと住んでいた。橋を渡して連れていく人がもう誰もいなくなったときも、トラックもなく、列車もほとんどなく、橋々も、もうところどころ破壊されていた。ウィーンの街は要塞と化し、終戦時には、女と子どもは街を後にするようにとの命令が下った。これら諸々の命令を下したのが、相変わらずそれまでと同じ役所だったのだけれど、まだそこにいた者たちに、街を去る可能性はもう残されていなかった。爆弾が落ち続けていた、レンガが落ち、何からも護ってくれなかった地下室で粉々になるのを、私は聞いた。

私たちは、ともかく母と私は、なんとか切り抜けた。でも、私たちは本当に切り抜けたのだろうか？

今日にいたっても、私にはわからない。ともかく私は、織物と毛皮の卸売りがなされる、役所と弁護士の表札がまま見られるその地域を避けてしまう。ウィーンの地図によれば、河岸は旧市街地に含まれることになっている。けれども私には、もう向こうの島[2]の一部になっている、その不安の一部に、その希望の、ではなく。というのも、どんな形であれウィーンという街についていつも言われるように、島は、もうドナウ川沿いにあるのだから。

1 フランツ・ヨーゼフ河岸はウラニア天文台（一区）からロサウアー兵営の手前まで。なお今日、ロサウアー兵営の名で親しまれている建物にはオーストリア国防・スポーツ省が置かれている。

2 二区のレオポルトシュタットは、ドナウ運河とドナウ川に囲まれていることから島とも呼ばれる。

ウィーン　一九四五年　終戦

戦争が終わりを向かえると、希望も終わりとなった、開かれていた願いの数々、あの頃はそれらに事欠くことなく、それらが人を生に繋ぎとめていた。それらはふたたび、いよいよゆっくり、それら自体になった。不安もまた姿を現した、とても昔の不安。その一つは、ある親切な紳士の訪問に関わっていた。その紳士は何度か電話をしてきて、私たちを訪問したがった。ママを？　それとも私たちを？　私たちは母に聞いた。あなたたちをよ、と母は言った。で、どうしてママは、その人が来るのが嫌なの？　わからないわ、母は言った、ともかく来るのよ。

あの子たちの何が知りたいんです、母は戸口に立つ紳士に聞いた。二、三、聞きたいことがあるだけですよ、紳士が言った。内気なところがあるんです、私たちの母は言った、私も同席させてもらいます。それから紳士が尋ねた、自分と瓜二つの誰かがいつもそばにいるっていうのは、どういうものなんだい。それから、どうってことのない質問をもういくつか。その間、紳士は私たち二人を好奇心旺盛に、じろじろと眺めた。ためらいがちに、けれどもまたじきに去っていった。つまんないの、紳士が去ったあと、私たちは言った、一日中、何をしている人なの？　双子の研究者なのよ。なんだ、また、だからだったの、私たちはがっかりして言った。それで、なんていう名前？　メンゲレ博士というのよ。[1]

戦争が終わって、私たちが強制的に住まわされていたところの隣にあったウィーン・ゲシュタポ本部の建物が崩れ去ると、母と私は、私たちに残ったものの残りを荷車にのせて、少しの間、寝泊りすることができると期待しながら、マルク・アウレル通りをヨーゼフシュタット[2]に向かって上っていった。六年まえにあてがわれた家、ユダヤ人の夫が亡くなって、その収容がもはや不可能になってしまう一日前に、私たちが入居を命じられたその家の女主は、六年の間、親切を降り注いでくれたわけではなかった。自分の大きな家をどれほどまた自分だけで使いたいかを私たちに見せつける機会は、日々、十分なほど存在していた。そしてついに、その日が来て、今回、女は復讐する最後のチャンスを活かした。あらゆる期待に反して荷車が動き始めたまさにその瞬間、女は上から私たちに向かって、手に取ることのできたあらゆるものを投げつけた――砂利、重い石に、窓のサッシ、ガラスに、陶器の破片。けれどもこの最後の一手も、なかなかうまく切り抜けることができた。起こったあらゆることのうち、一九三八年三月まで市の医者として母も仕えていたウィーン市の反応が、ともすればもっとも理解できないものだった。ウィーンは解放された。そして、私たちも解放された。と同時に、あらゆる外見上のチャンスからも、まったくもって十分とは言えなかったどの支援からも、再出発のあらゆる可能性からも、解かれ、放されていた。それらのものについて、私たちはウィーン市当局にではなく、他の人々に恩を得てきた、今日にいたるまで、私はそう。

　戦争が始まったその日、私は映画館にいた。戦争が終わったときは、ある知り合いのもとを訪ねていて、またしても三区にいた。午後のことで、長居するつもりはなかった。けれども榴弾が炸裂して、周囲の砲火があまりにも激しくなると、市内を抜けて行くことはもはや不可能になった。そこには一時的に、私たちの知り合いの姉も住んでいた。その彼女が、これからはどうやって食糧にありつけるのでしょう、と聞いてきた。建物内で得た情報によれば、そう遠くないところでバターとチーズが配られるらしい、とのこと。
どうやら、まだ多くの場所に備蓄があるようだった、時宜を得てウィーンを去った人たちが、他の人たち皆の手に届かないようにしたものだった。辺りが少し静かになってから、私は駆けていった。確かに遠くではなかった、けれども案の定、どうやら多くの人たちがそのことを知っていた。たどりつくと、それほど大きくない明るい備蓄室に人々がひしめき合っていて、右に左に、棚の上にはどっしりとしたチーズの塊が、棚の中には大きなバターの塊が、むきだしに置いてあった。他の人たちの頭越しに、若い兵士が二人、ずっとまえにいるのが見えた、落ち着いていて、どこか楽しんでいるところがあり、見るからに、もっと難しい状況に慣れているようだった。兵士たちは安心させてくれるように映ったものの、人々には、誰がいかにしてチーズを手にこの部屋を後にするのだろう、と疑問だった。ある種の、怒りを含んだともいえる静寂が、その場を支配していた。集団はつっかえ、先へと迫り、またつっかえた。すると前方、兵士二人のあたりで、足音が、大声が、金属の重なり合う音が、脇の方から聞こえた。いまや現れたのはしかしながら兵士ではなく、親衛隊高官だった。彼らは兵士たちに所属部隊をたずね、身分証と休暇許可証を求めた。部隊も、身分証も、許可証も、二人は持ち合わせていなかった。今日にいたるまで、彼らがそのことを認めた際の、落ち着きはらった様子を想い起す。それから、銃声二発。

全員、ひしめき合って外へと急いだ、バター一かけらを手に持たない者は、一人としていなかった。私も一つ抱えていた、それから、また戻った。もっとも少しの間だけ。一日か二日後、新たな噂が持ち上がった――聖マルクス屠場[3]で、肉が引き渡されるらしい。そこでの規模は、さらに大きなものだった――長く伸びた屠殺室、広大で空っぽの、東っぽい空、人々の群れ、それに彼らの渇望、その決意も。

まえへ、まえへ、と突き進む人だかりにひとたび出くわしたあとでは、ここではふたたび外に出ることがもっと難しいようだった。警察による通行止めは突破された。すると、屠殺針にかかった大きな肉の塊の数々。ここからも私は空の両手では帰れなかった。まえにいた一人が、針から豚半頭をもぎ取ったものの、また投げ捨てて、探し続けた。私はそれを拾い上げると、外へと引きずっていった。すると通りで、素早い足音が背後に忍び寄ってきた。いまや隣にいる男は立ち止まり、言った――あなたには重すぎますよ、喜んで半分、お持ちしましょう。そして男は実際にそうした、キッチンナイフを持ち合わせていた。ほら、軽くなりましたよ、男が言った。

「例のロシア人《デア・ルッセ》」ウィーン人は、身を震わせて言ったものだ、「例のロシア人の手だけには、落ちちゃいけない」。彼らはつねにただ一人について話していて、それでいて例外なく、あらゆる人々のことを言っていた。まだ少しまえに「例のユダヤ人」について話していたのと、そっくり同じ。その言葉で、そこでは「世界を股にかけたユダヤ人の陰謀」が意味されていた。「例のフランス人」不安が全くなかったわけではないにせよ、もっとずっと尊敬の念を込めて、人々はそう言ったものだった。「グランド・ナシオン」を代表する者であれば、もう一つのグランド・ナシオンを代表する者を、つまりはまたしてもとりわけウィーンという州を代表する者のことだったのだけれど、必ずや尊敬の念を持ってもてなしてくれるだろう。イギリス人、ことアメリカ人の場合、人々はかなり安心していた。おまけにほんの少しまえから人々の言うところによれば、「ヒットラーの奴」は、どのみちウィーンを評価していなかった。

ウィーン人は、自分たちが誰の手に落ちるかを選ぶ権利は自分たちのもとにある、とずっと信じてきたし、いまだに相も変わらず信じ続けている。その人たちのもとでは処遇が悪いこともありうると信じるのは、彼らのなかの善良な人たちだけ。祖母と母の妹弟が、幌のない家畜用トラックでスウェーデン橋を拷問と死に向かって連れていかれた様子を私の隣で見届けていた人々は、ともかくある種の満足げな様子をたたえていた。祖母を見たのは、それが最後だった。祖母に向かって呼びかけたときには、祖母たちは左右に揺れながら去っていった。でも、それは三年前のこと。

「例のユダヤ人」はもはや危険ではなく、いまや「例のロシア人」が脅威の総体をなしていた。下の地下室で、私たちの知り合いの姉が言った――「誰かが上にあがって、家の中を覗いてみるべきだわ」。「いまはだめよ」と、その誰かが応じた。「どうして」彼女がふたたび視線を私に投げかけたとき、聞いた。「台所だけでいいのよ」彼女は言った、「だって、全部そこにあるじゃない」。彼女の言う「全部」の意味が、私にはわかっていた。「あとでより、いまの方がいいわ」そう彼女は言った。そこで私が上にあがると、玄関が半開きになっていた。ためらいがちに家に入り、すぐさま台所に向かった。そこで、本当に「例のロシア人」に出くわした。若い兵士だった。私を見るなり優しそうに笑い、こんなにも信憑性のある一文は、その後、ほんの数人からしか聞いたことのないという一文を、口にした――「怖がる、なくて、《ニックス・アングスト・》いい《ハーベン》」そう言い、もう一度、今度は標準的なドイツ語で繰り返した――「怖がら、なくて、いい《ニヒト・アングスト・ハーベン》」。「怖がってなんかいないわ」私は言って、まだそこにあった食糧に視線を向けてから、無防備で少年のようなその顔を見つめた。事実、私には恐怖心がなかった。ロシア人に対しては。

次の日、玄関を開けると、階段を上ってきたある親切な女の人が話しかけてきた――税務署[4]の地下で、ワインが振る舞われているわ。その地下室には、親衛隊も警察もおらず、いたのは喉をカラカラにした、とにかくたくさんのウィーン人。樽という樽、その一部はもう開けられていて、そこから溢れ出るワイン、それから重たいジョッキがいくつか。その中にワインはほとんどなかったけれど、そうしたジョッキの一つを手に帰る道すがら、私たちの上空すれすれのところで、矢継ぎ早に銃弾が飛んだ。少女の一人が笑い出した。私たちにはワインが良くしてくれるわね、と言うのだった。けれども、ワインは私たちに良くはしてくれなかった。その後しばらくしても、まだ家路についていなかった人たちにとっては、なおのこと。ますます激しさを増す銃撃のもとで、ワイン貯蔵室が崩れ落ちることはなかったけれど、壁が破られて、人々と樽に命中した、とりわけ人々に。第二次世界大戦最後の犠牲者の何人か、赤いワインに、溺死だった。

1　ヨーゼフ・メンゲレ（一九一一―七九年）とは「死の天使」と恐れられたナチの双子研究者で、アウシュヴィッツで選別・人体実験を行ったことで悪名高い。ここに描かれる出来事はアイヒンガーたちが九歳のときであったというから、一九三〇年頃のことである。
2　ウィーン八区。
3　ウィーン三区に位置する。
4　ウィーン三区に位置する。

Ⅱ　消失の日誌

「消失の日誌」への序論

なぜ「日誌」、なぜ「消失」、なぜ「生にフラッシュを」？——それは私にとって大切なのは、なんといっても儚さだから。メモであっても、ちょっとした覚え書きであっても、日誌であっても——ただひたすら、いなくなる自由への助走区間として。対位法、消失がそれではじめて始まりうる、という。

かなり早い時期に、私は自らの存在を不意打ちと見なすようになった、ひとまずは私を麻痺させてしまった、この不意打ち。押し付けられたこの麻痺から逃れたいという望みが、同じくらい早くに芽生えた。誰からも、私自身からだって、煩わされたくなかった。誰かにぶら下がっているなんて、もちろん私自身にだって、まっぴらごめん。

多くのことをゆっくりと学んだ、けれども「私」と私はじきに言い、同じくらいじきに、それに違和感を覚えるようになった。まるで、知らない誰かにいちいち呼びかけているよう。と同時に私は、私についてあまり多くを知りたくなかった、その背後にどれだけ多くあるのかも、少ししかないのかも。多くからも、少しからも、私が何かを勝ち得たことなどなかった、両者はあまりにもたがいに関係していた。そういうわけで儚さへと行きついた、それについての言葉は浮かばなかったけれど。「消失」にも、言葉は浮かばなかった、目を閉じてみたものの、それでは足りなかった。

ようやく小学校は気に入った、他の名前を持った他の子たち、私の名前と同じようによそよそしい名前、ただ私のよりは発音しやすかった――トルーデ、リーザ、エディット。中央墓地に向かう市電がガタゴトと通り過ぎ、教室の窓がカチャカチャと音を立てた、学校はいいところにあった。書くのを学ぶのは大好きだった、ゆっくりではあったけれど。読むことには、より長い間、自信が持てなかった。その後は一つが一つを助け合い、一気により速いスピードで学ぶようになって、儚さの喜びが増した。最初の行の左上には、星やクローバの葉、天使の頭がくっついた。

長い廊下は乳香の香りがして、それは休み時間まで薄れつつ続き、その瞬間において、十分に儚かった。一二月末頃、最初の日誌の二頁を埋めた「クリストキントからのご挨拶」[1]を、念のため真剣に受け取った。真ん中には紙製の金の星がくっついてあった。星を開けると、私の名前があった。挨拶は私へのもので、それはしかとくっついていた。私は日誌に星を一つ持っていたわけで、ひとまずそれを取っておいた。紺色のPコートがセットになっていた可愛らしい学校の制服ででもあるかのように、当時、あのコートは誰が支払ってくれたのだろう、今日にいたるまでわからない。

儚さの印象は、少しの間、薄まったものの、その魅力は、いなくなるという望みは、急速に膨らんだ。理解しがたかったのはただ、私には、あの重く美しいコートを着てであれば、消えることがより容易に可能になると思えたこと。航海や大西洋、他の北方の海々への幼少期の憧憬も、きっとあのコートと、そこについていた六つの輝かしいボタンのおかげ。私は一つのアイデンティティを見つけていて、最初の本の数々に、ボートやそれに付随する一式を探し求め始めた。そうして貨物列車や市電が通り過ぎる一方で、最初の救命ボートを発見した、それらを真似て描いたり、数えたり、留め環を外したりしようとした。もしかしたら船に心惹かれたのは、その沈むチャンスと関係していたのかもしれない、そのチャンスが私に、あらゆる存在の形式をより納得しやすいものにしてくれた。

学年が上がっても、相変わらずボートデッキや帆、旗や煙突、スチュワードや乗客たちを描いていた、最低でも、船長四人と乗組員たち、もう描ける頁がなかった。私も一員で、一人一人と話をすることができ、したい質問をすることもできた。運に十分恵まれたときは、四人の船長の一人にだって。

　儚さが手や足を得たことはなかったものの、一艘のボートの姿を、それが儚さを運んだ、ひょっとしたら儚さそのものが切望した滅亡へと導いたのも、ボートだったのかもしれない。いちばん納得できたこと——儚さには、自らを救う気がなかった。似たようなやる気のなさが、良質の船長にも求められるもの。あるいは、より正確には——デッキもろとも、皆もろとも沈む覚悟。そのすぐまえに、あらゆる粉砕もろとも困難のスケールを察知する覚悟、幸運な帰郷《ハイムケア》であれば互角に立ち向かえるはずの、そのスケールを。というのも帰郷とは——自然に即すことなく——どんな幸運な旅よりも、さらにずっと脅かされている。「帰郷者《ハイムケーラー》」、ほぼあらゆる戦争の後に、蹂躙された野原を占有するボロボロな姿の人たちは、そう呼ばれる。ありふれた家々《ハイメ》には、彼らが来るのはたいがい少し遅すぎるか、あまりにも早すぎる、それらの家々には、それでは足りない幸運以上のものを期待すべくもない。

　なら、映画館は？　「トーキーの揺籃は、バーベルスベルガー通りにあった」[2]。それならトーキーにとって、暗礁続きの学校はどこにあった？　幼少期の、危険でないとはいえなかった病気をどこで治した？　見過ごされた舞踏病、胃痙攣に、百日咳を？

　私が映画館へと行きついたとき、トーキーはとっくに世に出ていた、これまた勝負強い星回りのもと、とはいかなかったけれど、なかなかいい諸相。最初に見た映画がどれだったのか、もうわからない、でも最初に読んだ物語の数々よりは、素早く理解することができた。『F・P・一号応答なし』は、サーシャ・パラストで上映されていた、帝国馬術学校の敷地内。少しまえに、もうファザン映画館でイワン・ペトロヴィッチが演じていた白ロシアの将校たちは、そこには出てこなかった。

ホールヴェク通り一番地の三階窓から、サーシャ・パラストは見えなかった——モース通り角[3]のファザン映画館と同じ。それというのも当時はまだ存在していなかった。[4]けれども、それが建つことになるその場所は、その分、余計に強く、ホールヴェク通りに向かって輝いていた。「馬術学院《エクヴィタツィオーンスインスティテュート》」とも呼ばれていた軍専門の馬術教師養成所向かいの室内馬場は、サーシャ・パラストに場所を譲る用意ができていなかった。[5]その地所では、ハラハ家の伯爵たちが、もとはといえば聖ヤヌアリウスに礼拝堂を奉献したのだけれど、その聖人はというと、決して存在したことのなかったことが当時はまだ知られていなかった聖フィロメナ同様、介入してはこなかった。

けれども、暖房の入っていない客間の窓からなら、もっともありえなさそうな奉献方針変更も予期できた。シュテファン・シック——末妹の叔母の、恥ずかしがり屋のピアノの生徒——がやって来て、指の練習をまだいくつか試みた、ひたすら「美しく青きドナウ」、弾きそこなっていた。

サーシャ・パラストはたちまち避けられなくなった、ファザン映画館とイワン・ペトロヴィッチの白い軍服同様に。ザレジアーナ通りの角で、喫茶店ノルマが誘いかけていた、ホーフマンスタールの生家から五軒だけ離れたところ。そこからであれば、オリエントの糸杉で作られた聖歌隊席を備えた、一八九九年完成のロシア正教会も遠くなかった。東は、東だけにあるのではなかった。

ファザン通りからは、ほんの少しだけ不格好な修道院の正面と、そこに付随する「三重の奇跡をおこなう神の母」教会が、ホールヴェク通りに向かって輝いていた。[6]教会に関して、足りないものはなかった。少し上がったところで、私たちは、「神を愛する娘たち」の夕べの祈禱によく耳を傾けたものだった。娘の一人は祈禱にそれほど熱がこもっていなく、何度もちらりちらりと空《くう》を見ていた、私が彼女を忘れたことはなかった。フランツ・ヨーゼフ一世[7]が教会と修道院の分だけ植物園を小さくしたことを、私たちは快く思わなかったものの、他の建築物にみられた馬鹿々々しさのせいで彼を恨むほどではなかった。その植物園は、どのみち大人たちだけに近づくことができたのだから、そこでは園の番人たちが、日々、二人組になって、警官のように熱帯植物の温床を見張っていた、けれども植物はというと、もう五月の最初の寒い日々の間に元気がなくなってしまうのだった。それでもジャックイン通り終わりのリヒャルト・シュトラウスの明るい邸宅が、私たちを勇気づけてくれた。そこも、届きえなかった。

はるかに容易に届きえたのが、斜め向かいのファザン映画館だった。そこから熱がとび移り、今日にいたるまで治まることがない。映画館のチケットは、いつもそうした可能性を提供するとは限らないけれど、入国、あるいは出国の可能性の観点からしても、しばしば安すぎるもの。失望にですら。自らの期待をほどよく抑える者こそ、幸運の跡を見つけることになる、それ自体を疑問にふす幸運の、ある跡を。

幸運に、時系列《クロノロジー》なんて。相応しくない、時系列が想起に相応しくないのと同じ、それは裂けたり、つかえたり、ないままであったりすることができるのだから。絵画で言えば、想起はコロー[8]の描く景域《ラントシャフト》と比較できるかもしれない——どの点も、景域の現前を定義する。けれども、その進展は予測不可能で、一人一人の鑑賞者に、つねに新たにゆだねられる。

制御しようとすると、想起は容易に砕けてしまう。それが存在するかどうか、その可能性についての問いですら、想起はそう主張する者にゆだねたりしない。いくぶん朝方にいなくなる機会を——と同時に、自分たちの理想郷が跳躍できるようにと、ブロンテ姉妹が駆け回ったあのテーブルのもとでの喜びをも——すっかり逃した者は、自身が失ったものを軽く受け止めるしかない、失ったものにふさわしくあるために。どのみち得たのは、そんな風にしていつでも想起を可能にしてくれる呼吸だけなのだから。

呼吸を想起から――ときには生からも――分かつのは、その時系列。呼吸は次々と、最初の一呼吸から最後の一呼吸へと続き、一つ一つが脇道にそれることはない。どんなに軽く、あるいは儚くみえようとも、しかと力を発揮する、まるで将校養成用の幼年学校で十分に長い間、訓練を受けてきたと言わんばかり、どの呼吸も、他の呼吸のために。一つの呼吸がすべての呼吸のために、あるいはすべての呼吸が一つの呼吸のために、ということがない。

想起は正反対のエコノミーに従う――自らをとらえるや否や、自らにとらわれてしまう危機に陥る、その進展の、日付の決定の、みせかけの一貫性の数々に――その時系列に。どんなにゆっくりと時系列をとらえようとも、それだけにより一層早く、それを忘れるべきなのだ。想起とは、それが自らからこぼれ落ちる、その都度の瞬間々々と結びついているもの。それは、すべてを保持しようとしなくてはならないと同時に、何も保持してはならない――石が跳ねるよう、水面に託す者のように。

フラッシュ撮影の数々も、アルバムより想起に関わるもの――短時間、強い光に照らされた、驚愕して、しばしばしかめっ面っぽい顔の数々。自らの生の頁を行きつ戻りつしながらパラパラめくるという幻想を、誰がまだ抱いている？

ウィーンの日刊紙『デア・スタンダード』のために、私は先の一〇月から「消失の日誌」を書きとめている[9]、たいていは映画、あるいはビル・ブラント[10]の写真に始まる、ときには時事的な事柄からも、十分に不合理な事柄であれば。

この連載は毎週金曜日、消えることに、それが期待する以上の場をプレゼントしてくれた、また現在でもそうしてくれている。マックス・オフュルスに、ダシール・ハメット、スタン・ローレル――二〇世紀初頭いらい、それぞれの専門領域に見合った形で消えることのとりこになっていた多くの人たちが、ふたたび活躍していた。少なからずの大御所たちのように、心の内を過度なほどあけっぴろげにしてであろうと、あるいは、その自伝には六頁でもう浪費したようにみえるフリッツ・ラングのように、内に隠したままであろうと——ふたたび彼らに出会う可能性が生じた、ちょうど上映されていた、どんな時系列をも打ち破ることのできた数々の映画の中で。

これら『スタンダード』寄稿文も、ここでは時系列に、刊行された日付によって並べられているわけではない、そうではなく、景域に従っている、ハンブルクからイギリスにたどり着き、自身の内にいつも「隠すみたいな何か《サムシング・ライク・ハイディング》」を求める気分を感じていた、ビル・ブラントの像《ビルダー》に小分けにされて。そのような秩序に従っているものの、ここで「日誌」の一つ一つの原稿には、刊行日が添えられることになった——以下の文章が出来上がったのは、それぞれたいてい刊行された日の前日か、せいぜい二日前。一つの枠だけ偶然ではない。「日誌」は一九三〇年頃のウィーンに始まり——ウーファ映画と無声映画の大スター、リア・デ・プッティ——、一九四五年後のウィーンに終わる、『第三の男』で。

ビル・ブラントをして、動く像には静止した像もが対置させられるべきである、そうした静止像が動きを秩序づける。静止像は、動く像の数々に、それらが消失している間、息をつく可能性を与えてくれる。そのようにして、消えていなくなった多くの者たちに恵まれることのなかったものが作動し始めるかもしれない——幸運に、完璧な不運にも、停留所を与えてくれる、一つの基準が。

「殺されるべくして生まれた《ボーン・トゥー・ビー・マーダード》」[11]（『第三の男』）とは、私自身の家族の場合だけでなく、「消えるべくして《ボーン・トゥー・》生まれた《ディサピア》」へと翻訳されるべきである。酌量減軽でも、逃げ道でもなく——でも、一つの展望。殺された者たちの消失を、私はただ不器用に真似てみる——映画館に行く。そこでなら、使える時系列が一つ発見できるかもしれない——次の日誌のために。

1 クリスマスに、母あるいは祖母、叔母の誰かがアイヒンガーの日記の類に書いたものと思われる。クリストキントとはクリスマスにプレゼントを運んでくる天使のことで、そのクリストキントからの挨拶という体で、アイヒンガーの普段の行いについて、よくできていることやもう少し頑張るべきことが書いてあったのだろう。

2 ベルリンの撮影所がある通り。ドイツ・ウーファ映画の中心地だった。

3 正しくはモース通りと並行しているヘーガー通り角。

4 ファザン映画館が一九〇八年に開業し、映画館の「幼少期」を経ていた一方で、サーシャ・パラストは三一年に上映を開始している。この頃にはウィーンの映画館の多くがトーキー上映を行っていた。

5 馬術学校そのものは一九一八年にその歴史を終えていたが、敷地内には、馬術学校の入っていた建物（もとをたどれば一八世紀前半に建てられたハラハ伯爵家の宮殿）と室内馬場、ヤヌアリウス礼拝堂が残っていた。このうち室内馬場のあったところが二一年に改築され、二二年にエオス映画劇場として開業する。その映画劇場が前身となって、三一年、サーシャ・パラストが開業にいたる。

6 「三重の奇跡をおこなう神の母」教会は、正しくはジャックイン通りに位置する。なお、すぐ後に出てくる「神を愛する娘たち」とは、「三重の奇跡をおこなう神の母」教会に属する娘たちを指す。

7 フランツ・ヨーゼフ一世、オーストリア皇帝（在任一八四八—一九一六年）。

8 ジャン゠バティスト・カミーユ・コロー（一七九六—一八七五年）、印象派絵画に影響を与えたフランス人画家。

9 本書第二部「消失の日誌」は、ウィーンの日刊紙『デア・スタンダード』におけるアイヒンガーの連載——ウィーン国際映画祭にまつわる「ヴィエンナーレ日誌」（二〇〇〇年一〇月一六日—二五日の毎日）および「消失の日誌」（二〇〇〇年一一月三日—〇一年一〇月一九日の毎週金曜日）——をもとに編まれている。

10 ビル・ブラント（一九〇四—八三年）、ドイツ系の血も引くイギリスの写真家。

11　映画『第三の男』で、キャロウェイ少佐が事情を知らないホリー・マーチンスに言う台詞。

Spione
EIN FILM VON
FRITZ LANG
MANUSKRIPT:
THEA v. HARBOU
FRITZ LANG FILM
ufa
Vom 20. bis 26. April
Wochentags: 7 9 Sonntag: 5 7 9
UFA-THEATER ALEXANDERPLATZ
UFA-LICHTSPIELE FRIEDRICHSHAIN

別れの練習

ハルトムート・ビトムスキー『ディ・ウーファ』

二〇〇〇年一〇月二〇日——ハルトムート・ビトムスキーの映画『ディ・ウーファ』。よく持ち歩いていたハイネ社の本『ウーファのスターたち』は、残念なことに失われてしまった。よりひどい、でも、もっとずっと明瞭だったこれらの時代への希求が膨らむ。と同時に、それとほぼ全く同じなのだけれど、この時代の映画館と、その暗号の数々を求める気持ちも。

映画館への依存を、ナチ映画へのそれですら、極度に高めるのに、私には「ユダヤ人お断り」の標識は必要なかった。それに、私たちはただ半分だけユダヤ人だったから、まだ映画館に足を踏み入れることが許されていた。実のところ、私は自分がユダヤ人であるともキリスト教徒であるとも思っていなかった、どちらも私には同じくらいよそよそしいものだった、恐怖心によって刻印されて、恐怖心を生じさせるもの。救いは映画館だった。

暗号解読のための映画館というこの体系が無くなったのも、第二次世界大戦の末期は深刻な停電の直前になってからのこと、というのもある程度正しかったことに、ゲッベルスは映画館を無くてはならないものとみなしていた。そこまでは私もゲッベルスに同意していた。映画館に対する彼の情熱がどれほどのものだったのかはわからないけれど、おそらく私たちはある種の暗号の数々を、同じくらい重要なものとみなしていた。その一つがウーファ社[1]だった、「巨大な工作店」、そうヴィエンナーレ[2]のカタログにある。

戦争がウーファ映画の資金を支えていたことは明らか——死が、工作店の資金を。ウーファ社は一九一七年一二月一八日に設立された、要するに、かなり遅くなってしまったクリスマスの買い物といったところ、シュニッツラー[3]にありそうな場面。当時はまだ生まれていなかった者たちにとっても、この日は、他の多くの日々よりはるかに決定的となった——命運を分ける、一種の交差点。初期の映画館を想い起す——ファザン映画館は私たちの最初の住まいの一つ、その斜め向かいにあった、もしかしたらもっとも幸福だった住まいの、いまでも存在するホールヴェク通りの、ホールヴェク通り一番地。一九三八年以降、そこに住んでいたのはあともうナチ党員だけだった。

少し市内に向かって、かつてのオーストリア＝ハンガリー帝国の乗馬学校だったところに、その後、サーシャ・パラストができた。乗馬も当時、熱中できるものになれたかもしれなかったけれど、高すぎた——プラーター公園のメリーゴーランドで満足しなくてはならなかった。映画館はというと、安かった。シュタット映画館（当時はシュヴァルツェンベルク映画館）は、さらに後になってから生まれた[4]。ともかくこの地域は私にとって、トーマス・ベルンハルトにとってのオールスドルフ周辺[5]と同じ。ベルンハルトは地所を拾い集めたけれど、私が拾い集めたのは——消えたいという幼い頃の願いに応じて——映画館、と同時に、より儚い、よりとどまり続ける財産の数々。幸運なことに、それらはますます増えていった。

ビトムスキーの他の映画に『地表、映画館、壕』があり、『映画と風とフォトグラフィー』がある、映画についての映画の一つ、どの映画にも関係するのは——映画館と死。映画は、倦むことなく死を扱う、その公理とは死。しかしながら俳優たちは、悲しいかな、たいてい自らの技を強調して、死ぬことの技を強調することがない。死ぬことには他の数々の次元がある。帰属のそれらではなく、孤独のそれら。映画館の中でこそ、消失は学ばれる。映画の景域とは、避難所であると同時に距離を置く場所、自らの人格へと向かって、それでいて自らの人格から離れて。

あの日のことを想い起す、双子の妹が一九三八年、[6] 当時一七歳で、クエーカー派による子どもの輸送の一つでイギリスに避難した、あの日、永遠に避難することになった。細い紐に繋がれて、薄手のセーターに提がっていた板に揺れていた202という番号とともに、車両の窓から妹が手を振った、あの日のまえの晩、私たちは最後に一緒に映画館にいた、スカラ座といって、四区にあったと思う。[7] 別れに映画を観た、ナチ映画だったはずで、おそらくウーファ映画でもあった――ヴィリー・ビルゲルとブリギッテ・ホルナイの『総督』。[8] 映画がどこで撮影されたにせよ――ヴィリー・ビルゲル扮する東の総督、その景域は、私たちの気に入るものであった、馬たちも。それから、その上の映画の空。

そこではもう、ヒトラーによって東ヨーロッパに求められたドイツの生存圏の中に没入することができた。と同時にしかしながら、それはホールヴェク通りの頃からの、幼い頃の想像上の一つの目標に相応していた、ヨーロッパの東と北東に。後になって『ドイツのために騎乗する』[9] で、またヴィリー・ビルゲルを見たけれど、これは明らかにナチ映画で、ウーファ映画でもあった。ともかく『総督』は、忘れがたかった。

今日、そうした映画を観ることができるのは、もうベラーリア映画館だけ、大英帝国のクイーンが冠を戴くのに似て、年がら年中かつらの上にいつも同じ大きな帽子を戴いている、そこでの「クイーン」の疑い深いまなざし。不親切な、疑い深いまなざし。そして、疑い深くある権利はどちらの方により多くあるのか、彼らか私か、ベラーリアに住みつく者たちが闊歩するそのロビーにあって、問うならば、しまいに私は、ソロモン的といえなくもない判決にたどりつく——彼らと私、ただ、やはりそこには帰属していないのでは、という私の危惧が勝ってしまう、よそ者たちが映画館世界のもっとも内側の輪の中に忍び込んできたのでは、という彼らの攻撃的な憂慮が。

もう一度——生きることのありよう、死ぬことのありよう、けれどもとりわけ映画館のありよう、映画館のプラカート、映画館の入り口——人がいつも行きたかったところへ——闇の奥へ。[11]

（二〇〇〇年一〇月二三日）

1 一九一七—四五年、隆盛を極めたドイツの映画会社。当時のヨーロッパでハリウッドに唯一対抗できた巨大映画産業を築いた。ベルリン近郊ポツダムのバーベルスベルク地区に拠点があった。

2 ウィーン国際映画祭のこと。

3 アルトゥル・シュニッツラー（一八六二—一九三一年）、ユダヤ系オーストリア人作家。医者でもあった。

4 一九一六年に開業したシュヴァルツェンベルク映画館は、八一年にシュタット映画館として生まれ変わった。三区に位置する。

5 オーストリア北部に位置する。ベルンハルトが人生の後半を過ごした場所。

6 正しくは一九三九年。

7 スカラ座ウーファ映画館、一九三八—四五年。その前身のスカラ座映画館は三〇—三三年。

8 一九三九年ドイツ映画。ヴィリー・ビルゲル（一八九一—一九七三年、ドイツ人俳優）とブリギッテ・ホルナイ（一九一一—八八年、ドイツ人女優）主演。

9 一九四一年ドイツ映画。

10 ソロモンは旧約聖書列王記に登場する古代イスラエルの王で、知恵者のシンボルとして知られる。一人の子をめぐって、たがいに自分の子だと主張して譲らない二人の女に下した裁きは有名である。真の母がどちらであるかを示す証拠がなかったので、ソロモンは剣で子を半々に分けよと命ずる。すると一方の女は子の命を助けるために子を手放すことに同意し、もう一方は王の命令に従おうとする。そのようにしてソロモンは前者が真の母であることを知り、イスラエルの民は王を畏れ敬うようになった、というもの（列王記上三章）。

11 ポーランド系イギリス人小説家ジョセフ・コンラッド（一八五七—一九二四年）の同名小説『闇の奥』*Heart of Darkness*（一八九九年）の引用。アイヒンガーはコンラッドについて、彼が描く物語そのものには興味がないものの、その言葉ゆえに「信じられないくらい良い作者」であるとしている。『闇の奥』は、「どの文もぴったり合っていて、ともかく素晴らしい」と絶賛している（コルネリウス・ヘルとのインタビュー、一九九七年）。なお、アイヒンガーはコンラッドについて七八年にエッセー「ただ見つめるだけ——音も立てずに」（この表題もコンラッド小説『勝利』からの引用）を書いている。その中で「ただ見つめる」行為を、「あらゆる観察様態のなかで、もっとも正確な観察様態、ぎりぎりのところまで関わっていて、ぎりぎりのところまで関わっていない」と定義し、「ありとあらゆることが物語られ、何にも耳が澄まされることのない時代」にあって、「音を立てることのない、ただ見つめる、ただ耳を傾けるという姿勢が基礎になってはじめて、言葉（die Sprache）はふたたび音を獲得することになる」としている。映画鑑賞に端を発するこのエッセーを読み解く上で、示唆的である。

ジャーマン・イメージ

どう言うのだろう――まず、いい知らせ？　それとも、悪い知らせの方がよっぽどいい？　ドイツを知るまで、私のドイツの像《ビルト》は長かった、これはいい知らせ。地図上の北の地域は、私を勇気づけてくれた。その子ども用の地図でとりわけ魅了されたのが東プロイセン、「もう誰も挙げない名前の数々」[1]。まさに、それゆえに。そこでは天候でさえ正直で、決して陰険でないように思えた。

そのドイツの像を、うのみにしてはならなかっただろうに、長休みまえに抱く喜びや、長休み中に抱く、学期始まりまえの喜びと同様に。カストロプ＝ラウクセルやヴッパータール＝エルバーフェルト[2]もドイツに含まれたことは、そのことを知るまえになかったものにしていた。オーストリアとは違っていたのだ、より開放的。英雄広場を、その現実において目にして、ブルク劇場でも目にした。[3]現実はいくぶんひどかった。そのような英雄広場を、ベルリンやハンブルク、ケルンに想像することはできなかった。

映画のタイトルとは、事前の喜び。ハルトムート・ビトムスキーのタイトル『ジャーマン・イメージ』が与えてくれたのは、それが約束したものだけにとどまらなかった――どの場面も、秘密の体系《コード》になっていた。例――「共同体」の見出しのもと、コーヒーカップがひとつずつ一列に並べられる。コーヒーが注がれ、砂糖が投げ入れられ、すべては手つかずのまま。一九三三年以降は毎年、ビトムスキーによる短い見出しとともに描かれた。

これらの年は、それでいて極端なほど正反対のイメージで埋められていた。一九四四年について見ることができたのは、シュタウフェンベルクやベントラー通りではなく、[4]小さな子どもたち、もっぱら輪になって遊び、飛び跳ねていた、教師の女に監視され、思い通りにされて。

戦後はとりわけみじめなオーストリアで、別の共同への、かつての願いの数々が目覚めた。そういうわけで一九五一年、グルッペ47[5]と出会った――キャンプ場、開拓者たち。それから、そこに含まれるバルト海。当時、みずしらずの参加者の一人に言った――「ここは素晴らしい《シェーン》わね」。私たちは浜辺に立ち、青いバルト海を見つめていた。「どこが素晴らしいんだい?」彼はぶっきらぼうに言い、正しいといってよかった――私にとって素晴らしかったのは、ロンドンのイーストエンドとウィーン三区の通りへの一瞥だったのだから。「素晴らしい」とは――何かをふたたび見出すことをいうのだから。その言葉を、できることなら取り消したかった、それは、ひとまとめにしてしまったものだった。

ビトムスキーのまた別の映画にある第三帝国アウトバーン[6]のほうは、美しく《シェーン》あるべきだった。それは、そう思われてきたように、武器や部隊を輸送させるためのものではなかった。そうしたことに耐えられなかったはず。それはナチスの魅力的な女《グラマー・ガール》だった、いわば彼らが持てなかったマレーネ・ディートリヒ[7]。パンとゲームの問題。より重要だったのはゲームのほう。

映画に見る労働者たちは、誇らしげであった。彼らは共同して、二度とないであろう一つのことに従事していた。音楽家に、画家、仕事のない作家《エピカー》に、真剣に取り合ってもらえない芸術家――ウィーンの美術アカデミーで拒絶されたヒトラーのような。なかなか上手く描けた、繊細ともいえるカール教会の素描を一つ見たことがある。合格させてあげるべきだったのに。何にもならなかっただろうけれど。自分があらゆる時代のもっとも偉大な最高指揮官だと感じたのは、彼だけではなかった。より深刻で、同じ程度に救いがたかったのは、その妄想、建築物、道路建設の美しさ、ドイツを貫く道々、その上に投げかける視線をめぐる妄想。

『第三帝国アウトバーン』における昔のプロパガンダ映画の数々は、長すぎない直線、長い曲線、誘うような休憩所を公に知らしめる。間に挿入される、かわいらしいブロンドの女たちにアマチュア騎手たちの登場する映画はハッピーエンドで、たいてい、平地に住む人たちにだんぜんお気に入りの目的地である山岳地帯で終わった。そして人々は皆、共《とも》にするものがあった——平地の出であろうと、山地の出であろうと、陸の上であろうと、水の上であろうと。

共同はしかしながら、決して私的なものになってはならなかった。「永遠に別れて」機知に富む見出しは、そのことをそう名付けた——上を走る者は下に行くことはできず、右を走る者は左に行けなかった。そうして人々は快適に集っていた、ドイツの景域が快適な目的地の数々を飾り立てた。たどりつくことは可能なものの、魅惑的なのはほんの短い間だけ。

一つだけ、失われることがあってはならなかった——共通項、遠い目的地。歩兵であろうと、砲兵であろうと、はたまた故郷《くに》にいる水兵の妻であろうと、故郷、爆弾によって不可能になるまえに、屋根が頭上に落ちたところ。そして当の歩兵、砲兵、水兵は、額に入れられて、部屋の壁に掲げられた写真に納まって——制服を着て、飾られて、やっと家を出ることができて幸せ。戦争。海の道だろうと、空の道だろうと、アウトバーンだろうと——どれも、近い目的地を遠ざけておくのだった。当時だけにとどまらず、怪物《モロク》となった故郷を。

（二〇〇〇年一〇月一九日）

ハルトムート・ビトムスキー（一九四二年―）

北ドイツ・ブレーメン出身の映画監督。本書で言及される『ジャーマン・イメージ』（八三年西ドイツ映画）、『第三帝国アウトバーン』（八六年同）、『ディ・ウーファ』（九二年ドイツ映画）といった映画において、ナチス時代にドイツで撮られた映像の意味を問う。当時、宣伝のために撮られた映像も、ときがたち新たな文脈が与えられれば違った意味を持ち、新たな読みの可能性につながる。ビトムスキーは自身の映画の中で、ナチスが宣伝用に作った映像をもとに、ナチスとその時代を批判的に（再）構成してみせる。本書で言及される『地表、映画館、壕』と『映画と風とフォトグラフィー』はともに九一年ドイツ映画。

1　戦後ドイツを代表するジャーナリストであったマリオン・グレーフィン・デーンホフ（一九〇九―二〇〇二年、東プロイセン出身）の回想録『もう誰も挙げない名前の数々』（一九六二年、邦題『喪われた光栄――プロシアの悲劇』）の引用。

2　カストロプ＝ラウクセルもヴッパータールも、ドイツ西部はルール地方に位置する。かつて重工業で栄えた地域にある都市として、そこにつきまとう殺風景なイメージゆえに、ここに挙げられていると思われる。なお、ヴッパータール＝エルバーフェルトという地名は存在しない。現在はヴッパータール市の一部となっているエルバーフェルト生まれのユダヤ系ドイツ人作家エルゼ・ラスカー＝シューラー（一八六九―一九四五年）を想いつつ、ダブルネームのカストロプ＝ラウクセルに合わせてヴッパータール＝エルバーフェルトにしたのかもしれない。

3　「その現実において」とは、おそらく一九三八年三月一五日のことを指している。この日、ヒトラーは英雄広場で、その場を埋め尽くす熱狂した群衆に向かってオーストリアのドイツ合併を高らかに宣言した。ブルク劇場で見たのは、トーマス・ベルンハルトの戯曲『英雄広場』なのであろう。戦後のオーストリアに根強く残るナチズムを糾弾する問題作で、八八年一一月四日にブルク劇場で初演されるやいなや、一大スキャンダルを巻き起こした。

4　ドイツの軍人クラウス・フォン・シュタウフェンベルク（一九〇七―四四年）は四四年七月、ベルリン・ベントラー通り（現シュタウフェンベルク通り）にあった国防省でヒトラーの暗殺を試みるものの、失敗する。
5　戦後ドイツ文学を担った作家サークル、一九四七―六七年。
6　一九三三年の首相就任後、国民統合を推し進めるべく、ヒトラーは全長七〇〇〇キロメートルにおよぶ「帝国アウトバーン」計画を発表、同年九月より建設が始まった。失業対策の一環でもあり、三八年には一二万もの人々が建設に従事した。第二次世界大戦の始まる三九年九月までにおよそ半分が完成したものの、四二年、戦況悪化にともない工事は中断する。一般の人々の利用度はきわめて低く、「軍事的にも重量車両の走行には適さず、戦時下で一部の区間が滑走路替わりに使用された」程度に過ぎなかった（石田勇治『ヒトラーとナチ・ドイツ』二〇一五年、二二三頁）。
7　マレーネ・ディートリヒ（一九〇一―九二年）、ドイツ人歌手・女優。ヒトラーのお気に入りであったものの、ナチスを嫌って第二次世界大戦中はアメリカを支持した。

リーフェンシュタール女史

「彼女の演出した劇映画や写真集が、そのプロパガンダ映画の意義に到達することはありえない」そう、リーフェンシュタールの伝記の一つにある。ついこのあいだ終わったフィルム博物館での回顧展で、これらのプロパガンダ映画はとてつもなく笑えるものだった。始まりはどうだったかというと、まだ映画のない伝記――ヘレネ・ベルタ・アマーリエ・リーフェンシュタールは、アルフレートとベルタ・イダの第一子として、一九〇二年八月二二日のベルリンに生を受ける。九一年後、『フランクフルター・アルゲマイネ』雑誌版の問いに、自身の主な特徴として挙げるのは――強い意志。

この齢《よわい》で、リーフェンシュタールは新たな業《わざ》にも手をつけた、スクーバダイビング。ひょっとしたら新たなキャリアの始まりとしては、なかなか悪くないアイディア。「いつも彼女を大きな舞台へと駆り立てるものがあった」と、リーフェンシュタールの伝記作者は書きとめる。そのキャリアとは――逆説的な仕方で一貫した連なり、賛嘆に値する序幕に、歓喜に包まれたその後、力づくで手に入れた終わり。おそらく、だからこそそのスクーバダイビング――「私はね、ご存じの通り、正常から逸脱しているのです」ギュンター・アイヒ[1]の人形劇に登場する、イカの言《げん》。

幼友達に、リーフェンシュタールはある映画の素材について書く、「それはね、でも、私のために取っておくわ。だって、主役は私自身が演じたいんですもの」。幼い頃の、なかなかおとなしいとは言えないこの種の願いは、威嚇するような幼少期がなくともおきまりの法則、それらの帰結の方はというと、そうでもない。「ただ私の意思だけが決めるべきなのよ」。意思が実行したのは、当面だけではなかった。

　マリー・ウィグマン[2]のもとで舞踊指導を受けた後、肩書はまだどこか謙虚――「舞踊学校生」。自身の燃えるような願いの上手い隠れ蓑――「母が父にいかに扱われているか――父は象のように、ドシンドシンと踏み鳴らすことだってできたのです――目にするたびに自分に誓いました、将来、人生の舵は絶対に手放さないぞってね」――彼女がつねに必要とするのは、りっぱな業績で始めなければならないということ。ひざの故障で踊ることが難しくなると、別の道へと強いられた、映画、すぐさま『聖山』での主役。彼女の目標は、まさにいつもつねに可能な限り高かった。どの山も、『運命の山』（アーノルト・ファンク監督、一九二三―二四年）でなくてはならなかった。運命の山は、またたくまに『聖山』（一九二五年）へと姿を変えた。フィルム博物館の観客は、静かにスクリーンに見入っては、また笑い出した。

　もう最初の映像が神秘的な景域で、「女」を、靄の立ち込めた明かりの中で、「湖」にそびえたつ「山」に対峙させる。加えて、非の打ちどころのない化粧が施されたリーフェンシュタールの顔面アップ、魅惑的というより美化されて。

　映画が「真正性」を要求し、それでいて対極的な対立を構築するとき、それは真正性の定義への問いを置き去りにしてしまう。パラレル・モンタージュのなされる、よりによって「ディオティーマ[3]」と呼ばれる山地の美人が山小屋の窓際に座っているところで、この映画の最初の失敗は忘れられてしまう――ルイス・トレンカー[4]がディオティーマの写真を目にして、たちどころに「まるで運命に深く心揺さぶられる」グランド・ホテルのホールでのシーン、続いて「彼女自身の」車に、一本のリンドウの花があることに気づく。そのような台本が、リーフェンシュタール女史の女優としての地に足がつかない業績を、理解可能なものにしてくれるかもしれない。

歓呼する山の春は山岳地帯を登っていき、歓呼しながらディオティーマも「彼女の」坂を、上へ上へとあがっていく。歓呼に対し、リーフェンシュタールはしかしながら、たった一つの身振りができるだけ

――


家を駆けだしながら、両腕をめいっぱい広げる。歓呼は、かねてより危険だった。さらに、ほとんど演技を要しない山でのあまりの艱難辛苦《かんなんしんく》に、リーフェンシュタールは飽き飽きしている。裸足で山を登るのも、凍りついた小川も、二度ほど埋められなくてはならなかった比較的小さな雪崩も、もうオサラバ。

監督への道は開けた。ふたたび呼ぶ山がある、今度はベルクホーフ[5]の建つ山。興奮冷めやらぬまま、彼女はアドルフ・ヒトラーとの最初の会合を、一九三三年五月と記す。焚書後まもなくのある訪問のことで、ゲッベルスも「好感が持てる」と思った。「ヒトラーは親切、全然うるさくない」と書きとめる。強いられるわけでもなく、党大会の映画『信念の勝利』のための計画が生まれる。そうこうするうちに資料によって裏付けられているように、この信念は痕跡一つ分、あまりに長く勝ってしまった。一九三三年の人々という体験の「芸術的なシンフォニー」[6]が、圧巻をなした。リーフェンシュタールの伝記作者は意図せぬ滑稽さについて語り、フィルム博物館の観客も、似たような感じを抱いた。必然的に『意志の勝利』（一九三四年）が続いた。

スクーバダイビング後の話によると、彼女には時間がなかった、ヒトラーやゲッベルスと紅茶を飲むたびに、そのまえに『我が闘争』を読み返して、何が起こっているかを理解する時間が、なんだかんだ言って、そう彼女は語る、夜は一〇時間、映画を編集しなければならなかった、日中は六時間。彼女の言うことを、信じてあげるべきだろうか？　そろそろフィルム博物館を後にして、コーヒーを飲む時間。それか

ら、ヒトラーのもとでの紅茶について思考を巡らす時間。重要だったのは――それはいまでも、それどころか、ますます重要――成功、それも、公の場での成功。踊りの舞台、グループの、あるいはソロのそれであれ、高山における眩暈からの解放、九一歳でのスクーバダイビング。彼女が成功すれば、その不合理さは認知されることがない。そのことに気づくのは、政治的にも、いつも手遅れになってから。

（二〇〇一年三月二日）

レニ・リーフェンシュタール（一九〇二―二〇〇三年）

山岳映画『聖山』での主演後、一九三二年、『青の光』で監督デビュー。ナチス政権誕生後、党大会の記録映画『信念の勝利』（三三年）および『意志の勝利』（三四年）、国を挙げた一大イベントであったベルリンオリンピックの記録映画『オリンピア』（第一部『民族の祭典』、第二部『美の祭典』、ともに三八年）を撮ったことで、第二次世界大戦後、政治的・道義的責任が問われ続けた。

戦後、法的な罪には問われなかったリーフェンシュタールは、七〇年代、写真家として見事な再起を遂げる。アフリカ・ヌバ族を映した写真集や、七一歳で取得したスクーバダイビング・ライセンスを活かした水中撮影写真集を発表。一〇〇歳の誕生日には自身が監督した新作映画『ワンダー・アンダー・ウォーター』を公開し、世界中を驚かせた。

写真集にしても映画にしても、題材が「ナチス」であろうがなかろうが、美を表現するその方法論の一貫性が指摘されている。ナチス時代の罪について、リーフェンシュタール自身は自らを政治とは無関係な芸術家であるとして、無罪を主張し続けたが、作品における方法論が一貫しているだけに、美しいというだけで評価してよいのか、現在にいたっても議論が続いている。

1 ギュンター・アイヒ（一九〇七―七二年）、ドイツの詩人。

2 マリー・ウィグマン（一八八六―一九七三年）、ドイツのモダンダンス「ノイエ・タンツ」の創始者。

3 プラトン『饗宴』（紀元前四〇〇年頃）に登場し、愛の哲学を語る巫女。

4 ルイス・トレンカー（一八九二―一九九〇年）、南チロル出身の、山岳映画を代表する俳優・監督。

5 ドイツ南部ベルヒテスガーデン近郊にあったヒトラーの別荘。

6 『信念の勝利』封切り後、ベルリンのナチ新聞『デア・アングリフ』に掲載された批評が参照されていると思われる。ペーター・ハーゲンなる名の下で書かれた一九三三年一二月二日の批評には、以下のように記されている。「この映像は、党大会の経過を音響的・視覚的に再現したものではない。むしろ『一九三三年のニュルンベルク』という体験の、芸術的なシンフォニーなのだ。そしてそれをして、国民社会主義ドイツ労働者党のこれまでのあらゆる行進、集会の圧巻をなすのである」（以下より引用――Rainer Rother: Leni Riefenstahl und der “absolute Film” in: Harro Segeberg (Hrsg.): Mediale Mobilmachung 1. Das Dritte Reich und der Film. München 2004, S. 129-149, hier S. 135.）

フォンターネの景域──マリアンネ・ホッペ

そうでなくとも、ただあどけない人々だけが特別なウエイトを期待していた今年、「ヴィエンナーレ」は驚嘆に値するものにスポットライトを当てた、あるいは映画館客席のわりと弱々しい闇を、ヴィエンナーレ用に選ばれた、宇宙や地下鉄を連想させる響きの映画館客席の──ウラニア、メトロ。[1]

昨日の遅い夕方──『女王』ヴェルナー・シュレーター監督、マリアンネ・ホッペのポートレート映画。そのなかでホッペは、ひじょうに若く、美しく、怖気づいた女優たちからの質問に応えていた。その怖気が浪費だったことはなく、通常のインタビューと違ってそれほど意義があったわけでもなかったそこでの問いの数々は、極度の尊敬の念を通してあらかじめ与えられており、また、それに相応しい仕方で受け入れられていた。それらの問いが、公の場で一人の人に向けられた印象もなかった。ある機関に、とは言わずもがな。

その顔を見て、さらに分析することのできた者は（幸い、その顔は十分なほど見ることができた）、なかなか疲労困憊して映画館を後にした、インドシナから帰ってきた後のような時差ボケ感とともに──眩暈感。幸い、一〇月の早い晩が頭をスッキリさせてくれる。マリアンネ・ホッペの顔と似たような仕方で、ただほんの少し、そこまで自信たっぷりではなく。

フォンターネであれば、この顔に太刀打ちできたかもしれない、その遍歴の景域に、その到達可能さや

不可能さに太刀打ちできたように。滅多になかった、その驚きの瞬間にも——マリアンネ・ホッペの明るい瞳、なかなかクールな視線、加えて同様に明るい、それでいて白ではない髪の毛、襟元の完璧な仕立て、その超然とした様子、なにがしかを犠牲にしていたその襟元。その種の犠牲が、フリードリヒ大王の軍事行動における、大王自らが認めた数少ない負け戦のいくつかを想い起させたほど。

　彼女が、歳を取ることを残酷と感じているとは思えない。明らかに彼女は、ますます展望のきくものとなっている自然の諸々の力を信じてもいる、けれどもその力は、それでもやはりまったく展望がきかず、残忍になることもある、旧約聖書の猛り狂う神のよう。「神」という言葉がしつこいことはなかったけれど、でも、どこかやや頻繁で、信頼に満ち溢れすぎるきらいがあって、この至高の存在に相応しい程度を超えていた、この存在は、天地創造の際に、なかんずくヨーゼフ・ゲッベルスをも創ることに成功したのだけれど、そのゲッベルスはというと、フラッシュバックの間に短く、マリアンネ・ホッペの横に姿を現した。彼女の横のゲッベルスは青白く見え、いないよう。一九三九年のグスタフ・グリュントゲンスのときとは大違い、そこでは国民的俳優グリュントゲンスとともにいる、やや明るすぎるスーツに身を包んだ喜色満面の国民啓蒙・宣伝大臣を仰ぎ見ることができる、グリュントゲンスはグリュントゲンスで、ほとんど渋面と言っていい嘲弄を込めた笑みを浮かべて差し出された手に応じ、同時に——今日でも、例えばウィーンで連邦大統領が歓待するときに通常そうであるように——視線は相手からそらして、ゲッベルスの隣にいるいかがわしいと思われる男に、上機嫌の、励ますような視線を贈っている。

　州の学術芸術大臣であったアドルフ・アルント[2]は、グリュントゲンスのベルリンでの葬儀で、次のように述べた——「深長な意味において、グリュントゲンスの矛盾だったのです——あれほど多くの仮面の奥で、誰のものでもない顔であるという」。あるいはリルケが己の墓碑銘に定めていたように——「薔薇よ、なんという純粋な矛盾、喜び／誰の眠りでもないという、こんなにも多くの／瞼の下で」。まったく違う、断然、拒絶的で、ぜんぜん眠たそうでもない、マリアンネ・ホッペの顔。

マックス・オフュルスの映画『恋愛三昧』で、ルイーゼ・ウルリッヒとマグダ・シュナイダーと共演するグリュントゲンスを見たことがある者は、グリュントゲンスについてのどんな情報もありがたく受け取り、それでいて不要とみなすだろう。決して不要でないのはしかしながら、「グスタフ」についてマリアンネ・ホッペの語る、その仕方。まるで、田舎の子どもが手の届かない村の神父様について語るよう——しまいにはまさに、神と自然の猛威に話題を移すため。

私たちは、ここでとどめておこう、あるいは、私はとどめておきたい、まさにウィーンの映画館においては——グスタフ・グリュントゲンスは世界旅行の途上で、一九六三年一〇月七日から八日にかけての夜にマニラで死んだ。彼の死の星座が、彼に好意的であり続けるよう、願うのみ、驚くべき《ウングラウブリッヒ》マリアンネ・ホッペにとって、彼女の神がそうであるように。

（二〇〇〇年一〇月一七日）

マリアンネ・ホッペ（一九〇九—二〇〇二年）

ドイツの北東はロストックに生まれ、ベルリン演劇界の巨匠マックス・ラインハルトのもと、一九歳で舞台デビュー。当初から才能を認められた。三三年以降の映画出演を通して、ウーファ映画スターの仲間入りも果たす。テオドール・フォンターネの小説『エフィ・ブリースト』（一八九六年、邦題『罪なき罪』あるいは『罪のかなた』）の映画化『しくじり』*Der Schritt vom Wege*（一九三九年）でのエフィ役が「はまり役」と絶賛される。ナチス時代のキャリアにはしかしながら、権力者におもねるところはない。

戦後も人気は途切れることなく、とりわけ演劇界で活躍を続けた。代表的な出演作に『英雄広場』（クラウス・パイマン演出、八八年初演）、『リア王』（ロバート・ウィルソン演出、九〇年初演）、『カルテット』（ハイナー・ミュラー脚本・演出、九四年初演）などがある。

私生活では三六年にグスタフ・グリュントゲンスと結婚している。四六年に離婚したものの、五〇年代半ばまでグリュントゲンスが総監督を務めるデュッセルドルフの舞台で演じた。

戦後のテレビ番組『時代の証人たち』（第二ドイツテレビ、八七年）で、ナチス時代の生き証人として当時のことを聞かれると、「要するに証人って、事柄の外側にいる人のことでしょう」と質問をかわし、言明を避けている。二〇〇〇年のドイツ映画『女王』には、自身の息子と『しくじり』の撮影舞台となった屋敷周辺を歩く場面があるが、「過去との対峙」の感想を求められると、「私の場合、どこかにいたいか、いたくないかのどちらかよ。何かと対峙するなんて嫌だわ」と述べている。

グリュントゲンスと違って「やましい」ところのないホッペは、過去を振り返ることなく、ひたすら「いま」に生きた人であった。エッセーのタイトルが示唆するのは、しかしながらそんなホッペにアイヒンガーが見た「罪なき罪」なのかもしれない。

グスタフ・グリュントゲンス（一八九九―一九六三年）

一九二〇年代、北ドイツのハンブルクで舞台俳優としてのキャリアを積み、まもなく演出も手掛けるようになる。二八年、ベルリンを拠点に映画界にも進出。初期の有名な役に、例えばフリッツ・ラング監督『M』（三一年）における犯罪集団のボス役がある。

ナチス時代にプロイセン国立劇場の総監督になり、ヒトラーの後継者と目されたナチス最高幹部の一人ヘルマン・ゲーリングの庇護の下、国民的俳優・監督としての地位を固める。戦後は非ナチ化のプロセスをへて、デュッセルドルフとハンブルクで総監督を務めている。

グリュントゲンス演じる悪魔メフィスト（ゲーテ『ノァウスト』）は、その名演技から彼の代名詞にまでなったほど。クラウス・マンはまさに小説『メフィスト』(三六年)において、ナチスドイツでキャリアの階段を上りつめていくグリュントゲンスをモデルに、芸術のためなら自身の政治的・思想的信条に反してまでも権力者に取り入る主人公の俳優を、悪魔メフィストになぞらえて描いている。小説そのものは個人の人格権を侵害するとして、七一年、連邦憲法裁判所の判決により発禁処分を受けたが、グリュントゲンスにまつわる小説や映画は数多く、彼自身が幾重にも神話化されており、実像がつかみにくい俳優である。

その死も謎に包まれている。六三年の夏、ハンブルクでの総監督職を辞め、世界旅行へと発つ。そのさなか、睡眠薬の大量摂取によりフィリピンはマニラで永眠。それが事故だったのか自殺だったのか、いまだに明らかになっていない。

1　ウラニア、メトロともにウィーン一区に位置する映画館。前者は一九一〇年、後者は一九五一年開業。

2　アドルフ・アルント(一九〇四—七四年)、社会民主党所属のドイツの政治家。

ホールヴェク通りのリア・デ・プッティ

数日前、帝国シネマにて、ラ・ヤーナの『大いなる神秘』と、リア・デ・プッティの『大いなる神秘』[1]。リア・デ・プッティの存在への疑念は、はるか以前から私自身のそれへの疑念に適うものだったので、ジョー・マイ監督による一九二八年[2]の『大いなる神秘』の方が、同年インドのぴかぴかとした光に粗い画像が、まだ耐えられた。

小学校に入学するはるかまえのこと、議論の余地のない確かさというものへの希望を私に与えてくれたのは、リア・デ・プッティだった。その名は、祖母の家での最初の名前の数々に含まれていた。私たちの母の妹の奏でるショパンのエチュードが、鍋の蓋のカチャカチャという音とともに静まっていくやいなや、私にとって今日にいたるまで決め手となる一文、ないし、扉が閉まってその最初が消された場合は、その正確な終わりが、決定的に降ってわいた——「……チキンの骨に、窒息したのよ」

ふたたび起こったのだった、私たちが息をこらえて待ち望んでいたものが——チキンの骨とリア・デ・プッティが、たがいを見つけていた。その一文は、寂しさと退屈を持ち上げて、二度と降りてこなかった。その文を、他のどの文よりも優れたものにしていたのは、そのトーン——響きは日曜日ごとに、次第にありそうにないものへ、愉快なものへとなっていった。祖父はマルヌ会戦[3]について、まだ何か言いたげだったけれども、できなかった。

「……チキンの骨に、窒息したのよ」――無声映画スター、リア・デ・プッティ
ニューヨークに到着、一九二六年

一九三一年一一月二〇日、エキセントリックな無声映画スター、リア・デ・プッティは自殺未遂を経て、マディソン街のハーバー療養所《サナトリウム》に入れられた。一一月三〇日、葬儀がパトリック大聖堂で行われ、大西洋から低く立ち込めた雲が漂った。

ある経験が決定的であればあるほど、その場所も取り換え不可能なものとなる――リア・デ・プッティの最期の決め手となった経験にとって、ニューヨークはマディソン街のハーバー療養所が決定的となったのと同様に、その知らせは、それにふさわしいあの場所でのみ、妹と私の下に届くことができた――ウィーン三区の市電に揺られて、番地は一、建物玄関を左に、それから三階へ。あそこ、あの静かな家、そしてまた、ある空間でのみ、一三時を回るか回らないかの、昼の食卓。

今日にいたるまで私にはあの文が、いまだ神に見捨てられていない昼の静けさに降ってわく。いまだにあの文が、他のいくつかの文よりも優れているのは、そのトーンのせい――響きは愉快で、どこか救われていて、あの空間の中で、斜めに宙ずりになっていた。

その後まもなくして、私たちは修道会学校に行くことになった、青い制服、教科書にノートをもらい、天の神についての話を聞いたのだけれど、それ以上、神は私たちに関わらなかった。リア・デ・プッティの知らせは、他のどんな知らせをも凌駕していた、それは、他の人々とほとんど関係がなかった、神的な人々とは全然。関係があったのは、映画館だった。

妹も私も、他の人々とはまず関わりがなく、あったのはホールヴェク通り一番地の人々――母の末妹は、毎日、七時間は練習をしてから映画館に行った、あるいは、先に述べたリア・デ・プッティについての台詞を口にした。散歩も好きで、いちばんのお気に入りは道を上がって、風の吹く荒涼としたファザン通りとギュルテルを通るルート、軍事史博物館には先の二つの大戦のものである武器が、壁にかかっているか、窓と窓の間にあって、そこでは晩秋になると、はやり始めのどんなタイプの肺炎にもかかりやすかった。あの地域は彼女の性に合っていて、ピアノレッスン（シュテファン・シック、ペテルカ嬢、エルゼ・フリードリヒ）のための新たな教授法や、旅行の計画、夢を想いつく駆け込み場となるのだった。

明るいコートが好きで、ウールのベストか金ボタン付きの袖なしチョッキをその下に着忘れたときは、薄着すぎることもしばしばだった。「ははぁん《アー》、やったぞ《ハラリ》！」その様子を目にすると、絵描きのフリードリヒが上の階から私たちに声を浴びせたものだった。けれども彼女には十分だった、温かいようでもあった、肺炎には、軽い風邪にだって、かからなかった。南駅のホールで、トリエステや、アマルフィ行きの時刻表、乗り換えのチャンス、出発時刻を子細に調べた。

晩頃には、そして冬が近くなる頃には、あてどなさは治まり、旅立っていた人は帰ってきた、その名をヴェッセンホーフ[4]といった長身のオランダ人が暗い玄関に姿を現し、一つ、二つと、ストーブに火がくべられた。

ホールヴェク通りへと帰ってきた人は誰一人いなかった、というのも、誰も避暑へと旅に出たわけではなかったから、けれども新たな季節が別の観点を運んできた——ともすればちょっと旅に出ていたのかも、ザルツブルクや、オーバーエースタライヒの暗い、到達不可能な湖へ、イェーゾロや、アマルフィへ、さらに到達不可能だけれど、より温かいところ。

リア・デ・プッティがチキンの骨に喉を詰まらせていたそのとき、私たちは、最初の本々を読んでいた。けれども今日にいたるまで、それらが私を映画館好きに、ましてやリア・デ・プッティ好きにしたわけではない。ホールヴェク通りの廊下に立つ、白く着飾った四人の娘たちとともにある薄れゆく像の輝きは、すぐもう暗くなった窓とは対照的に、それほど不合理に映らず、リア・デ・プッティは、娘たちと談笑しはじめてつかの間、自らのパニックを忘れた。

（二〇〇一年五月四日）

リア・デ・プッティ（一八九七―一九三一年）

二重帝国はハンガリー出身の無声映画スター。ブダペストとブカレストで舞台と映画のキャリアを積んだのち、一九二〇年にベルリンでも映画デビュー。ファム・ファタール（男を不幸にする魔性的な女）や魅惑的な女を演じるのを得意とした。ジョー・マイ監督映画『大いなる神秘』（二一年）でブレイクし、以降、とりわけドイツで人気を博す。ウーファ映画『ヴァリエテ』（二五年）で国際的成功をつかむとハリウッドに招かれるものの、さらなる成功には結びつかなかった。その後ドイツに戻り、私生活においても不遇の重なっていたデ・プッティが窓から転落すると、それが自殺未遂との憶測を呼び、失意の中、ドイツを去った。

その後はイギリスで映画出演を続けるものの、ハンガリーアクセントが強かったため、無声映画時代の終わりが女優としてのキャリアのそれに重なった。アメリカに渡り、のどに詰まらせたチキンの骨を取り除く手術中に生じた合併症が原因で、ニューヨークはハーバー療養所で三四年の生涯を閉じた。

1　テア・フォン・ハルブ（ハルボウの訳語が定着しているが、原音に従えばハルブ）の小説『インドの墓』（一九一八年）を映画化したもの。二一年版（ジョー・マイ監督）、三八年版（リヒャルト・アイヒベルク監督）、五九年版（フリッツ・ラング監督）とあるが、リア・デ・プッティは二一年版に、ラ・ヤーナは三八年版に出演している。

2　正しくは一九二一年。

3　第一次世界大戦はフランス・マルヌ河畔での戦い。

4　一五頁ではヴィッセンフォーフとあるが、原文ママである。

ビル・ブラント「街頭写真家の書割」一九三〇年頃

「街頭写真家の書割」

愉快がっている月いがいの誰が、自らの頭部を危険にさらすというのだろう？　それに、どんな頭部たちが、とがった靴に明るい花束、結婚式用ヴェールにシルクハットを持った、上機嫌の、挨拶状から打ち抜かれた新婚夫婦の上を、添え物の月二つのように、パロディーとして上ることを敢行してもよかったであろう？　当時、誰が、自らをパロディーと同一視したであろう――あるいは、市民の勇気の別の形と？

（二〇〇一年五月）

滑稽の超然性

スタン・ローレルとオリヴァー・ハーディ

誰も聞かれることはない——自らが存在することについて、心の準備は整っているか、いくつかの決定的な細部についてはなおのこと。太めか、細めか、なかなかの成功者か、たちどころに周辺の存在か、馬鹿か、したたかか、はたまたそのどちらでもないか。驚くほど多くの人が、存在しない可能性よりも、すべての方を甘受してしまう。誕生のさい、存在する可能性は確かに与えられるけれど、存在しない可能性の方は、与えられないものだから。

ＩＱが高くても、あるいは最高でも、あってはならないことは拒まれてしまう——存在しない可能性、気にされない可能性というのは、それが誰からであろうと——ゴドーからであろうと、世界理性からであろうと（その探求の途上で、ついこの間、もっとも自由な思想家の一人であったＷ・Ｖ・クワインが、ボストンで九一歳の人生に幕を閉じた——考え抜かれた秩序など、その切れ端すら見つけられないと彼は言うのだった）。

スタン・ローレルとオリヴァー・ハーディ、帝国シネマでいまでも観ることができる彼らは、混沌へと転倒する秩序の極端な形式——片方はイギリス人でやせっぽち、途方に暮れたうるんだ目、視線は観客の方を向いて、あるいは観客の間を横断し、抜けていく、もう片方はでぶっちょで、途方に暮れて、カチンと来やすいけれど、同じくらいすぐにまた元通り。彼らのドタバタが従うのは「しっぺ返し《ティット・フォー・タット》」（「おまえ、やったな、俺、やるぞ」）の原則で、あいにく信心深い船旅の目的地へと向かうものではないけれど、ひとまずはわかりやすい。

二人が提示するものは、落ち着いた目的地の数々をいくぶん行き過ぎてしまう。「じわじわとこみ上げ《スロー》てくる怒り《バーン》」（「次第にかさの増す」ジョーク）でもって、彼らは、彼らの時代にお決まりだった速さ《テンポ》とアクションばかりのストーリーの流れに、欠けているものを提示する。「彼らの時代、コメディアンは映画の中で多くのことをしすぎる傾向がありました。ローレルとハーディで、私たちはその真逆を示したのです。私たちは、まともなことが実際、何一つ起こらないと言っていい、そんな演出を試みました」と、台本作家の一人は言った。

巧みな「つかみにくさ」はスクリーンに限らず、どたばたギャグ《スラップスティック》の、また、どんどん高まり、度を超えて高まっていく進行の前提。二人は馬鹿よりももっと馬鹿を装い、スタンが、イギリス人の方が基準を示し、深淵からふたたびバランスを取り戻す、自らを新たに定義するチャンスが高じる――そして二人は儚く安堵。

スタン・ローレルは、オリヴァー・ハーディ同様、早くからスターだった、まずチャーリー・チャップリンと一緒に仕事をし、ロンドンでは部屋を共にして、チャップリンと比較された。スタンもオリヴァーも、早くに才能を伸ばしてもらい、それぞれの両親に理解されてきた――ジョージアにある母のホテルで、小さなオリーはもう歌のショーで宿泊客たちを魅了し、アトランタではエンリコ・カルーソー[1]を聞いた。北イングランドの劇場支配人の息子、スタン・ローレルの方は、九歳にして、舞台裏方たちの手で座席二ダース分のミニチュア劇場に変貌した屋根裏部屋で、演じていた。
一九四四年、二人は最後となる映画を制作し、一九四七年、スウェーデンやフランス、ベルギーの舞台にまだ立っていた。一九五七年、オリヴァー・ハーディが三度目の卒中発作後にハリウッドで死ぬと、スタンの主治医は葬儀に参列することを禁じた。
「それで良かったのかもね」後に、ローレルは語った、「もしかしたら、その場でおかしなことを言ったか、しただけだったかもしれない、悲しみを隠すためにね——ベイブ[2]はわかってくれただろうけど。人にどんなに愛されていたか、ベイブ自身が——いま、どこにいようとも——知っていることを、僕は願っている」。ローレルは、ハーディのもっと後になって死んだけれど、早い死ではあった——もしかしたら運命の親切なポーズなのかも、遅すぎる苦しみから、超然性のない滑稽さから護るという。

（二〇〇一年一月五日）

ローレル&ハーディ

イギリス人スタン・ローレル（一八九〇—一九六五年）とアメリカ人オリヴァー・ハーディ（一八九二—一九五七年）からなるお笑いコンビ。一九二一年と二六年から五一年にかけてコンビを組み、ハリウッドで長短合わせて一〇〇本以上もの映画を制作。無声映画の頃から注目され、その世界的な人気は時代がトーキーに移行してからも衰えることはなかった。日本では「極楽コンビ」の愛称で知られている。私生活でも仲が良かった。

アイヒンガーのローレル好きを知っていた親友の文学評論家リヒャルト・ライヒェンシュペルガー（一九六一—二〇〇四年）が、彼女の八〇歳の誕生日に厚紙でできた等身大のローレルをプレゼントすると、アイヒンガーはとても喜んで、それを部屋に置き続けたという（デヴィッド・シグネールとのインタビュー、二〇〇五年）。

1　エンリコ・カルーソー（一八七三―一九二一年）、イタリア出身のオペラ歌手。オペラ史上もっとも有名なテノール歌手の一人と言われている。

2　ハーディの愛称。

エディ・コンスタンティーヌ

……は、文壇のスターのなかにもそうする人がいるように――気取りがあるにせよ、ないにせよ――歌のレッスンを受け、ジョイス同様、オペラ歌手になりたがった。彼の場合、ある程度、方向性を保ち続けることができ、仰天しながら、それでいて泰然と、その世界、それらの世界のど真ん中に行きついた。迎え入れてもらえた、おそらく、どこででもそこが、もっとも周辺の街はずれの騒げる場所であるかのように動けたから、そうした場所に、それらの世界から転落してしまう周辺的人物たちも引きつけられてしまうもの。

エドワード・コンスタンティーヌ、ロシア出身の移民労働者ミーシャ・コンスタンティノフスキとポーランド人女性の息子その人は、一九一七年、ロサンゼルスに生まれた、かの地ではきっと晩秋のはじまりとはみなされないであろう時期のこと。そういうわけで彼をしてじきに、東海岸へと横断させ、そこからフランスへと向かわせるものがあった。パリで早くもナイトクラブ歌手として成功、彼の星が、ハリウッドの常識に照らしても、想像しがたいスピードで急上昇していくまえのこと。

「あそこまでつぶれた、あばただらけの面《ツラ》というのも他になかった」後年の、彼を褒めたたえるコメントの一つに言う。こうも――「彼は映画の中で保ち続けたのだ、彼自身の顔が約束したものを」。ＦＢＩ捜査官、スーパーマンとして、それもフランス・ミステリーにおいて、観客の側に立ち、その歓声を得た無鉄砲な男として。『ピストル二丁に捧げるセレナード』、『ナイトテーブルには青い豆』――見たところ、エンドレスに続きそう。『今日からはまた、ぶん殴る』とは、どこかやぶれかぶれの望みのような響き。[1]

ふたたび伝記へ、連勝の巻物を中断し、細部から区切りを設けるそれへ。彼は、ロサンゼルスで五重唱グループ「五銃士」のメンバーとなり、一九四一年以降はラジオシティ・ミュージックホールの合唱団で歌う、そして移民ダンサーと結婚、一九四七年、付き添ってロンドンへ。

最後に、若い頃の伝記から細部を一つ――一九三六年から一九三八年にかけて、彼はウィーンの音楽大学に学んでいた。そういうわけで、彼が、その両年そこでピアノを教えていた母の末妹を、彼女が解雇され、移送され、殺されるまえに、歌の練習でもって、間近に迫った終わりをまえに最後に愉しませた、というのもありえる話。

ゴダールは、エディ・コンスタンティーヌを「火星人の人相をした唯一の俳優」と呼んだ。けれども『アルファヴィル』での失敗後、映画はたくさんになって身を引いた。

彼は小説を書き、ベストセラーは『ザ・人気者』といった。本当に人気者だったのだろうか？（ドーヴィルの種馬保有者、別の時期には共産党党員。）

彼の映画を、また当地では手にしようもない出版物にある写真の数々を観る者には、センセーショナルではないものへの彼の潜在的な好みが明らかになる、そのドイツ好みも、そのドイツを、彼は『新ドイツ零年』で歩き回る。一九九三年にヴィースバーデン[2]で死去するまえ、彼には平静の練習をする必要がなくなっていた。けれどもその平静を、彼はそのまま贈り物として与えたのだった、彼にまなざしを注ぐという幸運に、いまだに恵まれた人々に。

（一九九八年）

エディ・コンスタンティーヌ（一九一七―九三年）

ハリウッドとニューヨークにおける歌手活動をへて、一九四七年、ロンドンに渡る。英語と並んでドイツ語とフランス語にも堪能な彼は、五〇年代、歌手としてドイツでも流行歌をヒットさせる一方、フランス製スパイ・アクション映画「レミー・コーション」シリーズに出演。快活かつ女と酒好きなレミーを演じたこのシリーズは、ドイツでも大人気になった。ジャン＝リュック・ゴダール監督映画『アルファヴィル』（六五年）では、コンスタンティーヌの代名詞であったレミー・コーションをパロディー的に転用した「レミー・コーション」役を好演。その後ドイツに移り、ニュー・ジャーマン・シネマの旗手の一人、ライナー・ヴェルナー・ファスビンダー監督映画をはじめとする様々な作品に出演した。九一年には、ゴダール監督映画『新ドイツ零年』でふたたびレミー役を演じている。

1　『ピストル二丁に捧げるセレナード』は一九五四年フランス映画（原題 *Les femmes s'en balancent*）、『ナイトテーブルには青い豆』は六三年フランス映画（原題 *À toi de faire... mignonne*）、『今日からはまた、ぶん殴る』は六五年フランス映画（原題 *Faites vos jeux, mesdames*）。

2　ドイツ中央西部、温泉地として有名。

阻まれた夢追い人

ハンフリー・ボガートとギュスターヴ・フローベール

紙巻きたばこ《シガレット》。トレンチコート。冷笑《スニー》。拳銃《ガン》。屈強《タフ》。バコール。ロマンチック。舌足らず《リスプ》。酒豪《ブーズ》。唸り声《グラウル》。サム。セクシー。クール。死《デッド》――伝記の一つにある、「ボガート的な真の男」の特徴。彼を定義しようとするすべてのものは、しかしながら、落とし穴にはまってしまう。熱烈なファンを失うことなく凡庸さから逃れるという彼の願いは、スターならありふれたものだろうけれど、その知性が、この願いを脆いものにした。

ハンフリー・ボガートとのつながりでフローベールを考えるとは、少し馬鹿げたように聞こえるかもしれない。けれども――両者とも人の輪の中にいるのが好きで、それでいて、その中でひとりぼっち、ハンフリー・ボガートはやまないフラッシュの嵐の中で、フローベールの方は、緻密に描いてある、どこにも合わない重苦しい暗い形姿として。両者ともに、まごうことなく孤独と疑念に襲われている。

二人を取り巻いていたもの――ハリウッド周辺の景域とルーアン周辺の静かな景域ほどかけ離れたものはないけれど、ある一点において二人はそれでも一致しうる――

一貫して旧世界へ向かい、ほぼ無批判に新世界に埋没して消滅するところが、彼らを結び付ける。その希望も、感受性の様々な形式のための、そうした形式の下で、安らぎとまではいかなくとも、役に立つ環境を見出せるという。

フローベールの熱いお風呂、浴槽に横になって吸ったその長パイプ、ボガートのせっかちな生き様、女について抱いていた馬鹿々々しい考え、ときに見せた彼のこれまた馬鹿々々しい信仰心の篤さ、しまいには神だけに見放されたわけではなかったその死、これらは対をなすポイント《コントラプンクテ》。

それでも両者は、孤独と死についての思慮深さという点で接しあう。

ハンフリー・ボガート、見たところカモフラージュの術により長けていた彼は、死の病にあって「礼儀正しい幽霊」として事切れた。フローベール、ボガート同様、医者の息子で、子どもの頃は、いつも外科医のその家の下にあった病院の霊安室へと下りていった彼は、死とのつきあいというものを、もしかしたら、ハンフリー・ボガートよりももっと早くに始めていたのかもしれない——スポーツ好きで、徹底的に鍛えた身体、厳しい全寮制学校での殺人的とも言える戦いへの準備はいつも整っていて、生まれながらの挑戦者。

二人とも、自身の精神をあきらめたことはない、いまだに間違ってそう言われるけれど。私に言わせれば、二人はきっと幽霊となって、相変わらずさまよっているに違いない。

（一九九七年）

ハンフリー・ボガート（一八九九—一九五七年）

ニューヨーク出身。裕福な家庭に育つものの高校を中退し、いつしか俳優を志すようになる。一九三〇年代、ギャング映画での出演を重ね、『マルタの鷹』（四一年）や『カサブランカ』（四二年）で大ブレイク。タフでシニカルなハードボイルド・スターの地位を不動のものとした。九九年、アメリカ映画協会（ＡＦＩ）が発表した「アメリカ映画ベスト一〇〇」の男優部門で、堂々の一位に輝いている。
　仲が良かったことでハリウッドでも有名であったローレン・バコール（一九二四―二〇一四年）は、四度目の妻にあたる。ヘビースモーカーで酒豪でもあったボガートは、食道癌で亡くなった。しまいには一七三センチの体軀が三六キロにまでやせ細ったが、最後の最後まで周囲に微笑みを忘れなかったという。

ギュスターヴ・フローベール（一八二一―八〇年）

　フランス・ノルマンディー地方のルーアンに生まれ、一〇代の頃から執筆を始める。医師の若妻が徐々に身を持ち崩していく様子を描いた『ボヴァリー夫人』（一八五七年）は写実主義の代表作として文学史に名高い。それ自体で作品世界を成り立たせる客観的で緻密なその文体は、カフカやプルーストをはじめとする現代文学に影響を与えたと言われる。他に、自伝的な長編小説『感情教育』（六九年）や短編集『三つの物語』（七七年）など。

「ビル・ブラントが、ブロンテ・カントリーを訪問する」

そして三姉妹を彼独特のスタイルで、できるだけ自らから離して、と同時にできるだけ自らの下に置く、彼女たち自身、どちらかというと肌寒い一九四五年五月のとある一日に、彼がそうすると予期していたであろうように。カントリーの三姉妹が、アルノ・シュミットにとってそうであったように、彼にとっても危険な領域であり続けたのかもしれない。どちらも異なった仕方ではあるけれども緻密で、のぞき見趣味が、彼らの目を霧で包むようなことはない、先入観も、ノスタルジーも。

彼女たちの近視には、三本の蠟燭で十分だったに違いない、肌着も、高さのある、閉じられていないトランクの中にあるものでどのみち十分、帽子への執着はなかったよう。一九四五年の五月はハワース牧師館にあっても、春用の帽子に相応しい五月ではなかった。夜はまだ寒く、攻撃を受けた肺には良くない——そして、どんな鋭い目でも太刀打ちできないほど、夜は黒くありえる。

秩序づけようとすると、想起は簡単に砕けてしまうもの。時宜を得て、多少なりともいなくなるチャンスを逃した者は——と同時に、他の決定的な跳躍の可能性と、その方面での喜びをも——この種のキャリアを軽く受け止めてしまうかもしれない。ブロンテ三姉妹には幼い頃から到来することのなかった呼吸を、彼女たちには拒まれた無傷の肺を、それらだけでも彼は得た。彼女たちへの想いが、彼が丸テーブルに達するのを助けるかもしれない、自らの理想郷が跳躍できるようにと、彼女たちが早く、ますます早く駆け

ビル・ブラント「部屋、ハワース牧師館にて」一九四五年

回ったあの丸テーブルに達するのを。彼女たちへの想いが、砕けゆく想起をも助ける。
すぐにまたテーブルの周りを駆け回って、物語たちのために地に足をつけておいた方がいい、彼女たちに、また彼女たちが固執した、一見奇妙にひんまがった建物にもそれができるとは誰も思わなかった物語たちのために。彼女たちは繊細で、強情で、極度の近視、すべて、とうに知られたこと。それらが彼女たちをして、霧に包まれることを妨げてしまう。少なからずの盲人同様、彼女たちは、輪郭をより鋭く見てしまう、最後の最後はその直前もその直後も問題となるであろう輪郭を。そのような基準の数々に、ビル・ブラントは何度も自らかかずらっていく、けれども、それらの罠にはまることはない。見る限り、死の病に伏してはいるけれども快活で有名な人々でもって自らを飾り立てようという考えは、彼には思いもよらない。「隠している《ハイディング》」ことへのセンスが、彼をヒステリーから遠ざける。デリケートな狂気への感覚が、正常であることに太刀打ちできるであろう、その感覚が、彼を、ある第一級《クラシッシュ》の映画タイトルにある状態に置く――『目《アイズ》を、大《ワイド》きく、閉《シャット》じて』[1]。

（二〇〇一年五月八日）

ブロンテ三姉妹
一九世紀前半、イングランドは北部ヨークシャーの片田舎から時代を超えて読み継がれる傑作を生み出した、シャーロット（一八一六―五五年、代表作に『ジェーン・エア』）、エミリー（一八一八―四八年、代表作に『嵐が丘』）、アン（一八二〇―四九年、代表作に『アグネス・グレイ』）の三姉妹。アイルランド出身の牧師を父に持ち、ハワースの牧師館で短い生涯のほとんどを過ごした。厳しい自然に囲まれ、規則的な日々の繰り返しという閉塞的な日常にあって、リアリズムの視点を持ちながらも空想に富む作品を書いた。

ドイツの作家アルノ・シュミット（一九一四―七九年）は三姉妹を題材にしたラジオ・エッセー「アングリア&ゴンダル――鳩のように灰色な三姉妹の夢」の中で、生まれ育った環境もさることながら、三姉妹の幼少の頃からの独特な遊びにその文学の原点を見出している。それは一種の思考ゲームで、他に遊ぶ友たちを持たなかった三姉妹は、シャーロットの弟ブラウンウェル（エミリーとアンにとっては兄）も一緒になって架空の国を作り、そこでの物語を共同で創作したのだった。シャーロットとブラウンウェルはアメリカ西海岸に「アングリア王国」を、エミリーとアンは太平洋の北に「ゴンダル島」を想定し、一六年もの長きに渡って書き続けたという。まさに「世界文学史上類例を見ない、きょうだい四人による長期的集団幻想」（青山誠子『ブロンテ姉妹』一九九四年、三五頁）であった。

ブロンテ姉妹が丸テーブルを駆け回ったというのは一般に書かれる伝記には登場しないくだりであるが、本書第一部のエッセー「私たちの足元の地面」におけるアイヒンガー自身をめぐる想起の一場面と重なるもので、興味深い。そこには、小売店でユダヤ人だと指差されたあと、「私たちはすぐさま店を後にして、息もつかずに祖母のもとに戻り、そのことについて一言も漏らしませんでした。そうする代わりに私たちは、居間にあったテーブルの周りを駆け始めました」（本書二六頁）とある。

ブラウンウェルは三一歳、エミリーは三〇歳、アンは二九歳の若さで、一八四八―四九年、結核により立て続けに亡くなった。少し長く生きたシャーロットも、五五年、三八歳で第一子妊娠中に、いわゆる妊娠中毒症で胎児とともにその生涯を閉じた。

1　一九九九年米英合作映画。

想起の像

ジャン＝リュック・ゴダール『(複数の) 映画史』

ゴダールはプルーストと、遠いところだけでつながっているわけではない。『(複数の) 映画史』における彼の想起の在り方は、想起に、自由な空間と跳躍の可能性を与えるものである、それがあたかも腹心の友だとでもいうかのように。

括弧でくくってしまうことはない、閉じ込めることもなければ、あれこれ思い悩むことも。想起は、想起なりの仕方で、それに報いる。彼の映画史の中で、ところどころ小見出しがきらめく――「歴史の孤独《ラ・ソリテュード・ド・リストワ》」、「数々の夢《リ・レーブ》」、「キッチュの誕生《ラ・ネサンス・ドゥ・キチュ》」、「見出された時《フ・トム・トゥルーブ》」。間に挟まれた色、矢継ぎ早に変わる映像――それでいて人々は、ゆったりと落ち着いて眺めているよう、まるで世界のどこかに佇んでいるような、まったく邪魔されることなく、ヴェロネーゼやブラックの絵をまえにして。[1]

ゴダールのエコノミーは贅沢――彼は、考えが沈み込み、次々と続く新たな映像の中で、それらがふたたび浮き上がる可能性をとらえる。それが自らの想起をして、彼の想起に匹敵し、ふたたび来て、ふたたび行くことを可能にする。

「想起は、自らをとらえきることがない」ずっと昔に、そう書いたことがある。当時、私が想ったのは、幼い頃に行った田舎でのベリー狩り——まだ、まったく映画史ではなかった、ルイ・マルにキャロル・リード、テレンス・デイヴィスに、はたまたゴダールのもとでライトモティーフとして燃え上がる、パゾリーニの『奇跡の丘』からのシーンをめぐる、あの映画史では。それに、まだ問うこともなかった、どの映画でなら、人はあの種の終わりを手に入れることができるのだろう、それについてメルヒェンには次のようにある終わりを——「死よりマシなものなら、おまえはどこででも見つけられるよ」——これには簡単に反論できるだろうけれど、他の十把一からげなアドヴァイスに対してよりは簡単に——「探す者が、見つけるのだ」と、そのうちの一つは言う。だけれども人は、見つけることを断念してはじめて探すことができるようになるもの。そしてさらに明白なことに、探し求めている対象物とその策略に太刀打ちできるようになる——眠りと死とは、策略に満ちた騙しようのない生の目標で、残念ながら、滅多に姿を現してくれない。だから、この二つがもう見つけてしまった幾人かのもとへ、彼らの声、存在《プレゼンツ》、期待に満ちた喜びのもとへ。

そのうちの一人とは、一緒に小学校に通っていた。彼女の祖母が迎えに来て、少しの間、私たちは道をともにした。その子が先日、なぜ遊び場に来なかったのか、祖母が私たちに説明しようとしたとき、突如、その子は祖母を振り返るなり、なかなか鋭く言った——「ばあば《ムーミ》、嘘をついているわね」

これを書きながら、私は、その祖母の帽子とスカーフを想い起す、静かな三区を。それから、その子の声、鞭がピシッと鳴ったような。二〇歳で彼女は死んだ。それから同時に、彼女の産んだ子を。また別の想起の像——アメリカ旅行中、私はまたしても時間を持て余した。今日、映画館が私に意味するところのもの、すなわち死、あるいは生をそこで、それからその間《あいだ》にあるものをいくつか見つけるという可能性を当時の私に意味したのは、誰もいない学校の校舎だった。当地の、イギリスの、ドイツの学校なら良く知っていた、リンツの、ニューカッスル・アポン・タインの、ハノーファーの。でも、ニューヨークはどこで始めたら？

その学校はブロンクス区にあった、『第三の男』と同じく「だいたい二時半」のこと、クラスはもう空っぽだった。実のところ、少なからずの教室はチョークの匂いがした、その匂いはドーバー海峡から来るに違いなかった、さながらそこの岩礁の上に、とでもいうかのように、空っぽの教室に少年が一人、画用紙をまえにしているのを目にした。「何を描いているの？」私が聞くと――「花《フラワーズ》と、鹿《ディアーズ》と、合衆国《ユナイテッド・ステイツ》さ」。それから名前を聞くと――「ジョン・ロバーツだよ」[2]。その瞬間、ほんのつかの間、ニューヨークをとらえたように思えた。

自らをとらえきることのない想起――でも、何がそれ自身をとらえきっているというのだろう、何が自らをとらえ、それでいて自ら自身に耐えられるように、自らからそんなにも離れていられるのだろう？

人はそう問うことができる、とりわけ映画館を後にしたときには、何度も、ひたすら。でも、想起の方は？　その場所をただ、人は何度も新たに定めることができるだけ。辞典も昔の読本も、強いることなく想起をとらえ、空気の精のような想起が飛べるようにしてやるには不十分。誰にそれができるというのだろう、どの瞬間に？

空っぽの合間の時間が助けになる――映画と映画のあいだの休み時間、来年を待つ、秋を、「ヴィエンナーレ」を。合間の時間からは、何も期待するものがない。ひょっとしたら、だからこそ、そうした時間が可能なものを救うのかもしれない。秋風に舞う断片を、数々の像《フィルム》の決定的な断片を――想起を。

（二〇〇〇年一〇月二五日）

ジャン=リュック・ゴダール『(複数の)映画史』
四章からなる、時間にして四時間半におよぶフランス・ヴィデオ映画。一九八〇年代から九〇年代にかけて製作され、八九年から九七年までの間に各章が断続的に発表された。映画の概念は『(複数の)映画史』以前と以後で変わると言われるほどの大作である。
映画で思考する映像作家ゴダール(一九三〇年—)は、映画とは「モンタージュを捜し求めていた」と言う(ジャン=リュック・ゴダール「ゴダールが歴史=物語を作る」四方田犬彦・堀潤之編『ゴダール・映像・歴史』二〇〇一年、二一頁)。彼の説くモンタージュとはしかしながら、言葉主導で編まれるテクストを成り立たせるために、ただ単にカットとカットをつなぎ合わせることではない。そのような一般的なモンタージュ概念をゴダールは批判し、さながらスクリーンがキャンバスであるかのごとく、画面上で複数の映像をつなぎ合わせる。『(複数の)映画史』における重要な主題の一つが強制収容所であるが、例えばゴダールは収容所とポルノを一つの画面に収めてしまうといった暴力的なモンタージュを行う。
映画で行う映画批評ともいえるこの芸術的企ては、ともかく観客に「観ること」を要請する。その際に「このように観よ」と視線を拘束することはない。観ることとは本来自由な、積極的な営みであることを経験させると同時に、従来の映画の大半が実のところ、観客を「受動的に観る人」の立場に置くものであることを暴いている。

1 ヴェロネーゼ(パオロ、一五二八—八八年)はルネサンス期のヴェネチア派を代表する画家。ブラック(ジョルジュ、一八八二—一九六三年)はフランス人画家でキュビズムの創始者の一人。
2 ジョン・ロバーツ(一九五五年—)、二〇〇五年より第一七代合衆国最高裁判所主席判事。

想い起こすときの色彩

ルキーノ・ヴィスコンティ『山猫』

情報が想起を覆い隠してしまう、ヴァルター・ベンヤミンはそう語った、オーストリア放送協会、あるいは週ごとのニュースが存在するずっとまえのこと。問われるべきはまさに、誰から情報を得るか——メディアからは四六時中、時計をぐるぐると（回るのは時計の周りだけ）、危機的な状況における振る舞いについて（牛の群れ、心臓弁膜症、送水管の破裂、政治家の結婚）。あるいは自らの忘却から、機械的に進行していくわけではない、空虚ではないある時間が特有の、消えてしまった人たちから。

もっとずっと情報に富んでいて、それゆえはるかに居心地が悪いのはルキーノ・ヴィスコンティの仕事、見たところ「四六時中、時計をぐるぐると」という時局性《アクチュアリテート》からほど遠い。私のように、おととい、かなりのときを経て『山猫』をふたたび観る機会を得た者は、ひとまず映画芸術に関する自らの基礎概念を、もはや信用できなくなるだろう——ヴィスコンティは贅沢で、度が過ぎるほどに豪華、それらの基礎概念に洪水をもたらしてしまう。信じがたいほど居心地の悪いフィルム博物館においてですら、広々としたスクリーン上に彼が描く映像の数々に、諸々と圧倒されるがままになってしまう危険が増した。

けれどもヴィスコンティは、しまいにはそれを許さない。彼は自らの「昨日の世界」[1]の愛好家であり、そうした世界が彼にあっては、昨日のものとなってしまった時代遅れのあらゆるものを脱ぎ捨てていく、と同時に、彼は、そうした世界を否定し、批判する者でもある、古典的なのぞき見る者の、何ものにも左右されない眼差しを持った。彼の描く人物たちの衣装一式、デコルテ、歩き方に身振りを、彼は、多かれ少なかれ偶然そこに居合わせる観客にそのままゆだねる。

それはまるで、ほとんど彼が、自身の世界を批判的にではあるけれども受け入れるという機を、他の世界の創造主たちがそうしたよりも、より良くとらえていたよう。それほど神経過敏になることはなく（「しまいに神はこれを見て、良しとされた」[2]）、それほど論争的な形でもなく。彼は、由来とスタイルからして贅沢に慣れていたではないか、と人は反論するかもしれない、多少は劣るけれどもほとんど幾人かの教皇なみだった、ミラノの人、パウロ六世に、名門貴族の人、ピウス一二世、もっとも無学な者のうちの一人[3]——その硬直した様子においてしかしながら、ピウスはヴィスコンティを完全に反転させた像。後者は自身の山猫《ガットパルド》を、男たちと女たちによって均一にうるさくギイギイと単調に唱えられたロザリオとともに、差しはさむ。印象は強烈で、祈禱のしまいには畏れ始めてしまうほど。けれどもヴィスコンティはその印象を破り、バート・ランカスターを登場させる。彼は狭い教会に足を踏み入れ、しばらく耳を傾けると、跪き、ふたたび立ち上がる。一瞬の間、彼自身が喜んで、いくぶん模範的な共同体の一員になったかのように見える。けれどもそれは、彼のシチリア人と彼のシチリアに対する短気のせいで、たちどころに失敗してしまう。

「二百年間はまだ、このままの状態が続くでしょう、それから悪い方へと変わるのです。彼らは批判を許容しませんからね、シチリアは彼らにとって基準であり、中心なのです」公爵は、北から来た行政機関の役人にそう説明する。と同時に、ヴィスコンティはそのシチリアのうち、もっとも貴重なものに光を当てる、色彩――金色に、淡黄色、光輝くベルトのバックル、青い軍服の上着、どんな敵にも見つけられやすい。でも、敵なしでは真に受けてもらえたと全く感じられない地方にとって、敵が何の損になるというのだろう?

そのようにして、この映画は情報を与えてくれる、そしてそれは、どんな想い起こしの損になるものでもない、人が一度として想い起こしたことのないものにだって。私たちは、決して意識的になることのない想起の数々によって生きている。ヴィスコンティのもとで、人は――滅びゆく一つの社会が一八六〇年頃、青い軍服とピンクのリボン付き白ドレスに身を包み、ヴェルディのワルツに合わせてくるくると回っている間――いままで一度も現れたことのなかった、一、二の想起をすら、差しはさむことができる。例えば、リンツ近郊は七〇年前の、料亭〈曲がった林檎の木のそばの〉《ガストハウス・ツム・シーフェン・アプフェルバウム》へのそれを――他のすべてと同じく、そこは、双子の姉妹を連れて訪れるには、あまりにも高すぎた。

（二〇〇一年一月一九日）

ルキーノ・ヴィスコンティ『山猫』（一九六三年伊仏合作映画）

イタリアが近代的な国家へと激変していく一九世紀半ばを生き抜く、シチリアの名門貴族サリーナ公爵（バート・ランカスター）一族の物語。

国家統一を目指す革命軍が到着し、伝統的な貴族社会がいままさに崩れ去ろうとしているシチリア。野心に燃える公爵の若き甥タンクレディ（アラン・ドロン）は革命軍に参加し、その後新たな政権が誕生すると、またたくまに政府軍の一員として、新秩序のもとでの地位確保を進めていく。結婚相手に選ぶのも、自らに想いを寄せる公爵の娘コンチェッタではなく、美しい新興ブルジョワジーの娘アンジェリカである。

その一部始終を、サリーナ公爵は伝統的な貴族の超然たる態度で見届ける。物事を金銭でしか測れないアンジェリカの父セダーラに嫌悪感を抱き、また娘の甥への想いを知りつつも、来たるべき時代を見据えてアンジェリカと甥の結婚を支持。新政府のもとで貴族院議員への推挙があると、自らは辞退してセダーラに席を譲る。

三時間を超えるこの大作の最後に置かれている、とはいえ映画全体の三分の一を占める舞踏会の場面は圧巻で、「本物の貴族階級のムード、本物の衣装とセットのその豪華さ」に、淀川長治は「もうただことではありません」との言葉を残している（岡田喜一郎編『淀川長治　映画ベスト一〇〇〇』二〇〇〇年、三三〇頁）。

1　世紀転換期ウィーンを代表するユダヤ系作家シュテファン・ツヴァイクが一九四〇年前後に亡命先（イギリス、アメリカ、ブラジル）で記した回想録のタイトル。作家の自殺後、四二年に発表された。

2　旧約聖書創世記第一章では、「神はこれを見て、良しとされた」（新共同訳）とのフレーズが何度も繰り返される。

3　第二次世界大戦中、ローマ教皇に坐していたピウス一二世（在位一九三九―五八年）は、ナチスに追われるユダヤ人を積極的に保護しようとしたものの、在位当初は親ナチ姿勢を示していたため、その評価についてはいまだに賛否両論がある。なおパウロ六世（在位一九六三―七八年）は、第二次世界大戦中はドイツ・ナチス党との交渉役を務めていた。

一つボートの二人

……は、ともすれば二人のままでいる。集団からは、ほとんど受け入れられない。一人の己であれば、そのことに頼る必要はあまりないだろう。あるいは、頼るとしても別の仕方。でも、変えようがない。その仕草と眼差しで、声ででも、二人はすぐに二人だと見分けられる。夏とその光の戯れは、二人にとってほとんど何の役にも立たない。まさにそれゆえにそれらは、後に有益となりうるかもしれない。極端な状況を、二人は間に合う早さでつかめまい、それというのも二人の状況が、それ自体、極端。しばしば二人の二重の存在は、数多くの予期せぬ知らせの一つと把握されるだろう、それでいて人々がたちどころに忘れてしまう知らせの一つ。そうでないのにそっくり同じと名指されることを二人が嫌っているときですら、二人はそれに慣れてしまうだろう。

誰が習慣から逃れられる？　死にゆく人々ですら、諸々の反射を強いられたら、たいていは究極の陳腐さから逃れられないもの。鯨のなかのヨナが、もしかしたら彼らのそばにいてくれるかもしれない、その輪郭を描いた人物によって、なかなかうまく描かれている――忍耐強く、それでいて激怒することもできる。[1] でも、死にゆく人々にとってもっとも好ましい目的地とは、どこにも漂着せず、しまいには立ったままで葬られることにあるに違いない、ヨーゼフ二世が提案したように――場所の節約。[2] ウィーンにあっては、それでなくとも生きている人々のもとで、人はよく節約するのだから。

イルゼ・アイヒンガー（左）、双子の妹ヘルガと
アルト・アウス湖、一九二八年

（一九九九年一二月）

1　ヨナとは旧約聖書ヨナ書に登場する預言者のこと。神の言葉に従わなかったため大きな魚に飲み込まれるが、ヨナが魚の腹の中で悔い改めると、神は魚を陸地に向かわせ、ヨナを吐き出させる。その後、ヨナは神に命じられた通り敵国に赴き、その都ニネベが人々の悪事ゆえに滅びるという預言を伝えるが、ニネベの人々が悔い改めたために神は災いを下さない。するとそのことでヨナは怒る。

2　母マリア・テレジアの後を継いでオーストリアの近代化に努めた啓蒙専制君主ヨーゼフ二世（一七四一―九〇年）は、一七八四年、木材の節約と衛生上の懸念を理由に、死者を埋葬するさいは豪華な棺ではなく麻袋を使用するよう、法令で定めた。しかしながらこれには大規模な住民の反発が起こり、法令は数か月で撤廃となった。

エルンスト・ヤンデル

公園で

どうですか　ここは　空いていますか
いいえ　ここは　います
どうも
どうですか　ここは　空いていますか
いいえ　ここは　います
どうも
ここは　空いていますか
ここは　います
どうも
ここは　空いていますか
いいえ　います
どうも
どうですか　ここは　空いていますか
いいえ
どうも
ここは　空いていますか
います
どうも
ここは　空いていますか
いいえ　ここは　すみません　います
どうも
ここは　空いていますか
どうですか
どうも

締めだされた者たちのための椅子

エルンスト・ヤンデルが子どもの頃に、ウィーンのフォルクス庭園に行ったことがあったかどうか、定かではない。そこには当時、自由に座れるベンチはほんの少ししかなく、代わりにあったのは、一〇か一二グロッシェンで借りることのできた、硬い、ブリキでできた椅子だった。選択肢があった――ひじ掛けつきか、なしか。

椅子同士は並べて結わってあって、針金と鍵でしかと固定されていた、夜だけではない。椅子女と呼ばれていて、自らもそう把握していた女が、鍵をガチャガチャ言わせ、一つ一つの椅子を点検していた。

椅子のチケット、二時間以内しか有効でないそれは、まるでみすぼらしい映画館のチケットさながらに見えた。そこで空いている場所を見つけた者は――少ししかないベンチはとっくに埋まっていた――少し時間が経つともう、まだ時間があるかを確かめるのだった、目のまえの芝生から、それで十分となるまでできるだけ多くのものを得ようと努めてもいないうちから。

これらの椅子にベンチ、芝生は、戦争が始まった後も数年はまだあった、とはいえ椅子は――武器を造るために、確かに溶かしやすかった――ますます足りなくなっていった。

ベンチは、そうこうするうちに貴重なものになっていた、疲れ切った者たち皆を心待ちにすることをさっさとやめていた。ひじ掛けには白い文字で「アーリア人専用」とあった。その文字は、フォルクス庭園が閉まっていたときでも、闇の中へと光っていた。どのみち庭園に足を踏み入れることがもはや許されなくなった者たちには、夜々はますます闇を増した。深く、夢を見ないまま眠った者は、もうほとんどいなかった。ヤンデルの詩は一方でまた、現在の排除を書きとめたものでもある。今日であれば、椅子には「外国人は出ていけ」とあるだろう。

人々は問う、死んだらどんな椅子が私たちを待っているのだろう、そこにはどんなことが書いてあるのだろう、と。これまでのものがそのときでもまだ有効であるならば、エルンスト・ヤンデルなら正当なことに、締め出された者たちには最終的にとっておかれているものを、自分自身用にと要求するだろう。譲歩はなし。

（二〇〇〇年六月一七日——エルンスト・ヤンデルの死をうけて）

エルンスト・ヤンデル（一九二五—二〇〇〇年）

ウィーンに生まれ育ち、ウィーンを拠点に活動した前衛詩人。子音だけからなる「シュッツングルム」*schtzngrmm*（一九五七年執筆、六六年発表）や、使用されている母音は唯一oのみという「オットーのパグ犬」*ottos mops*（六三年執筆、七〇年発表）などは、前衛的な詩としては珍しく人口に膾炙している。

今日、「言葉遊びの横綱」（多和田葉子『エクソフォニー　母語の外へ出る旅』二〇一二年、八〇頁）と言われるヤンデルであるが、五〇年代半ばの文壇デビュー間もない頃はその言語実験があまりにも挑発的と受け止められ、ウィーンでヤンデル・ボイコットが起きたほどである——発表した雑誌『ノイエ・ヴェーゲ』の編集者は解雇され、ヤンデル自身も出版社を見つけられない状況が続いた。ようやく六〇年代半ば頃から朗読会を通して次第に人気を得るようになり、その後、ゲオルク・ビューヒナー賞（八四年）や偉大なるオーストリア国家賞（同）をはじめとする数々の文学賞に輝いた。

なお冒頭で引かれている詩「公園で」（八二―八九年執筆、八九年発表）は、五―一〇行が省略されている。

H. C. アルトマン（右）
弟エルヴィンと、一九二八年

存在の降雪

一九二八年の一枚の写真においてすでに、長い、古風な橇にまたがったH《ハンス》・C《カール》・アルトマンは弟とともに移動中、弟はセカンドネームを持たず、その名を「エルヴィン」という。追加はなし、方向を示すようなイニシャルも、一般的な、がさつなイメージの「K」と違ってHans《ハンス》 Christian《クリスチャン》 Andersen《アンデルセン》を想わせるCで始まるCarl《カール》もなし。[1]

エルヴィンは、重い、鋲の打ってある靴を滑り木に強く押し当てている、その間、大きな兄は、その後ろで足を無造作に黒いブーツに休め、写真を観る者を自分の味方につける気はない。

二人の周りを雪が舞う。じきに弟を覆ってしまうだろう、彼は戦争で死んでいる、その間、大きい方は、始末されるべし、と送られた懲罰大隊を生き延びて、八〇年近く跳び続けることをやってのけた。場合によっては、あの高齢で、第二次世界大戦の懲罰大隊よりもっと大変かもしれないこと。彼自身、どれだけ運に恵まれていたかを知っていただろうか?

文壇における彼の存在感に関してだけではない——この芸術世界において、彼はとても変わっていた、マーケティングへの関心はゼロ。運があったのは——そのことに照らしてもっともなことに——「生という職人芸」においても同様、靴職人の工房で始めたその芸、アラビア語やゲール語を試すまえのこと。

「そこにいるのか、おまえは」と、彼は自らに言う(写真集における注釈)。彼にもまた、存在したい気持ちがあった、驚くほど多くの人々が抱えている気持ち。けれども彼のそれはそれほど幻想に満ちておらず、より正確なものだった。彼は自身の幻想の数々をしかと手中におさめ、彼がふたたび跳躍するのを助ける用意がそれらに整ったとき、それらに賭けた。アイルランドであろうと、ノイウルムであろうと、マルメであろうと、はたまた集中治療室であろうと。彼はとうの昔から、いまや彼が成功していることに照準を定めていた——人が愛するもののほとんどすべてを、場合によっては失うということに。人生、友たち、運と不運のチャンス。あらゆるものを失うなかで、それでも一つのことは保ち続ける——存在。

　かれこれ五〇年前の、バルト海沿いで行われたグルッペ47の会合でのこと、ある晩、よくそうであったように酒がたくさんふるまわれたその晩、去り際に私はハインリヒ・ベルに告げた——「経済界の例の紳士にお別れの挨拶がまだなの」。続けて、彼は許してくれるかしら、と。するとベルは言った——「あの紳士に別れを告げる必要なんかないよ、彼はいないも同然《ノンエクジステント》さ」

　アルトマンはしかしながら——彼は、いる——存在の雪に覆われていた。存在は、それを人がどう定義しようとも、出発前の姿勢に始まる、橇の上で、生にあって、死にあって。存在に関するもので、何が生まれながらのものだろう？　なぜ、ある若い「オックスフォードの紳士」（昔の映画のタイトル）である必要があって、人はそれをどこで見分けるのだろう？　若い——は、若さで。オックスフォード——は、テムズ河畔ということで。でも、紳士は？　ドーバー海峡のこちらとあちらで、もうその定義は異なるというのに。H・C・アルトマンに関しては、次のように言うことができた——それが肝心というときに、自らを度外視する可能性において。一度、ブライテンゼー映画館[2]で彼を見たことがある、もしかしたら五年前、彼に敬意を表した催し物、いつものように控え目で、幼少期の映画館について語っていた、彼はここで中心に立っていたくなく、そういうわけで私たちは、消失のうちにたがいを見つけた。多くのファンもそこにいた、緊張した若い人々、車いすの少女、治癒《ハイル》への期待は見過ごしようもなかった。けれども少女は車いすに乗って、ふたたび帰っていった、不治《ウンハイル》／不幸へ、幸《ハイル》／治へ。さきほどと比べて、もうそれほど決定的ではなかった。

（二〇〇〇年一二月七日――H・C・アルトマンの死をうけて）

ハンス・カール・アルトマン（一九二一―二〇〇〇年）

靴職人の息子としてウィーン一四区ブライテンゼーに生を受ける。第二次世界大戦中は一九四二年、東部戦線で逃亡を試みるものの失敗して懲罰大隊（別名、執行猶予大隊）に送られる。しかしながら懲罰としての前線勤務中にさらなる逃亡を試み、それが成功。四四年のことで、終戦までウィーンに身を隠して生き延びた。

終戦直後から詩作に励み、五〇年代には戦後オーストリア文学を牽引した文学集団「ウィーナー・グルッペ」に参加する。その中心的な存在となった。その後はウィーンを離れ、スウェーデン、ドイツ、ザルツブルクと、いわば放浪生活を営みながら文学活動を続けた。

詩、戯曲、散文と、様々なジャンルで作品を残している。方言を文学にまで高めた詩や、言葉遊びの要素が強い作品など。何か国語も話し、人当たりも良かったことで知られる。

1　ドイツ語のカールはKで書き始めるのが一般的。

2　ウィーン一四区、一九〇九年―。

ビル・ブラント「イーストエンドの朝」一九三七年

未来のスケッチ

目下、上映プログラムの内容が悪くなっているので、ある一枚の写真の瞬間の数々に没入するとしよう、ビル・ブラントの「イーストエンドの朝」、一九三七年。敷居／閾《しきい》にある生――写真の中ではまだ若い女性のありうる未来について、考えを巡らせてみたい。一つの生、おそらく、まだフェミニズムは持ち合わせておらず、でも、そこに向かうありとあらゆる理由はある、この写真は、その双方の展望を開いてみせる。

ひとまず、困難の度合いの測定――一日の始まり、夜の始まり、彼女にとって、それらはどのように始まるのだろう、いかにして、それらにさらされるのだろう？　彼女はそれらをまだ知らない、忙しすぎる、ドアの敷居に没頭してしまっている。その期待、その姿勢はしかしながら、もはやイーストエンドの子どものそれではない。ドアの敷居を、その瞬間を観察する様子、確かに子どもらしい。けれどもその姿勢が、優美さが、疑念が、ちょっとした抵抗――砕けやすさの、将来砕けることのあらゆる可能性が、もう弱い光の中に浮かび上がっている。

すすぎ用の水越しに、指輪が光る。まるで、彼女はもう結び付けられてしまっているかのよう、自らの将来の生に、粉砕の、信じられないくらい多くの可能性に、そしてまた、自らで決めたわけではない家族のための存在《ファミーリエンダーザイン》のうちに捕らわれてしまっているという可能性に――彼女を苦しめるかもしれない数々の可能性、それらの機をとらえる用意が彼女に整っていなければいないほど、日々のくびきを平然と負えば負うほど、それだけにより一層、彼女を苦しめる——

所有欲が強く、見栄っ張りな恋人をまえに、もういま彼女はどのように振舞えばよいのだろう、あまりにも性急に彼女の指に指輪をはめ、暗めの敷居というものへの彼女の没入を共有しない娘たちに口笛で合図する男をまえに？　その後で彼の抱く肌の喜びに、彼女はどのように反応するのだろう、掃除によってガサガサになってしまったわけではないであろう、肌の？

彼女のような女が彼にはいいのだ、自らを反発させ、地下鉄のシャフトや小さな切り芝で、あるいは満艦飾の空間でだって自らの運を試すには。彼にとって、航海はおそらく重要、だけれども存在に関する彼の解釈が、それを当面は脇に置いてしまう、むしろ彼は、他の者たちが彼のために用意してくれる港々の方を気にかけるに違いない。若い、あるいは老いた娼婦たちが家族の幸運と日々の正常性を念頭に置いているよりもはるかにずっと強く、彼のようなペテン師を、もしかしたら冒険の数々へと引き入れるものがある、けれども、それらの冒険を彼が受けて立つことはない。切り抜け方がもっとずっと下手であるべきであったろうか？　ありえないことではない、けれども彼女には関係ない。彼女は不運への覚悟ができている、その不運の呼び名を彼女は知らないけれど。一九三七年九月の気象状況なら、調べることができるであろう。ひょっとしたら、二人目あるいは三人目の子どもであるかのように彼女が見つめるドアの敷居は、一〇月最後の日々まで乾いたまま。初秋は安定的、彼女のように、優美で安定的、その彼女に、こんなにも避けがたく、より暗い日々が帰せられる。次の、次の九月には、初秋の安定性が違った仕方で利用されるであろう。[1]

報復兵器がロンドン、そしてイーストエンドに降り注ぐ頃、[2]彼女はもうイギリス中部か湖水地方に、あらるいは、はたまたドアウーマンとしてボーンマス[3]へと行きついているかもしれない。彼女は、取り換えられないものを取り換えられると見なすようには見えない、天候状況、戦闘行為、大なり小なり清潔な廊下の数々から、流産にいたるまで、建付けの悪いガラス窓、暗めの、あるいは明るい朝における意識の混濁から、快復にいたるまで、あるいはそう見せかけただけの快復に。ともかく観察者は、そこまでは彼女の存在に同意できるであろう、ピカピカの石に落としたその視線が大西洋への視線と同盟を組み、そのようにしてその視線が、儚い視線にはピカピカに擦ってあるようにしか見えないものを溢れさせる、そのところまで。

（二〇〇〇年一〇月二一日）

1　一九三九年九月一日未明、ドイツがポーランドに侵攻し、第二次世界大戦が勃発する。
2　一九四四年六月—終戦時。
3　イングランド南部、海岸沿い。

旅立ちのまえ、終わりのまえ——ヴィリー・アイヒベルガー、ルイーゼ・ウルリヒ、
マグダ・シュナイダー、ヴォルフガング・リーベンアイナー
『恋愛三昧』撮影合間、一九三二年

二発目の銃声は？

マックス・オフュルス『恋愛三昧』

「一九二三年二月一〇日、俳優オフュルスが当地の市立劇場におけるハムレット公演で負傷した、それというのもハムレット役の俳優が刀を抜いたさいに、刃が鞘《さや》から飛んでしまい、オフュルスの目スレスレのところに当たったのだ」とは、『アーヘン一般新聞』の書くところ。健康保険組合はこれまた一九二三年、お金の価値がまったくなくなるまで費用の支給を伸ばし伸ばしにした。[1] 右目の下に、傷が一つ残った。

ヴァレンシュタインの殺人者[2]としても（「表現主義の過度な装飾と、もったいぶってばかりの態度」）なかなか当たらなかった、またアーヘンからドルトムントへは、そんなに容易に行けなかった[3]――戦後の、軍による検問。クリスマスの頃には『ペーターの月飛行』[4]の舞台を踏んだものの、彼は書く――「何年もまえから密かに息づいていたものが、ここで現実のものとなることができた。演出家へ転身だ」。それは、降って湧いたほどのことでもなかった。フェーリングやラインハルトも、演技が下手だったと言われる。[5]

一〇年後、そのマックス・オフュルスが『恋愛三昧』を制作した、一〇〇年の映画史のなかでもっとも美しい映画、評論家たちが見に行くような映画ではないけれど。通俗性へと向かう映画史の一つ一つのさらなる試みを――シュニッツラーを原作として――オフュルスが不必要なものにさせるとは、予期せぬことだった。道と道が交差するところにある、一つの映画、これがあればスピルバーグやタボリの作品なんて、なくても大丈夫。[6] 実のところ一つの交差点、華々しいわけではぜんぜんなかった一つの生が、小都市ザールブリュッケンからただひたすらゆっくり逃れて、俳優五人の身のこなしを指示してゆく、破滅への道はスレスレのところ。この映画へといたった一つの生の、その跡に、私はとどまり続けてみよう。その生に他でもない「恋愛三昧」が成功していたら、それで容易に足りていたのであろうけど。

合同市立劇場バルメン・エルバーフェルトで、[7] オフュルスは簡単な自己紹介を行っている――高校卒業後、『ザール通信』紙にて二年間、編集員。分かれ目となったのは、なんといっても演出家への転身。彼は幸せで、ほとんどすべてに感謝していた。けれども感謝がキャリアに有益であることは滅多になく、あらゆる種類の傲慢さとうぬぼれの方が、彼をあっという間に出世させていただろう。彼をしてそれを妨げていたのは何だったのか？ ライン河畔ヴォルムスでの祖母との散歩、年《とし》の市《いち》と暗いテント、舞台上のインク瓶（インク一リットル）、何もなかったザールブリュッケン、それらをめぐる思考。

最初の教師は彼に、読み書きのかわりに歌を教え、自身のダックスフントを連れて狩りに出た。「私たちは大声で歌い、教師の礼儀知らずで素朴なその歌い方を通して、私は全身全霊で音楽を愛することを学んだ」。彼はまた、友人と一緒にギターを習い、『ロビンソン・クルーソー』を、『ニルスのふしぎな旅』を、『アンクル・トムの小屋』を読んだ。クリスマスには伝統的な食事があったが、ツリーはなかった、父親にとってキリスト教がすぎた。

「父は、ユダヤ人教師とその妻カルディーネの息子その人は」オフュルスは書いている、「私の目を開かせてくれたというより、こじ開けた」。父は厳格であった一方、世界に広く開いた人で、終戦後まもなくしてもう子どもたちにヴェルダンの戦場[8]を見せていた。彼は自らの店で付属アクセサリーともども軍服を仕立てて売っていたものの、当初からその戦争に反対していた。ある日、近くに駐屯していた軍医アルフレート・デーブリーンも、新しい軍服を仕立てさせにやってきた。

　よくよく考えれば、すべて首尾一貫していた――合唱団での歌、リュツォフの乱暴で向こう見ずな狩り、[9] 最初の恋人たち――セシリエ・ブルーム、彼女自身、文学に関心を持っていた、パウリーネ・ヘロー、ピアノを教えてくれた、それからメタ・フレンケル、オフュルスが日曜日の午前中に訪ねていた人。一九二六年三月二〇日の婚約のさい、彼は、ついに選び抜かれたヒルデ・ウォールに「嬉々とした心を添えて」学校のノートに書いた『貧困』（ヴィルトガンス）[10]の舞台批評をプレゼントした――『恋愛三昧』への、信じられないほどのジグザク道。

　『君はウィーンが楽しみかい』も演出せねばならなかった、一九二五年一一月五日とのこと。この問いに答えてはいないものの、彼はのちに述べている――「私がウィーンにすっかり溶け込めたことは一度としてなかった。運命は私に、素晴らしく美しい、金色に染まった四頭立てのロココ式馬車に座らせたけれど、それでいて私はオートバイに乗りたかった」。それでも彼は、粉々になっていく虚飾と激しく燃え上がる恋に目がくらんで、ほとんどなかったウィーンへの歓びを呼び起こされ、おまけにショーの『シーザーとクレオパトラ』でペルシア人を演じた。しかしながら一九二七年、ブルク劇場の支配人が書いてよこした、予定されていたオフュルスの演出は、ウィーンの反ユダヤ主義的風潮に鑑みて中止せざるをえません、と。

　人は運命の力を畏れ始め、『恋愛三昧』へといたることができないかもしれない、との考えに身震いする。けれども、もっとも盲目の運命ですら、一瞬、慧眼を持てるもの――同名の戯曲が誰の手によるものか、ことさら強調する必要もあるまい。もしかしたら、むしろ当時からもう誰にも知られていなかったフリーデル・ブッコフの映像編集を、シャルロッテ・プフェファーコルンのメイクを。製作準備はヘルマン・ミロコフスカ。

フィルムの裂けめも、ドアの軋みも、人物の振る舞いも、その一つ一つが入れ替え不可能。マグダ・シュナイダー、ルイーゼ・ウルリヒ、グスタフ・グリュントゲンス、パウル・ヘルビガー、ヴォルフガング・リーベンアイナー――彼らも、ここでは入れ替え不可能。もっとも彼らであれば、オフュルスが他でもないそのような仕方で組み合わせていなかったとしても、入れ替え不可能であるだろうけれど。彼はハイドンにモーツァルト、グノーを演奏させ（音楽監督はテオ・マッケベン）、リーゼン山脈のシュライバーハウ[11]を白く覆われた背景《アンビエンテ》に選ぶ――マグダ・シュナイダーとヴォルフガング・リーベンアイナー（美しく、情緒不安定で、どこか間の抜けたところは大抵のヒーローと同じ）の間に芽生える恋のため。雪はまた、死のために。決闘後の――ルイーゼ・ウルリヒ、森の端で、暗い帽子をかぶった手袋の売り子、そして繰り返された問い――「二発目の銃声はいつ続くの？」

残り続けているのは何だろう、あるいは、残り続けることに価値を置いているのは？ それを、人々はここでは容易に度外視できてしてしまう。封切り――フランス。検閲対象フィルムの長さ、二四一二メートル、八八分、ドイツでの封切り――一九三三年三月一〇日。一九三三年二月二四日以降、ウィーンはオペラ座シネマ、帝国シネマ、ケルントナー映画館、ブッシュ映画館、ハイドン映画館、フリーガー映画館、劇場シネマにて[12]。そして今日、二〇〇〇年三月二一日――ウィーン中どの映画館も、どうでもいいものばかり。数日間は、でもまだオフュルス回顧展、残念ながらフィルム博物館、そこに行きつくのは、映画館のためなら自身のまっすぐな骨をも危険にさらす、そういう人々ばかりである。

（二〇〇一年三月二三日）

マックス・オフュルス（一九〇二―五七年）と『恋愛三昧』（一九三三年、ドイツ映画）

本名マックス・オッペンハイマー。フランス国境に隣接したドイツの小都市ザールブリュッケンに生まれ育つ。一九一九年、舞台俳優としてキャリアをスタートさせるものの、二三年に演出家へと転向する。演劇やオペラの演出を手掛け、三一年ベルリンにて映画監督デビュー。

「女性映画」や「メロドラマ」の巨匠として映画史に名を残すことになるオフュルスが、国際的に有名になるきっかけとなったのが『恋愛三昧』である。世紀末ウィーンを代表する劇作家アルトゥール・シュニッツラーの同名原作を、同時代のヴァイマール共和国の文脈に置き換え、色恋に耽り身を滅ぼす中尉フリッツと、彼に遊ばれて失意のなか身を投げる純情な娘クリスティーネをめぐる原作を、社会の不合理な慣習ゆえに引き裂かれる男女の恋愛譚として見事によみがえらせた。

「二発目の銃声は？」の台詞を含む一連の決闘シーンは原作にはなく、映画化に際してオフュルスが組み入れたものである。フリッツ（ヴォルフガング・リーベンアイナー）と、クリスティーネ（マグダ・シュナイダー）が橇で雪道を散歩し、永遠の愛と幸福を誓ったあとで、フリッツは過去の不倫相手の夫である男爵（グスタフ・グリュントゲンス）から決闘を申し入れられてしまう。それは男爵が先に撃つという不合理な条件の下でのもので、フリッツの友人テオ（ヴィリー・アイヒベルガー）による「やむを得ず正当防衛から撃つのでなければ殺人です」との抗議も聞き入れられることはない。迎えた決闘当日、テオと恋人ミッツィ（ルイーゼ・ウルリヒ）はその場から離れてフリッツの生の証である「二発目の銃声」を待つが、一発目の銃声に続いたのは沈黙で、まずテオが静かに、次にミッツィが大声で「二発目の銃声は？」と口にする。

オーストリア、ドイツ、フランスで大成功する『恋愛三昧』が封切りを迎えた三三年春、ユダヤ人オフュルスはフランスへの亡命の途につき、その後はこの映画をきっかけにフランス映画界とつながりを持ち、『ヨシワラ』（三七年）等のフランス映画を撮ることになる。三八年、同国国籍を取得。四〇年、ナチスのフランス侵攻をうけてアメリカへ亡命、またしても『恋愛三昧』がアメリカ映画界での再スタートのきっかけとなった。四九年フランスに戻り、『歴史は女で作られる』（五五年フランス・西ドイツ合作映画）をはじめとする映画を完成させた。

1 同年ドイツでハイパーインフレが発生した。

2 シラーの戯曲『ヴァレンシュタイン』（一七九九年）におけるバトラー役を指す。

3 アーヘンはドイツ中部の都市で、フランス国境に隣接している。ドルトムントはオフュルスが演出家としてデビューした地で、アーヘンから西に一三〇キロメートルのところにある。

4 当時流行した児童向けメルヒェン。

5 フェーリング（ユルゲン、一八八五―一九六八年）はドイツ人の演出家。ラインハルト（マックス、一八七三―一九四三年）はユダヤ系オーストリア人の演出家・映画監督。

6 スピルバーグ（スティーヴン、一九四六年―、ユダヤ系アメリカ人の監督）、『ジョーズ』（七五年）や『E・T・』（八二年）、『ジュラシック・パーク』（九三年）をはじめとする諸作品を撮ったヒットメーカーとして有名。ナチスによるユダヤ人虐殺を描いた同監督の『シンドラーのリスト』（同）はアメリカでは高い評価を受けた。しかしながらアイヒンガーは二〇〇一年、アーデルベルト・ライフとのインタビューで、スピルバーグの作品群は「冗舌(geschwätzig, auswalzen)」であると批判している。

7 ブダペスト生まれのユダヤ系劇作家で、『人喰い人種』（六八年）や『我が闘争』（八七年）といった自作の戯曲でナチスドイツをテーマ化した。映画の脚本家としても知られた。タボリ（ジョージ、一九一四―二〇〇七年）は、二重帝国は

8 現ヴッパータール内、アーヘンとドルトムントの間に位置する。

9 第一次世界大戦・西部戦線における主要な戦場の一つ。

10 一八一三―一四年の解放戦争時に生まれた軍歌の一つに、同名のものがある。

11 ヴィルトガンス（アントン、一八八一―一九三二年）、オーストリアの劇作家。現ポーランド南西シュクラルスカ・ポレンバ。

12　オペラ座シネマ（現シネマジック映画館）、帝国シネマ、ケルントナー映画館はウィーン一区に位置する。順に一九一三年―、一九一一―二〇〇六年、一九一三―五一年（ただし後続のメトロ・ヴィザヴィ映画館が一九五一―九九年）。ブッシュ映画館は二区、一九二〇―四五年。ハイドン映画館は六区、一九一七年―。フリーガー映画館は九区、一九二〇―七一年。劇場シネマは二三区、一九―九―六八年。

フリッツ・ラング、亡命先のアメリカで、一九三八年

運に恵まれず、災厄には見舞われず

フリッツ・ラング

「プライベートと映画とで選ばなければならないとしたら、いつでも」フリッツ・ラングは述べた、「映画を選ぶだろう」。けれどもまさにその瞬間、当の本人も映画も、選択の余地はこれっぽっちもないように見える。帝国シネマのプログラム上の彼は──『恋愛三昧』におけるグリュントゲンス同様──左目に片眼鏡をはめている。けれどもその眼差しは、もっとも取るに足らない戯れの恋にも余地を与えないほど、疑り深い。

それでいてフリッツ・ラングは十分、運に恵まれていた。映画館の発明は五歳のとき、幼少期の経験は、彼の情熱にまだ錠を下ろしていた。災厄は運なしでも楽にやっていける一方で、運の方は災厄なしではほとんど無理という考えを、おそらく彼は受け入れていただろう──そもそも理論なるものを受け入れ可能だと思っていたのであれば、その範囲内で。

彼の風変りな嗜好に対するもっともな異議申し立てがあったとしても、それで彼が動揺することはなかったに違いない、けれども──ちょっとした損傷なしに正義が勝つことはまずない、そうした損傷が、その後もまだしばらくの間、自らを喜ぶ気持ちを彼から奪っていくことになる。ともかくフリッツ・ラングは、彼自身には見ることのできない楽観主義を、とりわけ映像内に限定した。彼にとって、映像だけが堕ちないものなのだ、そこに見られるテーマはというと、それだけにより一層すばやく堕ちる——恋愛は神経症によって、法は用益権者によって、芸術は市場によって。

ありとあらゆることに、フリッツ・ラングは時間から多くを奪った、彼にはなかった時間から。

彼は知っているのだ、人は、見ているものを決して信じてはならないことを、罪のない、そのまま読める像などないことを。表現に対する決定的な疑念は、一九三三年になると明らかになった、新たに編集しなおされたトーキー版をプロパガンダ映画にすべく、ナチスが容易に手の届くところにあった『ニーベルンゲン』を歪曲した。一九三三年五月二九日、ベルリンにて上映、ラングはそれをまだ見たかもしれない。その後、アメリカで『激怒』が出た。そしてようやくその激怒を、彼は『条理ある疑いの彼方に』と名付ける。

ラインの若き守り[1]はじきにもう、自らが望むほどそんなに若くいられないだろう。『ラインの若き守りよ』、テア・フォン・ハルブは書く「戦争がおまえたちに何を意味するか、分かっているかい?」さらに——「おまえたちも、その子どもの力で愛する祖国の最終的な勝利に貢献したいと思わないかい?」祖国に続くは、『不滅の畑——戦争小説』。その後、ほどなくして『包囲された神殿』に、『インドの墓』、その映画版を想い起す。主演女優は、ラ・ヤーナといった。

『奇妙な聖人』以降、彼女の世界観は急速に「全ドイツ」化した。そして一九四〇年四月一日、国民社会主義ドイツ労働者党に入党、党員番号８０１５３１４。一九三三年、フリッツ・ラングと別れ、以後、ふたたび彼を見ることはなかった。ひょっとするとどのみち彼は、大なり小なり「聖なるジンプリツィア」(一九一九年に出版された伝説)とは、決してそれ以上、長く持ちこたえることができなかったかも。

彼は亡命を選んだ。けれどもかの地にあっても、ブレヒトは彼には教育的すぎて、ハリウッドは道徳的すぎた。プロデューサー、エーリヒ・ポマーは初めて会ったとき、信じることができなかった、目のまえのその人が、ヒトラー同様、それまで絵葉書を書いていて、それでいて自身の映画では印象派の手段を用いたとは、影に光、明白さにその魅惑、どの新しい波《ヌーヴェル・ヴァーグ》にも先立って、そして、その古くなっていく様子。

感傷的なところはなかったものの、彼は当初、幻想から自由ではなかった。彼のハリウッド初期の映画では、合衆国が幼く映る、その小都市群は、いまだ無秩序《アナーキー》のありえる前段階ではない。『激怒』（一九三六年）のような初期の映画において、彼は新婚夫婦（スペンサー・トレイシーとシルヴィア・シドニー）に、まず長距離ドライブ、寝室のセット、花嫁衣裳を一目見させてやり、その後でようやっと二目《ふため》に、彼らに残りのすべてを覚悟させる。どちらの方がひどいだろう、疲れ切った死、[2]それとも疲れ切った生？　しまいには、まだ信じられないくらい若いスペンサー・トレイシーがショーウィンドウのまえに立っている（二〇〇一年四月四日の午前中、帝国シネマにて鑑賞可能、自由席、そこではすべての無声映画にライブのピアノ演奏が付く）。そのことが、いまスタン・ローレルとオリヴァー・ハーディを見るためにブライテンゼーへと行かねばならないことを忘れさせてくれる、つい先日、H・C・アルトマンにも去られた映画館へと。ラングの『ハウス・バイ・ザ・リヴァー』（一九四九年、アメリカ製作。四月一四日と五月四日、帝国シネマにて上映）では、最初にすぐ決定的な一文が発せられる――「私はこういう川が嫌いでね《アイ・ヘイト・ディーズ・リヴァース》」。その家に住む若い詩人のために、死んだ牛が一頭、目のまえの川を漂ってくる、彼がある出版社から拒絶の返事をブリキ製郵便ポストに受け取った直後。女中の屍は沈められる、幸運なことに川がある、あてにならない水、その上に人はよって立つことができる。蛙や紙でできた舟が、びくびくしながらいまだに未出版の原稿をめぐって疾走するバッタから、注意をそらしてくれるに違いない。思いがけないブルジョア室内装飾、ストライプ模様の絹カバー、絨毯の上の、愛された困り切った女の非の打ちどころのない形姿、それらが（そこにいた）観客を、映画館の扉がたちどころに封じられた後で、感慨深げにロート通り[3]に置き去りにする、月も、その他の何も照らすことのないロート通りに――全能感《グレーセンファンタジーン》は、ほとんどなし。フリッツ・ラングの顔入りプログラムは、ポケットに入っている。

それにしても人は自らのそばにとどめておくべきであろうか、夜の始まる寸前に、儚さと取り戻しえなさゆえに、つかの間、到達しようと探し求めるものを？

（二〇〇一年三月三〇日）

フリッツ・ラング（一八九〇―一九七六年）

ウィーンに生まれ、建築・絵画を学ぶ。一九一九年、ベルリンにて『混血児』*Halbblut*で監督デビュー。スケジュールや予算よりも創造性を重視したウーファの大物プロデューサー、エーリヒ・ポマーの庇護の下、大長編歴史絵巻『ニーベルンゲン』二部作（二三―二四年）やSF映画大作『メトロポリス』（二七年）を発表。またたくまにドイツ映画を代表する監督になる。

トーキー移行後は『M』（三一年）および『怪人マブゼ博士』（三三年）といった犯罪映画の傑作を生みだすものの、ナチスの権力掌握後は自身の自由な活動が制限されるのを嫌い、また母がユダヤ系という事情もあってアメリカに亡命。その時点ですでにかの地でも有名であったが、映画製作文化の違いになじめず、三六年、渡米後第一作となる『激怒』を完成させるも、それ以降は「扱いにくい監督」としてスタジオを転々とした。アメリカ時代の作品に、『暗黒街の弾痕』（三七年）や『死刑執行人もまた死す』（四三年）、『条理ある疑いの彼方に』（五六年）など。五六年、ふたたびヨーロッパに戻り、ドイツで『大いなる神秘』（五九年）と『怪人マブゼ博士』（六〇年）を完成させた。
徹底した仕事人間で、ドイツでもアメリカでも友人らしい友人をほとんど持たなかったと言われる（吉本広明『亡命者たちのハリウッド』二〇一二年、三五頁参照）。

テア・フォン・ハルブ（一八八八―一九五四年）
一〇代後半、女優としてのキャリアをスタートさせたのち、文才を活かして小説家・脚本家に転身する。『不滅の畑――戦争小説』（一九一五年）、『ラインの若き守りよ』（同）、『包囲された神殿』（一七年）、後に映画化された『インドの墓』（一八年）、『奇妙な聖人』（一九年）をはじめとする数々の小説を発表。二二年、ラングと結婚し、『ニーベルンゲン』や『M』をはじめとするラング初期の代表作に脚本家として貢献した（作品によってはラングとの共同執筆）。ヴァイマール時代のドイツ映画黄金期にもっとも成功した一人と言われる。
三三年、ラングと離婚。ナチスを熱烈に支持し、党公認の脚本家として仕事を続けた。

1 一九世紀に作詞・作曲された愛国歌で有名なものに「ラインの守り」がある。
2 「疲れ切った死」der müde Tod とは、フリッツ・ラングのもっとも初期の映画タイトルでもある（邦題『死神の谷』）。
3 一九二一年公開のその無声映画でも、結婚を間近に控えた恋人たちが登場する。
帝国シネマのあった通り。

ビル・ブラント「若さのためのニュー・ディールを計画中？」

世紀の写真

たった一年、たった一日、一瞬。でも、ビル・ブラントのこの写真の後では、もうなくなることはない。失われてしまうかもしれない、壊されてしまうかもしれない、国や、都市や、人々のように、でもそれでいて、残り続ける——その動き、その光、その儚さにおいて。

愉しがっている子どもたちは、世紀末、それどころか千年の区切りがやって来る頃には、老齢にあるだろう、でも願わくは、相変わらず愉しんでいて、体制の一部になっていないことを、ともにいるのが家族であろうと、友たちであろうと、一人ぼっちであろうと、墓の中であろうと。そして相も変わらず、挑戦できることを、危険を顧みずに、荒々しいステップを、無益な道を、不安定な屋根々々を越えて、思考を飛躍させることを、愛しい眠りから、みすぼらしい住まいから、彼女たちがそのときまでに、自らのものとすることができていたのであれば、居間から、焼き色のついたオートミールと安っぽい床張りの匂う台所から。相も変わらず逆説性《パラドクシーン》の数々を目指して、彼女たちのぜんぜん自覚していない、それらを。

どの写真も、それ以上は引き留めておくことができない——瞬間と、その瞬間が差し出すもの以上は。時代《アイオーン》を示唆するのは、むしろ写真がそれを得ようと努力しないとき。榴弾の炸裂する写真や移送される人々を載せた車両の写真ですら、それに関わらなかった人たちを倦ませる、あるいは無関心にさせる。情報はないままか、拒絶されてしまう。「目新しいところはないね」が、せいぜいのコメント、凡庸であればあるほど、自らを凡庸だとは思わない、観る人のそれ。

そういうわけで、周縁のシーンが、細部が焦点になる。イギリスの小都市にあるみすぼらしい住居の列やロンドンの一郊外は、さしあたり取るに足らない。でも、ビル・ブラントの写真があれば話は別。

一九四三年一月二日。第二次世界大戦の勝敗はまだ決まっていない、けれどもスターリングラードを囲んでの攻防が始まっている。一九四三年一月末から二月初めにかけて、運が転じる。

ビル・ブラントの写真の子どもたちは、そんなことにはお構いなし。先頭に立つ娘、グループの中のそのゴーゴーガールの向こう見ずな眼差し、白いペチコート、だらんと下がった靴下に、初めてのヒール靴、友の笑い——その瞬間が、彼女をとらえている。そしてビル・ブラントのカメラが、その瞬間に手助けしてやっている。

彼の写真は、描写しようとするものを定義する。それが成功することは、この分野において滅多にない。ビル・ブラントの大志は像《ビルト》に向かう、人はほとんど、その像を知覚しているのが彼の目なのか、それとも別のある人の目なのか、それは彼にとってどちらでもいいのではないか、との印象を抱く。彼は像を飛ばしているのだ、ひょっとしたら、彼が少年だった頃に凧を飛ばしたように、凧が揚がるのを見たいという願いだけでなく、より珍しく、より密かな願いとともに——凧がどこかへ行ってしまう、という、ただひたすら高く揚がり、もう戻ってこなくなる、という。彼は、自身の写真を贈り与えたのだ。この写真は私に、同年、自らの生を贈り与えた人たちを想い起させる。

一九四三年に処刑されたゾフィー・ショルとハンス・ショル兄妹[1]の長姉インゲ・ショルは、先日、長く重い苦しみの後に亡くなった。彼女から息がなくなるまえの、最期の言葉は——「バイバイ」

彼女は、何度も過小評価の危険を警告していた彼女は、自らの死の鼻を明かしたのだ。

人生と将来、幸運のイメージについて、今日、まだ三歳になっていないベルリンの女の子による、それ相応の簡潔な表現がある。クリスマス劇を見ながら、その子は言った、女の子にとって、小さな子ども以外の何者でもない、その子を指しながら――「ママ、坊やは立ったままでブランコに乗れると思うわ。坊やが立てるようになったらね」

そういうわけで、ビル・ブラントの写真がふたたび劇遊びの真ん中に――その貧しい子どもたちは、立ったままでブランコに乗っている、レンガ塀のそばで愉しみ、動いている、そして、まさに出発するところ、勝負強く、それでいて勝負にこだわることなく。ビル・ブラントの写真は彼女たちを、その存在がさらされている陳腐さから救い出す、そして彼女たちが諸々の反射を乗り越えられるようにしてやる、それらの反射にこの百年間はさらされてきたのであって、この写真もまた、その百年の下に置かれている。

（一九九八年）

1　白バラの名で知られる非暴力主義の反ナチ学生運動の主要メンバー、二〇代前半で処刑された。

秋のウィーンにビートルズ

『ハード・デイズ・ナイト』[1]を引っ提げて、秋のウィーンにビートルズ。週末、慣れた地を踏むように、彼らはガルテンバウ映画館に上陸した――「僕たちは、僕たちみんなの間にある空間について語っていたんだ《ウィー・ワー・トーキング・アバウト・ザ・スペース・ビトウィーン・アス・オール》」[2]――一八時頃のこと。ひょっとしたらほんの少し幽霊っぽかったけれど、三〇年前のあの頃と少しも変わらず圧倒的。リチャード・レスター監督に導かれ、彼らは彼らの舞台へと向かっていた。映画の中のそのテンポは、私でもまだ何とかついていけそうだった、スクリーンいっぱいに飛び込む彼らの様子は、私が以前、ときには今日でも、ヴィエンナーレ上映作品や他の映画へと向かうよう。見るからに彼らは、これから彼らを待ち受ける何がしかから逃げる避難民だった――世界的名声、富、貴族の称号。その後のハードな日々と夜々から逃げる、避難民。

「見上げたら、気づいたんだ、僕は遅刻していたんだって《アンド・ルッキング・アップ・アイ・ノーティスト・アイ・ワズ・レイト》」[3]。今日、人は容易に感じてしまう、追われている、いつも遅すぎる、と。追われていることが、ますます普段の話し方に含まれていく。時間があっても、持とうとしない。ハードで幸福なヴィエンナーレの日々にビートルズとともにスクリーンを追う者は、そのことに考えを巡らせる余裕もない。では、ビートルズ自身は、彼らゆえに少女たちは叫喚痙攣をおこし、妊娠中の女たちは予定日よりも何週間か早くに赤ん坊を産んだのだったけれど、当の本人たちは？リヴァプールを去ってハンブルクへ、パリへ、大西洋を横切って、それらの飛込ジャンプは、もうこれらのあらゆる目標以前に彼らの日々を規定していただろうか？　三人はまだ生きている、誰かが聞いてもいいだろうに。

「黄色い潜水艦《イエロー・サブマリン》」――大西洋こそが、ビートルズがまさにすくすくと成長していった頃の目的地だった、戦後、最初の旅は――イギリス、一九四八年。まだビートルは一人もいないまま、ロンドンが視界に入った。私は、パディントン駅から走るレールを見下ろせる住宅群に住んでいた妹のところに身を寄せた、母は、フィリンチリー・ロード近くで間借りしていた自身の姉の部屋に、何人かがもう当時から、フィリンチリー・シュトラーセとドイツ語読みしていた通り、そこには亡命者がもうそんなにも多かった、[4] 裕福な人など、一人も。私たちには牛乳を買うお金すらなく、当時はすべてが「零ペニー《ペニーレス》」、他の亡命者たちは、自分たちの牛乳や冷え冷えとした暖炉の火の世話で、手一杯だった。

　でも、ビートルズにもあの頃はまだなかった、マッシュルーム・カットも、貴族の位も、お金も、すべてが開かれていた。カネッティはフィリンチリー・ロード近くの小さな家に住んでいて、ジークムント・フロイトは、もうゴルダーズ・グリーンにある裕福な市民の墓へと居を移していた。何人かには、「ハードな一日《ア・ハード・デイ》」、でも私たちには、それとセットになった幸せな夜でもあった。すべてが新たな幸運のよう。一ペニーも視界に入ってこないまま、クリスマスが近づいてきた。

　妹の小さな娘――私たちの親族がウィーンから移送された一九四二年の生まれ――は、サンタクロース《ファーザー・クリスマス》に人形用の乳母車を願い、もらった。[5] ウールワースのもので、ブリキでできていた。彼女は私に、持ってて、と一瞬、手渡すと、窓を開けてレール越しに叫んだ――「サンキュー、サンタさん！」そのときには、もうビートルズが想像できた。

「僕が明かりを消したら、君には何が見える？《ワット・ドゥー・ユー・シー・ウェン・アイ・ターン・アウト・ザ・ライト》」[6]　そのことを本当に知りたいのは小さな子どもだけで、それ以外の人たちは、そのような問いを恐れるもの。「僕が明かりを消したら《ウェン・アイ・ターン・ザ・ライト》」――とは、誰かが去ったら、という意味なのではないだろうか？　私たちの息子は、目を見開いた後にはもうすぐ別れを恐れた。人はいつも、そのつど永遠の別れをしなくてはならないのよ、言ってみても、どうしようもなかった。

そのようなとき慰みになったのが、ビートルズやボブ・ディランの声、それらが六〇年代とグロースグマインの家、[7]グレートブリテンとは正反対のその家を貫いて、鳴り響いた。これらの声の下に友たちが集まった、彼らはときに夜を過ごし、自分たちでロシア名をこしらえた――セルゲイ、イワン、イリヤ、ニコライ。これらの声とともに、家族の方も、とりあえずまた戻ってきた、妹は学校から、父は長い、母はそれより短い出張旅行から。

朗読ツアーで一度、私はリヴァプールに赴いたことがある。何かビートルズっぽいものを手に入れてくるからね、と子どもたちに約束していた。実のところ、煤《すす》とともに雨がリヴァプールを覆ったある日の午後、リンゴ・スターの叔父と、彼の狭い部屋で紅茶を飲むことに成功した。彼はとても親切で、関心を持ってくれた、それでいてオーストリアがどこにあるか、まったくわかっていなかった。

（二〇〇〇年一〇月二四日）

ザ・ビートルズ（一九六〇年代―七〇年代初頭）
言わずと知れたイングランド・リヴァプール発のロック・バンド。ジョン・レノン（一九四〇―八〇年）、ポール・マッカートニー（四二年―）、ジョージ・ハリスン（四三―二〇〇一年）、リンゴ・スター（四〇年―）の四人組。ハンブルクでの修行期間をへて、六二年、ロンドンにて『ラヴ・ミー・ドゥー』でレコード・デビュー。デビュー・アルバム『プリーズ・プリーズ・ミー』（六三年三月）以降、続々とアルバムを発表し、またたくまにアメリカを、そして世界を席巻した。初期ビートルズを印象づける独特なマッシュルーム・カットが、当時の「女性的と言ってもいいような思いやり」（武藤浩史『ビートルズは音楽を超える』二〇一三年、一五〇頁）を感じさせる歌とともに大流行する。

実験精神旺盛な四人はアルバムを発表するごとに音楽概念を刷新し、当時の活動は今日にいたるまで音楽を超えて、社会、文化の様々な分野に計り知れない影響を及ぼし続けている。最初のアルバムから実質的にグループ最後のものとなった一一枚目のアルバム『アビイ・ロード』（六九年九月）まで、たったの六年半と驚異の短さである。二〇世紀の転換点をなす一九六八年に象徴される激動の時代を、まさに全速力で駆け抜けた。なお、彼らの映画デビュー作となった『ハード・デイズ・ナイト』（六四年米英合作映画）と合わせてリリースされた同名アルバムは、三作目にあたる。

六五年、イギリスにもたらした経済的効果が讃えられ、メンバー全員に大英帝国五等勲爵士（Member of the Order of the British Empire）が授与されている（ただしジョン・レノンは六九年、イギリスのヴェトナム戦争支持に反対して返上）。その後、九七年にポール・マッカートニーが、二〇一八年にリンゴ・スターが、それぞれ二等勲爵士（Knight Commander）を受けている。

1　ウィーン一区、一九一九年—。

2　楽曲 *Within you Without you* より。

3　楽曲 *A Day In The Life* より。

4　当時のロンドンには、エリアス・カネッティ（一九〇五—九四年、作家・思想家）やエーリヒ・フリート（一九二一—八八年、作家・批評家）など、第二次世界大戦中にウィーンから亡命してきたユダヤ系知識人が複数おり、彼らはドイツからの亡命知識人やイギリスの学者・芸術家たち（バートランド・ラッセルやディラン・トマスなど）と一種のサークルを築いていた。アイヒンガーの妹ヘルガもこのサークルとつながっており、ヘルガを通してアイヒンガーもこれらの人々と親交を持つことになった。なおフロイトは三八年六月にウィーンを去り、ロンドンに亡命するものの、三九年九月に癌で八三歳の生涯を閉じた。

5 小売店チェーン。

6 楽曲 *With a Little Help from My Friends* より。正しくは「君が明かりを消したら」

7 一九六三―八四年、アイヒンガーは夫のギュンター・アイヒと二人の子どもたちと、ザルツブルク近郊はドイツとの国境沿いにある村であるグロースグマインに住んでいた。

アイム・グラッド、アイム・ノット・ミー——ボブ・ディラン

今日にいたるまで考えてしまう、彼の凱旋行進の数々——とりわけグロースグマインの家におけるそれ——は、どこまでがキャッツキルのおかげなのだろう、と。「キャッツキル山地」とは低い丘の連なりで、一目には、その静かな名前よりもっと取るに足らなさそう。ともかく私の方は、精神と精神の持ち主たちの地理を探り当てるという、相変わらず止まらない嗜癖のおかげ、まず予期できなかった、アメリカ的な一つの勝利の。

一九六七年、アメリカでの朗読ツアーは気が進まなかった、ベルギーを横断、イギリスを通過して、大西洋を越えて、いっそ大西洋にとどまり続けたかった。「クイーン・エリザベス号」は逆風に速度を落としながら進み、私はあっという間に酔って、船の多くを見なかった。最下デッキの硬い枕の下に、ボブ・ディランの写真集が一冊、置いてあった、何よりそのためにツアーを断らなかった。ボブ・ディランと大西洋——理由が一つ、多すぎやしなかった？　私がほとんど見ることのなかった大西洋は、おのずから己のために語っていた。合衆国行きの方はボブ・ディランだけだった、サインを、息子が欲しがった。

なかなか明るく攻撃的なその声は、もう何年もの間、暗い森の端にあった家を占領していた、森の後ろで、ウンタースベルク[1]が自らをカムフラージュしていた。だからこの山は楽に登れたのだけれど、山は放っておいて、私はボブ・ディランの声から逃れることに努めた、午前中は庭で、一五時以降は上の階で、

そこではこの家の精神の持ち主（八三を超えた、白くて分厚い巻き毛の、映画館に目がない人）が、遅い朝食に私が来るのを待っていた。朝食は、彼女のベッドに——私によってではない——運ばれるのだった。彼女の声は心地よく、晩頃まで、私はボブ・ディランの声から逃れていた。そして、子どもたちの友からも。

女の子たちはひとまず庭にいて、男の子たちとディランの声が家を横断した。ニコライ、イワン、イリヤ、セルゲイと名のり、ディラン・ソングの続く限り帰らないのだった、ときには次の日、あるいは次の、次の日の朝まで。

私の方も、アメリカに長居しすぎてしまった、もう三日目にはツアーの目的を果たしていたのに、要するにボブ・ディラン。私たちの息子（ロシア名はニコライ）は、私が出発する直前、白くて分厚いプラスチック・カバーに覆われたボブ・ディラン本をトランクの一番上に置いたのだった。そのために私は出発した。

「テイク・シックス」——「嬉しいよ、俺じゃないからね《アイム・グラッド、アイム・ノット・ミー》」[2]——これだけは想い起せた。と同時に、ツアーの目的も。本のカバーに、ボブ・ディランによる一行。ザルツブルクの略図とイーストエンドの略図の後に続いたのは、ニューヨークのそれだった。

キャッツキルまで私を連れていってくれた母のいとこは、彼の家が見えると、車から離れるのを嫌がった。「犬がいるっていうから」そう説明した。雨が降り始めていた、写真集を手に、私は車を降りた。「俺はカルーソーと同じくらい歌が上手くて、奴の四倍も息が持つんだぜ《アイム・アズ・グッド・ア・シンガー・アズ・カルーソー、アイ・キャン・ホールド・マイ・ブレス・フォー・タイムズ・ロンガー・ザン・ヒー》」[3]、そうディランは説明していた。私はというと、濡れた玄関ドアのノッカーをたたいたときには、もう息ひとつできなかった。

「ノー、ノー、ノー」本を見るなり、彼の妻が言った——「私に任せて《ギブ・イット・トゥー・ミー》」その後ろにいた四歳の女の子が言って、木の扉に向かって突進していった、その扉を私は見過ごしていた――ディランが薄暗がりに、廊下に姿を現した、半欠けのジャーマンポテトを手に、残りの半分を嚙みながら、写真集を壁に押しつけて、カバーに一行、書いてくれた、車へと戻る道すがら、雨がたちどころに消し去ってしまった一行を。滲んだインクが残った。彼が、「嬉しいよ《アイム・グラッド》、俺じゃないからね《アイム・ノット・ミー》」のような彼自身のテクストを書いてくれたのかどうか、もう判読しようがなかった。大西洋の冬の荒波をへて、グロースグマインでまだ読めた唯一の単語は、こういうのであった――「ディラン」。

（二〇〇一年五月二日）

ボブ・ディラン（一九四一年―）

アメリカ中西部はミネソタ州出身。一九六一年冬、大学を中退してニューヨークに移り住み、翌年デビュー。セカンドアルバムに収録された「風に吹かれて」（六三年）は、学生運動の嵐が吹き荒れた六〇年代の西側先進国・若者文化を象徴する一曲となる。時代の代弁者と目されるようになった頃の、実力に裏打ちされた強気の若きディランを、ドキュメンタリー映画『ドント・ルック・バイ』（六七年）で垣間見ることができる。

二〇一六年、歌手として初めてノーベル賞を受賞。ライブを重視し、七〇歳を過ぎた二〇一〇年代にあっても年間八〇―一〇〇もの公演をこなす。力強い声の持ち主は、聴かせるためのパフォーマンスを必要としない。

二〇〇四年、エリーザベト・ヴェラ・ラーテンベックとのインタビューで、アイヒンガーは当時のディランとの出会いに触れ、「なかなか高慢な奴（ein ziemlich arroganter Kerl）」だったと述べている。雨の一件があったものの、息子の望みに応えることができてとても嬉しかった、と回想している。

1　ベルヒテスガーデン・アルプス山脈にある山。

2　映画『ドント・ルック・バック』でディランが自らについての新聞記事を見て言う台詞。

3　映画における台詞。正しくは四倍ではなく三倍。

「若さ」という名の穴あけパンチマシーン

デヴィッド・ゴードン・グリーン『ジョージ・ワシントン』

『ジョージ・ワシントン』は、一九七五年、テキサス生まれのデヴィッド・ゴードン・グリーンの初の長編映画にあたる。それ以前、彼は記録映画《ドクメンターフィルメ》を撮っていた——フランツ・リッケンバッハ[1]によって、またしても疑いを挟まれている概念（「映画記録《フィルムドクメント》と言うべきです」と彼は言う、それから、こうとも——「私はこれらの人々《メンシェン》を愛しています」）。後者の発言はアメリカを想わせる、不定代名詞の「人《マン》」が「人々」を愛していなければならないところ、「人」において匿名性と清教徒的な態度とを調和させる、一つの掟。

　これらの人々が『ジョージ・ワシントン』にでてくる者たち同様、まだとても若く、落ちぶれた小都市に刻印されていたら、彼らは容易に理想郷を求めるばかりになってしまうだろう、共通の理想郷を求めるばかりに、より幸せで、より自信のある同年代の者たちがなしうるよりも、より性急に、より明白に、自らを定義しようとしてしまう。

　一三歳のジョージはスーパーマンの恰好をして、善良な人間であろうとする。スーパーマンたち、スーパーヒーローたち——アメリカ。そして、ひとまずはまだ「もっとカッコイイ」少女たちは、見物にとどまり、自信のなさが少年たちを憔悴させるのに任せておく。その静かな、まるでコミックの頁をめくる瞬間の暗闇によってであるかのようにたがいに分けられた数々のシーンのある一つで、グリーンは独立記念日のパレードを見せる。そこで独立しているのは誰だろう？　半《なか》ば成長した少女たちは、明らかに、半ば成長した少年たちよりは。みんな、まさに半端《ハルプ》——不良少年《ハルプシュタルケ》、不良少女《ハルプシュヴァッヘ》、やくざ者《ハルプザイデン》。半端であることが、避けがたく、危険な全きであることの喜悦へと向かってゆく、全体性と明白さへの探求へと（ハルトムート・ビトムスキーの映画『第三帝国アウトバーン』におけるそれのように）。

映画の中の子どもたちは、運に恵まれている場合、半ば親切な親戚の下で育つ、両親の下であることはほとんどない。子どもたちの力はあまりにも大きい——仲間の一人が、事故で命を落としてしまう、突き飛ばされて、洗面所で。そこに居合わせた者たちは——その中にジョージも——困惑するものの、とにかく一つのことだけを欲する、若くあり続ける、生き続ける。

若い者たちの問題とは——この力、あとにはいとも簡単におさまってしまう、望まない「齢」にあっては。道で転ぶのでは、というような危惧、足早に過ぎる通行人たちのまえで、そのつど転倒した者たちの上を、自らの靴のかかとを傷めないように慎重に踏みつけていく通行人たちの。それが老いということなのかもしれない。それなら若さは？

目下、パリ、テキサスとウィーン、オーストリアの間で、若さほど戦闘的に強いられているものはない。一八歳で、人はもう「オワリ」とみなされる。それにしても、なぜ、若いことがそんなにも高く扱われるのだろう？　ただ、もう戻ってこないから？　むしろこの映画にあるように、孤独でかなり絶望的な時期なのでは？　そのただなかにある若者たちは、自らの価値というものを、しばしばただおぼろげに認める、あるいはそれに絶望する。

若さへの崇拝とは、他のどんな崇拝より容易に理解できるもの。若さは他にも使えるのだ、妄想を利用する、どんな産業にだって。みんな熱狂して、希望に歓喜して、若さという名の穴あけパンチマシーンを駆け抜ける、そして年を重ね、老いながら、自らを拒絶する。どの新しい日も、若さを危険にさらす。不安。声がなくなってしまうかもしれないという不安を、人は歌手たちに関して知っている。声とはなくなるもの。訓練を積んでいない声であれば、なおさらあっという間に。しかしながら人生は――それはどのみち、ひとりでになくなってしまうもの。

（二〇〇〇年一〇月二一日）

デヴィッド・ゴードン・グリーン（一九七五年―）

アメリカ中南部はアーカンソーに生まれ、テキサスで育つ。初の長編映画『ジョージ・ワシントン』（二〇〇〇年アメリカ映画）は、衰退していくアメリカ西南部の片田舎が舞台の、少年少女の夏の日々をとらえた一作。橙色を基調に、矛盾と葛藤を抱える子どもたちを、淡々と、それでいて詩情豊かに描き出し、現実と理想、リアリズムとロマンティシズムを融合させている。

『スモーキング・ハイ』（〇八年）や『セルフィッシュ・サマー　ホントの自分に向き合う旅』（一三年）をはじめとする数々のコメディ映画と並んで、ドラマやホラー映画も監督し、その芸術的手腕が高く評価されている。

1　二五二頁参照。

ビル・ブラント「窓越しに見る少女たち」
ステップニー、一九三九年

生の街並み

一九三九年のステップニー[1]で通りをしげしげと眺める者は、まだ乾燥した二月のある日にあって、自制するに十分な訳《わけ》がある。そっくりに仕立てられた長ストライプの短い夏用ワンピースを着た窓辺の二人は、二人の横の棚に並べられた二つのガラス容器のように映る、似たようでもあり、全然違う。

右ひざに包帯を巻いたほんの少し年長の娘は、その眼差しを、より意識的にステップニーの敷石に向けたところ――年少の方は、どちらかというと下に駆けていって、見知らぬ猫たちを追い回したい誘惑にかられている、でも猫たちは、おそらく彼女なしで何とかやっていくよりほかなさそう。

大きい方は気分が乗らず、長期的に見て、その日の午後とそこから生まれえるものとに、忙しく心を割いているよう。

この瞬間に、彼女たちのことを考える人はまずいない、あるいは、自分自身で何かを始めたら、と彼女たちを促す人は。父たち、母たち、姉妹、兄弟を、ビル・ブラントは省略してしまっている。そして「鋳かけ屋《ティンカー》、仕立て屋《テイラー》、兵隊《ソルジャー》、水夫《セイラー》」も「金持ち《リッチマン》、貧乏《プアマン》、農家の少年《プラウボーイ》、泥棒《スィーフ》」も、まだ視界にない。

この二人に何が起こるというのだろう？　あるいは、より正確に――この瞬間、この二人に何が起こっているのだろう？　まだ彼女たちは、彼女たち自身のもの。エズラ・パウンドとエリオットのために（一九二八年と一九四五年のこと）相応の刹那を見つけたビル・ブラントは、一九三九年、それだけにより一層ますます、ステップニーのこの少女たちに従事した。五年後では、もう遅すぎたであろうか？　そのとき、彼女たちはほぼ一四歳。そのときにはもう発見していたであろうか、ステップニーと彼女たちの無邪気さが、まだしばらくの間、彼女たちに知らせないでおくものを——少なくとも、ステップニーの少年たちのことを、彼らについて、人はどう考えればいいのかを。最初のいざこざ、より鋭い輪郭の兆しの数々。願わくは、ステップニーでもってもう事足れりとされてしまうかも、との危惧が、まだであることを。あるいは、その正確な拡大版でもって。

（二〇〇一年四月二七日）

1　ロンドン・イーストエンド。

決断と破滅の瞬間々々

テレンス・デイヴィス『歓楽の家』

映画館のスクリーンにぱっとタイトルが上がり、メトロ・ゴールドウィン・メイヤーのライオンが誰に向かってともなく唸る、あるいはアントーン・カラスが、またしても早々に『第三の男』をツィターで導入し始めている——人は間に合わないものだ。間に合わない、転落に、破滅に、どんな口径によるハッピーエンドにも。

それが大惨事というわけでもないだろう、船の沈没でさえ、映画館の中では容易にまたそれ自体へともたらされるのだから。けれどもテレンス・デイヴィスの『歓楽の家』を見逃すことは、それだけでもう中程度の惨事にいくぶん近づくに等しい（そして中程度の惨事こそ、もっとも質《たち》が悪い）。

彼のこの映画に関して、今日、ここでこの映画を観なかったら、永遠にこの映画への参与は拒まれたままであろう、との素朴な想像は正しい。その色彩、その当然な帰結、その場面ごとの機知への参与は拒まれたまま、デイヴィスが信じられないほど絵画的な仕方で回帰させている、一九〇〇年頃のニューヨークとは切り離されてある、それらへの参与は。

彼はニューイングランドの景域へと脱線していく、その優美さへ、決して熱を帯びることのないその色

ニューヨークはいとも冷酷でありうる——テレンス・デイヴィス
『歓楽の家』におけるジリアン・アンダーソン

彩の豊かさへ、岸辺の、森の、磯波の、砂丘のその色彩へと向かって、彼のように、不運な出来事へと、彼自身がとりこになってしまったその現場へと戻ろうとする観察者に、力を与えるために。

リリー、当時の価値観からするともはやそんなに若くないヒロインその人は、おまけに果敢なことにジリアン・アンダーソンによって演じられているのだけれど、様々な場所で発見されたヴィーナス像や、封印された城にとめおかれた十字軍騎士の妻たちを抜きにして、またボヴァリー夫人を抜きにして考えることなど、ほとんど無理。ただ彼女の顔がくっきりと浮かび上がるのは、ノルマンディーの壁紙からではなくてニューヨークの壁紙から、当時のニューヨークが持っていた可能性、重くのしかかってくる金満な背景から、そうしたものに、彼女ははじめ自らをはめ込もうとする。妥協、型どおりの女の人生、最初はあきらめようとしない富、その富を求めて、自身の愛する人を虚しく試す。

彼女の、ほとんどあからさまな不安が募る、と同時にパニックが。その流儀をヘンリー・ジェイムズ[1]が描いたニューヨークの金満家たちにとって、彼女はひとまず結婚適齢期にある興味深い事例であるものの、彼女自身は相手の攻めをブロックしてしまう。彼女は彼女自身でありたい、楽に手に入る獲物ではなくて。彼女が理解すること、でも最初はしっかり理解しようとしないこと——男たちの口説きは、すべて尋問を意図するということ、アイデンティティの喪失にまでいたってしまう尋問。人形の家、ニューヨーク版、そこでは女友だちがはしゃぎまわっている、街ではイプセンの描く田舎の領地でよりも、もっとずっとアップ・ダウン激しく。

自己実現——うんざりするほど引用された技《わざ》を、誰がマスターするというのだろう？　ましてや金を持たない誰が？　自らの確かさ、それとわかる大した才能もなしに。リリーは、外にとどまるという自らの決断の、その瞬間を知らない、それから、それがいつ取返しのつかないものになったかも。

テレンス・デイヴィスは技芸巧みにその瞬間を隠し、彼女が自身の破滅に引きずり込まれるがままにする。なごやかに、とどめようもなく。だから単なる文学の、イーディス・ウォートン小説の映画化ではない、あるいは、この映画は別の仕方で小説そのもの――デイヴィスは句読点を、言い表しえないものを、行と行の間の暗い平面を映画化する。平面、水面のようにひだを寄せる平面を、その平面とともに、デイヴィスはリリーの下降につきそう。彼女ははまり込んでいく――だからといって他の人々のように、金持ちたちのもとでの借りてきた安心へと向かってではなく、その反対の方向へ。首尾一貫して、それでいて狂ったよう――狂気を、適応性のなさと同一視する人にとっては。

それは、数年後、ニューヨークからそう遠くないところで大破する「タイタニック」上のそれと同様な社会である――裕福で、自信があり、冷酷。人々はオペラ座に赴き、よりによって『コジ・ファン・トゥッテ』[2]を聞く――個々人と人間関係が交換可能な世界にあって、リリーはしかしながら、交換不可能なものを求める。借金から抜け出せるようにと彼女を助けた株式仲介人に、切羽詰まって彼女は問う、いま体《イン・ナトゥラリエン》で払えと要求するのか――倒錯した礼儀作法《コム・イル・フォ》にそむかれ激怒して、ダン・エイクロイドは自身の客間の扉に椅子を投げつける、逃亡を阻止するため。

リリーは決心する、ニューヨークに、そして一九〇七年に、もう一つの秩序をもたらすことを、その際、彼女は子どものまま、もう一人の子というより彼女自身の帽子の壮麗さに護られた、その帽子は、彼女の頭の上よりも、他の人々の頭の上にある方がよっぽどもっともらしく映る。美しい衣装の数々にも関わらず、デイヴィスがここで映画化するのは現在――不誠実な人々の世界にあって、彼女は誠実でありたい、陰謀の上に立つ世界にあって、彼女はまっすぐな線を探す、けれども世界にある数々の線は、凝り固まった社会という平面と、滲んでぼやけていく水面からなる多面体《プリズム》において屈折している。「タイタニック」

上であれば、リリーは救命ボートを拒む一人であっただろう。リリー――ニューヨークのミヒャエル・コールハース[3]なのである。

（二〇〇〇年一〇月一八日）

テレンス・デイヴィス『歓楽の家』（二〇〇〇年米英仏独合作映画）

原作はイーディス・ウォートンの同名小説（一九〇五年）。二〇世紀初め、いわゆるベル・エポック時代のニューヨーク上流社会が舞台。美しい未婚のリリー（ジリアン・アンダーソン）は弁護士ローレンス（エリック・ストルツ）に恋心を抱くものの、経済力のない彼が求婚の言葉を口にすることはない。ローレンスとの中途半端な友愛関係が続くなか、リリーは賭け事で財産を無くし、親戚一同からも見放されていく。そしてある日、その美貌と人気を妬む女友達の策略に乗せられ、既婚男性との不倫がでっち上げられてしまう。

1　ヘンリー・ジェイムズ（一八四三―一九一六年）、イギリスで活躍したアメリカ出身の作家。
2　一七九〇年モーツァルト作曲のオペラ・ブッファ。二組の恋人同士が登場し、男女の組み合わせが入れ替わる。
3　ドイツの劇作家ハインリヒ・フォン・クライストの同名中編小説（一八〇八年）の主人公で、自らを襲った不正と理不尽に断固として立ち向かう馬商人ミヒャエル・コールハースのこと。正義のためにはテロ行為も辞さないコールハースは、融通の利かない頑固者として引かれることもある。

カラミティ・ジェーン、自身の自動連発銃を手に

レールを敷く女――カラミティ・ジェーン

ハリウッドでは、ジェーン・ラッセルとドリス・デイによって体現された、しかしながら神話の奥のその人は見抜かれないままで、用心から、たちどころに忘れられてしまった。マーサ・ジェーン・カナリーは、一八五二年[1]、五人兄弟姉妹の長姉としてミズーリ州はプリンストンに生まれた。たいていの場合よりもさらに目立って、存在への決心が固まっていたよう。ほどなくしてカラミティ・ジェーンと呼ばれるようになったものの、彼女が自身の存在を災難《カラミテート》と見なすことはまずなかった。混乱の種を蒔くのに、彼女にはワイオミング、ダコタ、モンタナといった州で十分だった。

彼女は、たいてい「路上に《オン・ザ・ロード》」生きた、重装備で、よく野生動物の革にすっぽりと身を包み、弾薬ベルトと拳銃、ウィンチェスター製の自動連発銃で自らを飾り、あっという間に頭を打ちぬくことで知られた、結婚したこと五回。一つのお手本？　いずれにしても、私たちの幼少期の、オーストリアの教科書にあるマリア・テレジアよりは。

彼女はひとまずノーザン・パシフィック鉄道[2]にレールを敷く女として自らを雇わせ、駅馬車や郵便馬車の御者として使われた後で、斥候《せっこう》として軍に受け入れられた。女が男の洋服を着ることや一人でいることが許されず、酒場では女給か娼婦としてしか受け入れられなかった時代にあって、これはもうすごいこと。斥候の恰好をしたカラミティ・ジェーンの写真を一枚、人々は公式に認めた。彼女が水疱瘡患者の世話をすることも、人々はひじょうに快く認めた、子どもたち、他には誰も引き取り手のない子どもたちを連れていき、それが自分の子どもたちだと言うことも。災厄――軍――の邪魔にならなかったものは、すべて許された。

二四歳で、もう酒飲みの悪評が立った――およそジェームズ・バトラー・ヒコックが命を落とした頃のこと、「ワイルド・ビル」と呼ばれ、恐れられた殺し屋で、彼女の結婚相手だった。その三年前に、娘ジェニーが生まれていた、のちに彼女はその娘に――もう酔っぱらいながら――短い手紙の数々を書いた。娘とはカンザス州アビリーンに住んだ、境にあった古い都市で、暴力で悪名高かった。

娘が一歳になった頃、彼女は子どもを東からの旅人二人に託した。そして彼女にはもうあと一度、子どもの父と再会する機会があっただけだった、かの人がポーカーのさなか背後から撃ち殺されるまえのこと。書くことを始め、酒もますます量が増えていった、彼女は正確に想い起したかったのだ、そして忘れたかった。より深淵で、より破壊的な想起の形式を選ぶのが彼女には相応しかった、一つの災厄、けれども円滑な災厄ではない、真剣に受け止められるようなそれでは。

「ときどきあたしはほんのり酒に酔ってるのさ、ジェニー、でも誰かを傷つけるってわけじゃない。おまえとおまえの父さんを忘れるために、何かをしてなくちゃならないんだ、でも、あたしは一筋縄ではいかないからね」一八八二年一月の手紙に、そう書いた。一度、彼女を、「ちゃんとした女ども」が町から追い出そうとする、ところが――「あたしはこいつら雌犬どもの一人の、昔ながらの黒い巻き毛を切り取ってやったさ、それからそいつらの頭上で鞭の音を響かせてやったよ。いいかい、あたしはズボンをはいてるんだ、それで、スカート女どもがたちどころに助けを求めてわめいているときに、あたしの方は動けるってわけ」

のちにカラミティ・ジェーンは、オレゴン、ネブラスカ、テキサスへといたった。たった一つの物語ゆえに、ネブラスカはおそらく最後まで私の頭から抜け落ちることがないだろう。『ネブラスカの雪』[3]といって、災厄がいかに景域から生じるものであるかを定義している、災厄が一秒でもためらうと、そうするとまさに避けがたく。それを映画で表現しようとするのなら、おそらく景域だけで十分、災厄に関わる人物たちの存在に信ぴょう性を与えるように描くには、カラミティ・ジェーンの存在にも——すべてが終わった後で、酒場のテーブルについたシミにいたるまでの細部は必然的に生じるもので、回避しようがない。災厄はほぼ揺るぎなく、いとも自然にやってくる、『真昼の決闘』のゲーリー・クーパーのように。彼は『平原児』（一九三六年）で一度「ワイルド・ビル」を演じていて、そこではカラミティ・ジェーンの腕に抱かれて死ぬことを許されている。

（二〇〇一年二月一六日）

西部劇に描かれたカラミティ・ジェーン（一八五二／五六—一九〇三年）

アイヒンガーが冒頭で言及しているのはウェスタン・コメディ『腰抜け二挺拳銃』（一九四八年アメリカ映画）とウェスタン・ミュージカル『カラミティ・ジェーン』（五三年アメリカ映画）で、前者は四〇—五〇年代のアメリカ映画を代表するグラマー女優・ジェーン・ラッセルが、後者はA・ヒッチコック監督映画『知りすぎていた男』（五六年アメリカ映画）で「ケ・セラ・セラ」を歌ったことでも有名なドリス・デイがカラミティ・ジェーンを演じている。

虚構性に富む両作品が明るく楽しめる一方、より真面目でシリアスなのが『平原児』（三六年アメリカ映画）である。こちらは西部開拓時代のガンマン、北軍兵士でもあったワイルド・ビルことジェームズ・バトラー・ヒコック（一八三七―七六）が主役で、ゲーリー・クーパーが演じている。カラミティ・ジェーンはジーン・アーサーが好演。なお『真昼の決闘』（五二年アメリカ映画）はカラミティ・ジェーンとは無関係で、保安官演じるゲーリー・クーパーが臆病な町の住人たちに見放されるなか、たった一人で殺し屋四人を迎え撃つというもの。名作ウェスタンとして知られている。

1 正しくは六人。

2 アメリカ北部に位置する大陸横断鉄道、一八七〇年起工。現ＢＮＳＦ鉄道。

3 二〇世紀のドイツの作家ヨアヒム・マース作の短編小説（一九三七年）。

「おまえは明日には戻るのに」

ベルトルト・ブレヒト

ヴォティーフ映画館[1]にて、いつも、いつでも驚くべき映画の機会を与えてくれるウィーンの映画館。相応の観客を伴うベラーリア映画館では『ティルジットへの旅』[2]（ファイト・ハーラン監督とクリスティーナ・ゼーダーバウムの組み合わせは、ズーダーマンの小説に適うものだった）が上映中で、ベラーリアにおなじみの幸運な終わり、だからそのつまらなさがもう見え見えな一方で、ヴォティーフ映画館では、人々がベルトルト・ブレヒトに『別れ』[3]（ヤン・シュッテ監督）を告げる稽古をしていた。

明るい辺境地方の荒野に陣を敷いたピクニックの一集団。対照的なキャスティング――ヨーゼフ・ビアビヒラーは、今回は丸頭が過ぎて人懐っこいのだけれど、彼が哀れなB《ベルトルト》・B《ブレヒト》を演じ、最期の半時間を穏やかに過ごそうとする。（モニカ・ブライプトロイ演じる）ヘレーネ・ヴァイゲル[4]の方は、少しだけあまりにも頻繁に、またあまりにも怖れられて「ヘリー」と呼ばれていたけれど、頑張りすぎてしまったとはいえ冷静かつ正しく応じていた。残りの人々はというと、ピクニックを救おうと試みてウォッカを飲んでいて、ブレヒトの娘は娘で、何も救おうとしなかった、もう救うものが何もなかった。

この信じられないほど素人趣味の映画の試みは、ブレヒトと、ブレヒトに見られるセンセーショナルなほどの素人趣味の欠如に、またブレヒトの機知に富んだ腹黒さにあまりにも見合っておらず、それゆえ別の観点を露呈させることになった——ここでは哀れな素人たちが、哀れなB・Bの横に陣を敷き、ようやく彼を死なせてやろうとしていた。そして彼女たちは、人々がブレヒトについて深く考えることのできた空間を開けてみせた。もっとも彼については、ついでにといった体《てい》で語らなくてはならない——

　人はもう、ブレヒトをほとんど引用できないのだ——あまりにも彼は、どんなレパートリーであろうとなかろうと、姿を現してしまう、あまりにも賢く、あまりにも正確に、自らの懸念を、度を越したと言ってよいほどの抜け目なさとともに、新たな懸念へといたらせて。ほとんど彼は、「小さい、太った幸福の神」を出し抜くのに成功している、「東からやって来て、快適そうに伸びをする」[5]神を。でも、あくまでただ、ほとんど。

　バール[6]よろしくその神は、大きな戦《いくさ》のあとに（明らかに戦も、至福という舞台装置一式に含まれる）破壊された都市々々に乗り込んで、彼自身の個人的な幸せと健康（彼にあってはこの二つがそっくり同じよう）のために戦うよう、一人一人の心を動かそうとする。でも、何をもって幸せと健康というのだろう？農民は土地を得て、労働者は工場を、労働者と農民の子どもは学校を我が物とせねばならないはず。太った幸福の神は捕まえられて、死を宣告されるだろう。けれども、人々が神に渡す毒は容易にその舌の上でとろけ、甘くて美味しい、胃痙攣ですらやって来ず、死は言わずもがな。人々が切り落とした神の頭部は、やすやすと再生してしまう。それで、一九二六年[7]のバール劇の初演後にブレヒトが出した結論は？「人間の幸福感を根こそぎ破壊するなんて、どだい無理」[8]——ひょっとしたら彼のような人が、そもそも問うべきではないのかもしれない、その瞬間に幸福感を必要としている人からまさにその幸福感を盗むことなく、人はどこからそれを受け取るのだろう、と、まさに死にゆく人が、新旧の枢機卿たちに両側に並ばれた、つまるところそこにいない神を必要としているよりも、もっと幸福感を必要としている人から、それを盗むことなく。

ブレヒトは、彼の生きた世紀において、極限的な数々の機会を得た、速くあることと、さらにより正確な分析を彼に強いた数々の機会、それらの機会は、あらゆる人々に対してそれらの責任を負った人々によってもたらされた――物理学者たち、軍人たち。この世紀は、彼がすでに扱っていた「真実を書くさいの五つの困難」[9]にとどまらなかった。どれだけ多くの人が死を宣告されねばならなかっただろう、革命的な理論を提供したものの、実践に移すことのなかったガリレイのように？「どうだったらいいのだろう《ヴァス・ダーフス・ザイン》？」「変わるべきは人間だろうか、世界だろうか？」――「いかがいたしましょう《ヴァス・ダーフス・ザイン》？」ウィーンの小売商人たちは、いまだにこう問いかける。選択肢が少なくなればなるほど、この問いがますます先を急ぐものとなる。ブレヒトはしかしながら、尋常な不安を、尋常でないそれに変えてしまう――「壁に釘を打ち込むのはやめておくんだ。／どうして備えを四日分も？／おまえは明日には戻るのに」それから――「なんだって見慣れぬ文法書をめくるんだ？／おまえを故郷へと呼ぶ知らせは、見慣れた言葉で書かれている」[10]

哀れなB・Bは、離れられないのでは、との恐怖に震える。それでいて、とっくに離れている――「というのも善意が国中でまた少し弱々しくなって／悪意がふたたび力を増した」[11]と、老子は亡命の途上で書く。より良い世界を信じるか、誰も彼に聞く必要はない、彼は割り当てられた線々を掘り下げて、それらを同時に脆いものにする。彼の欲求は、哀れなB・Bのそれよりも少ない。優遇されているのは誰だろう？　ほとんど最後まで、あるいはさらにそれを超えて、「犬、新聞、弁証法、古い音楽、履きやすい靴」[12]が残っている者？

「おまえたちは皆、地獄に行くがいい」と、いかがわしい神が、たいしてマシでもない『マハゴニー』[13]

の男たちに言う――「さあ、おまえたち、あのヴァージニア人たちを丸め込むのだ」。地獄を、ブレヒトは男たちに恵んでやる。男たちをこしらえた神に、地獄を恵んでやることはない。そしてまた彼は、神に、ヴァージニア・タバコを吸う腕をいくぶん磨くことができるとは、おそらくほとんど信じていないのである。

（二〇〇一年三月一六日）

ベルトルト・ブレヒト（一八九八―一九五六年）

ドイツの劇作家・詩人。マルクス主義の思想に共鳴し、感情移入を基本とする従来の劇を批判。そうした「劇的演劇」は観客を受動的な立場に置き、ただ出来事を追体験させるだけであるとして、それに対し観客一人ひとりに考えを促し、新たな認識へといたらせる「叙事的演劇」を提唱し、自ら実践した。演劇というジャンルを超えて、幅広い分野で今日にいたるまで多大な影響を及ぼし続けている劇作家の一人である。

作曲家クルト・ヴァイルとタッグを組んだ『三文オペラ』（初演一九二八年、ベルリン）が大成功し、その後もドイツで精力的に執筆・演出活動を続けるものの、三三年、亡命の途につく。デンマーク（三三年―）、スウェーデン（三九年―）、フィンランド（四〇年―）、アメリカ（四一年―）と、転々とした暮らしを余儀なくされた。ブレヒトの代表作と目されることの多い『肝っ玉おっ母とその子供たち』（初演四一年、チューリヒ）や『ガリレイの生涯』（初演四三年、同）は亡命中に書かれ、上演にいたった。

四八年、社会主義の実現を目指して東ベルリンに帰国。五四年、自身の劇団ベルリーナー・アンサンブルを創設し、死の直前まで精力的に活動した。

1　ウィーン九区、一九一二年―。

2　一九三九年ドイツ映画。監督ハーランと女優ゼーダーバウムは「呪われたカップル」とも言われる（瀬川裕司『ナチ娯楽映画の世界』二〇〇〇年、一四五頁）。
3　二〇〇〇年ドイツ映画。
4　ヘレーネ・ヴァイゲル（一九〇〇―七一年）、ウィーン出身のユダヤ系の女優、ブレヒトの妻だった。
5　一九四二―四五年の断章『幸福の神の旅』より。
6　古代オリエント各地で崇拝された最高神。ブレヒト処女作『バール』（初演一九二三年、ライプツィヒ）の野性的主人公の名前でもある。
7　正しくは一九二三年。
8　一九五三年春、ブレヒトが『幸福の神の旅』を回想して書いた文章からの引用。バール劇との関連について、ブレヒトは以下のように述べている――「『バール』執筆から二〇年をへて、（オペラ用の）ある素材が私を突き動かしたのだが、その素材とは、『バール』の根本思想に関わるものであった。」(Bertolt Brecht: *Werke. Große kommentierte Berliner und Frankfurter Ausgabe*, hrsg. v. Werner Hecht u. a., Band 10. S. 1257f.)
9　一九三五年に執筆されたエッセーのタイトル。真実を書くさいには、①真実を書く勇気、②真実を認識する賢明さ、③真実を武器として使いこなす術、④真実が有効に働く人々を選ぶ判断力、⑤真実を広めるための戦略、の五つの困難を克服しなければならないとしている。
10　一九三七年の詩「亡命期間をめぐる思索」より。
11　一九三八年の詩「老子亡命途上での道徳経成立譚」より。
12　一九五四年の詩「気晴らし」より。
13　戯曲『マハゴニー』、初演一九三〇年、ライプツィヒ。

ビル・ブラント「のぞき見する少年たち」『ロンドンのある夜』一九三八年

「のぞき見する少年たち」『ロンドンのある夜』

五九頁の少年たち（「イギリス、故郷、暗闇」）は、八六頁の少女たちよりも順番が早くに回ってくる。彼らの方はより輪郭がぼやけていて、ロンドンのこれらの夜々が彼らの興味を決定的に惹くまでに、まだ長くかかるだろう。そのまえに、まだいくつかの喧嘩、お咎め、手探りの興味。

髪型は、決然とした両親を推測させる、自らの望みに対する後々の距離のための、慎重な態度を。技術的な関心、他の事にはまだ長いこと気が向かず。大きすぎる心配事はなく、それでいて絶対的な確信もなく、複雑なもめ事や潜在的な不安から、まだしばらくは免れたままである、という。

彼らはこれから先も、日中も、たがいに多くを語り合わないであろう。さらにもっと長い間、邪魔されずに眠ることだろう。彼らののぞき見ショーは、まだ並の枠内にとどまっている。危険なのかもしれないのは、むしろ、彼らがあまりにも長い間、のぞき見ショーをまえに怯《ひる》み、後ずさりしてしまうことなのだ。

（二〇〇一年四月）

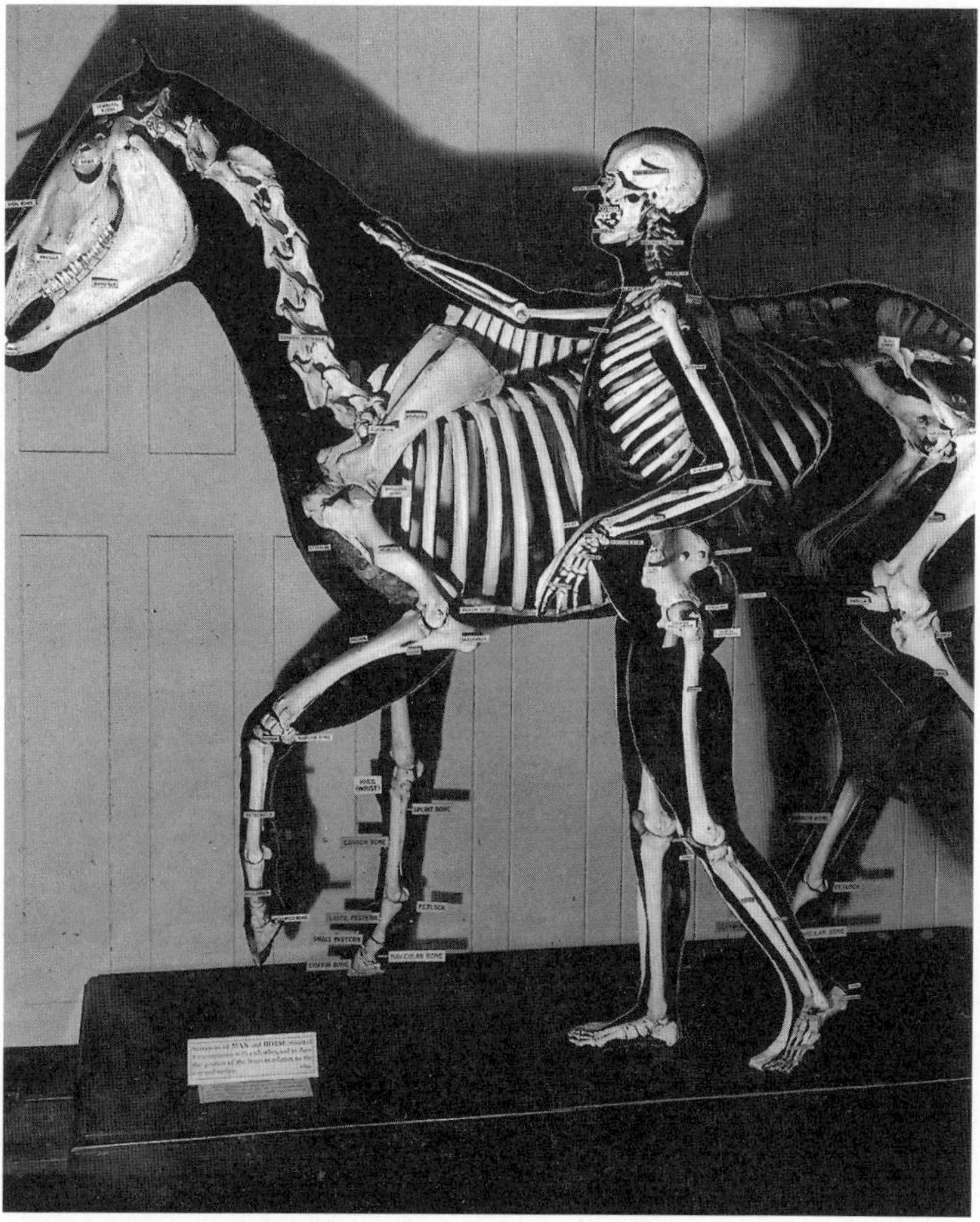

ビル・ブラント「自然史博物館」ロンドン
『博物館の奇妙なコーナーの数々』シリーズ

「自然史博物館」

彼は、「奇妙なコーナーの数々」がなくてもやっていけるであろうか？　ハンブルクでは明らかにそれらが少なすぎた、ウィーンでも、それからバルセロナやマドリードでも。彼は、イギリスへと避《よ》けた。あるいは以前、彼はどこへでも避けたのであったか？　しばしば彼は、上流社会の亡霊たちと容易に渡り合えたように見える、マドリードであれ、オーストラリアであれ、はたまたブリテン諸島であれ。亡霊たちは、彼を陽気にしたようであった、ハイランズをミッドランズに変え、ふたたびハイランズに戻してやるのだった、彼らにまったく帰属していなかったハイランズに。[1]

直立する痩せこけた骸骨は、助けを求めるかのように、とっくに繊維へと分解されて、すっかり抜け落ちてしまったたてがみへと腕を伸ばし、紳士淑女気取りの俗人たちに特有なあの硬直を、より冷静な一つの硬直へと、まさに交換しようとしているところ。

己の存在が、奇妙なコーナーへと移動させられているのを見る者は、新たなカテゴリーと渡り合えなくてはならない、自然史的な名称と、そのような名称が自らにあてはめられるのを誰も見たくないけれど、当の本人は、彼自身が属さない人々を定義するために、多かれ少なかれ愛を込めて、そうした名称に助けを求めるものである。

（二〇〇一年五月）

1

ハイランズはスコットランド北部に、ミッドランズはイングランド中部に位置する。

死体の誕生

ダシール・ハメット

フィルム博物館では、目下、最良のアメリカ映画の数々が、それ相応のスクリーンにきらめいている。フランクフルトのドイツ・フィルム博物館は座席がとりわけ心地よいけれど、当地のアルベルティーナ[1]が提供するそれは、何十年も前からただもう最悪で、死刑囚房にいる死の候補者がぐずぐずぶら下がっているよう。だから私は、ひたすら向かいの喫茶店で待って、最良のアメリカ映画の基盤を考えるにつきる――死体。それに、死体の創造者たち、神を正す者たち。

サミュエル・ダシール・ハメットは一八九四年、メリーランド州に生まれ、ひとまず成功はなく、さらに興味はもっとなく、仕事を転々としながらどうにかこうにか切り抜けた、その後、野戦衛生隊でインフルエンザにかかり、それが潜伏していた結核を発症させ、たちどころに彼は、アメリカン・ドリームだけに反していたわけではないことをした――当面、木を植えることは控える、子づくりもしない。二〇歳のときにしかしながら、ピンカートンで自己紹介をしていた、あの超有名なアメリカの私立探偵社。

その後はふたたび明らかに、自らに逆らって企てるときがやってきた――一連の肺病、西海岸にある国の療養所での日々。看護婦だった妻が彼を励まし、彼らはサンフランシスコへと移った、彼は短い探偵物を書き始め、短い詩にも怯《ひる》まなかった。こうして、やはりまたうぬぼれの危険から逃れ、それとともに陳腐さの危険からも逃れた。

「彼は返してやったんだ」レイモンド・チャンドラーは述べている、「殺人を、殺す動機を持っていて、死体を届けるためだけにいるわけではない人々のもとにね」。ハメットの書いたものは「ハードボイルド」で、それでいて行間的なものを、哲学的背景を、ハンフリー・ボガート風《タッチ》のための基盤を出発点としていた。肺気腫を身に招き、有名になったものの、それが彼の譫妄《せんもう》急性発作を阻むこともなかった。[2] 成功するたびに、それと同時に深淵へと向かわせる何かが起きた。名声そのものでは足りなかったのだ。「共産主義的画策」と「法廷侮辱」により六か月間、入獄し、釈放されたときには重病で、ハリウッドではブラックリストに載った。

フランクフルトで『マルタの鷹』を二度目に見て、その後、小説を三度目に読んだとき、なぜこの映画がこんなにも消し難く、他の多くの映画よりもっとずっと奥深く私の記憶に残ったのか、わかり始めた。[3] ジョン・ヒューストン監督は、ハメット散文の簡潔で辛辣なところを見抜く眼を持っていた。矛盾したことに、彼は、もっとも重要で中心的な契機の数々を省くことにした。そしてまさにこの失われた部分々々こそが、ハメットの世界像への手がかりを創っている――「彼はとにかくいなくなってしまったんだ」ヒーローの一人について、そうある、「手を広げたとき、握り拳がなくなってしまうようにね」

この、なくなってしまう、というのをヒューストンは映画にした。映画の中のヒーローは、その名をフリッツクラフトといった。一〇階から降ってきたバルコニーは、彼をただ軽く傷つけただけだった。免れたのだった。けれども次の発見が彼をうろたえさせた、生き延び、成功したものの――町はずれに小さな家――「人生とそろえてきた足並み」は失っていた、という。

食事のあとすぐに彼はいなくなり、別の女と結婚し、ある日、こともあろうに帰ってきた。降ってくるバルコニーにはすっかり慣れていた。もう降ってくるバルコニーがなくなると、それにも慣れた——まさにこの、降ってこないということが、おそらくもっとも決定的に難しいところで、その難しさとともに彼は生き続けなければならなかった。

E・A・ポーからハメットをへてチャンドラーへと、彼ら一人一人に、また彼らの描く人物一人一人に、いつも、いつでも、ありきたりなものからありきたりでないものへといたるチャンスがある——もう子どもはいない、家もない、賞賛も、表舞台に出ることも。彼らみんなのもとではバルコニーが降ってくる、花咲く野原に、瓦礫の山に、子どもたちの集団に。そして我らが天なる父は——ヘルメス・フェットベルク[4]にあっては「GDH《ゴット・デア・ヘア》」(主なる神)——それでも養う、つまりはバルコニーを。

それというのも、それらだって、降ってくるバルコニー、降ってくる存在、野原の百合の横の死体だって、世紀の白昼夢に含まれる。それらだって、映画館の一部をなしている、それらこそ、映画館の内なる署名なのである。

(二〇〇一年一月一二日)

D・ハメット『マルタの鷹』(一九三〇年)「フリットクラフト・パラブル」をめぐって

ハードボイルド小説の原点として名高い『マルタの鷹』に挟まれているエピソード「フリットクラフト・パラブル」に関して、右のエッセーでは挿話の主人公の名前が「フリットクラフト(Flitcraft)」ではなく「フリッツクラフト(Flitscraft)」になっている。また、彼に降りかかってくるのは「梁(ドイツ語ではBalken)」ではなく「バルコニー(ドイツ語ではBaklon)」である。なお、このエピソードは映画(一九四一年アメリカ映画、ジョン・ヒユーストン監督）ではカットされている。

アイヒンガーが『マルタの鷹』をドイツ語訳で読んだとして、その訳本におけるミスとも考えられるが、アイヒンガーが意図してかせざるかそのように読み替えた可能性もある。英語も堪能だった彼女が仮に原語で読んでいたとすれば、名前のズレは「思わず」かもしれないが、もうひとつの方は、英語のbeam（梁）をドイツ語のBalken（梁）と訳した上でさらにBalkon（バルコニー）へと、子音を一つ置き換える作業が必要になる。

諏訪部浩一によれば、『梁』が持つ機能は、それを経験した主体に、それまでの『日常』を色褪せた、偽りのものとして見させるようなものであり、それ以後の自分はそれまでの自分とは違うのだというロマンチックな『夢』を見させるようなもの」（同『『マルタの鷹』講義』二〇一二年、九七頁）だという。とすると「梁」には哀愁を感じさせるところすらあるが、「バルコニー」になったとたん、イメージが異なってくる。アイヒンガーには『バルコニーに関する疑い』（一九七二年執筆、七六年発表）と題された短編があるが、そこでは「バルコニー」が「故郷」と結び付けられ、人を欺くことも容赦しない何かとして描かれる。

1 同名美術館のある複合施設内に、フィルム博物館は位置する。
2 譫妄《せんもう》急性発作は、アルコール離脱のさいに生じる典型的な発作とされる。
3 アイヒンガーは一九八四―八八年、フランクフルトに住んでいた。
4 ヘルメス・フェットベルク（一九五二年―）、オーストリアの個性派俳優・パフォーマー。

値打ちのある勝利を、誰がとらえる？

エドガー・アラン・ポー

エドガー・アラン・ポーの時代、死と、死に先行した、当時は比較的取るに足らなかった時間とに、人はもっと直《ちょく》につきあった、取り入ろうとしなかったし、ただちに試みることもなかった、親しみのこもった視線を自らに集めよう、粘って交渉して回り道を、すなわち少しでも壊滅的ではない診断を我が物としよう、と。そして人は――それぞれの階級と地域に応じて――死と連帯する度合いを弱めた。

どのみち死こそがもっとも直系的に確実で、もっとも正直な血縁者だった、約束することなどまずなかった。息絶えたのが天蓋つきのベッドであろうと、ポー夫人のように藁布団の上、極寒の部屋であろうと――人は死と、より嘘偽りなくつきあい、それに別の名前を与えた、情熱《パトス》は程度をわきまえていて、それほど曖昧ではなかった。

それをそれと定めること《イデンティフィカツィオーン》も。頬から薔薇が盗まれたことを、人は容認したのだった、突然、命が奪い取られたことも。エリザベス・ポーはもう早い時期に、晩という晩は舞台でまともに受け入れられない可能性に応じなければならなかった。その代わりに死がたちどころに彼女をまともに受け入れた、市民階級に典型的なあらゆる要素が降ってきて、死が提供した輝かしい道程《キャリア》は揺るぎなかった。それはもう、就学まえの教育に織り込みずみ。エドガーには旅の機会が与えられた、荒れ狂う波、甲板上での探検ツアー、それからイギリスに五年、その煙突の連なり、大切に保管されている死刑執行人の首切り斧、大英博物館。そして寄宿舎での数年を経て、学費の高いマナー・ハウス学校へ、その近くで、ダニエル・デフォーが『ロビンソン・クルーソー』を執筆した。けれども、この学校は年間に四〇〇ポンドもかかるのだった。

五年後、一家の乗った「マーサ」はふたたびニューヨークに到着し、彼らはじきに「少しイギリスナイズした《ア・リトル・イングリシャイズド》」と受け止められた。一七歳のとき、彼は友人ロバート・クレイグ・スタナードの母を慕うようになったものの、またしてもたちどころに、そして情け容赦なく、当時に限らず人が「生の芽生え」と名付けるものの間に死が邪魔に入った。彼の世離れへの傾倒は、死活にかかわることが証明された。

それでも彼には、短期間、シャーロッツビルにあるヴァージニア大学が許された。軍務、早期除隊、陸軍士官学校《ウェスト・ポイント》、そこで士官候補生になった。

そうこうする間に、ふたたび彼を腕に抱くことなく、母[1]が死なねばならなかった。リッチモンド劇場は焼失した[2]——ブルク劇場での火災[3]のときと同じように、安全ではなかった。リッチモンド中が喪に服した、「国家的服喪」へといたる者はいなかった。とはいえリッチモンドの雰囲気は、充満していた。

エドガー・アラン・ポーの死は、多くの同時代の人々《ツァイトゲノッセン》、また別の人々《アンデレ・ゲノッセン》によって、落ちぶれた放蕩者への当然の報いと受け止められた。彼の去った世界の優しさは小市民の優しさであることが判明し、彼に理《ことわり》があるとした。そうこうするうちに彼自身、それを領収済みとした。でも値打ちのある勝利を、誰がとらえるというのだろう?

（二〇〇一年二月）

エドガー・アラン・ポー（一八〇九―四九年）

旅役者夫婦デイヴィッド・ポーとエリザベス・A・ポーの次男として、アメリカ北部は東海岸沿いのボストンに生まれ、誕生後まもなくしてボルティモア（中部、東海岸沿い）の祖父母に預けられる。一歳半のときに父が失踪し、その約一年後に母も病死すると、リッチモンド（ヴァージニア州、中央東部）の裕福な貿易商で子宝に恵まれなかったアラン夫妻に養子として引き取られた。一八一五年、事業拡大のために一家がイングランドに渡ると、学齢期にあったエドガーはかの地で英才教育に恵まれる。エドガーが一一歳のとき、一家はリッチモンドに帰国。

詩的想像力に目覚めていた少年は、（一七歳ではなく）一四歳で友人の母スタナード夫人に恋をするものの、夫人は間もなく病死してしまう。しかしながらやがて知り合った一五歳の少女エルマイラと恋に落ち、親に内緒で婚約するものの、それもやがて破談に。その間、シャーロッツビルはヴァージニア大学で酒と賭博に明け暮れたエドガーは、養父アランを激怒させてしまう。

エルマイラを失い、また養父から見放されて金もなく、二七年、一八歳で合衆国陸軍に入隊する。各地を転々としていたこの頃に処女詩集を出版。二九年、養母危篤との連絡を受けてリッチモンドへと帰郷するものの、葬式には間に合わなかった。その後、除隊をへてウェスト・ポイント陸軍士官学校（ニューヨーク州）に入学。けれども約半年で放校処分にあう。

三六年、二七歳のとき、ボルティモアでいとこのヴァージニアと結婚する。この頃には短編小説家として名が知られつつあり、雑誌編集者としての仕事もスタートさせていた。ニューヨーク、その南に位置するフィラデルフィアと場所を転々とし、執筆する手はとまらなかったものの、経済的困窮が続いた。ふたたびニューヨークへと戻った四五年には物語詩「大鴉」で大好評を博し、文学的名士と目されるほどであったが、貧困は続き、四六年末には餓死・凍死寸前にまでいたってしまう。四七年一月、妻が病死。四八年、リッチモンドへと移り、そうこうするうちに未亡人になっていた若き日の恋人エルマイラと再婚の約束をするものの、またしても結婚にはいたらなかった。そのまえにポーが帰らぬ人となってしまった。享年四〇歳、選挙戦真っただ中のボルティモアでのことで、投票所にもなっていた酒場で相当な量の酒を飲まされた後のことであったという（佐渡谷重信『エドガー＝A＝ポー』一九九〇年、一三一頁参照）。

1　養母フランセスを指す。

2　実母エリザベスの死から一八日後の一八一一年一二月二六日の出来事。

3　一九四五年の終戦間際の出来事。

民間伝承《フォルクローレ》――国家の気象状況

もう朝の四時か五時を過ぎて、ちょっと情報を得ようという者は、オーストリア放送協会による徹底的かつ網羅的な妨害にあう。はつらつとした郷土音楽とともに、天気、登山鉄道とチェアリフトの状況、山小屋の冬の安全性について知る。画面の右下に、ちょうど言及されている片田舎の輪郭が浮かび上がる、目下の風力、時速ゼロキロメートル。

寝不足のまま仕事から帰ってくる、あるいはこれから仕事だという者は、ひとまずキッズのためのスキー特別《スペシャリティー》チャンスについての情報を与えられ、現にまた子どもたちを目にする、きらめく雪景色に、あるいは緑地の上に、無関心な岩の壁。パウダースノー週間（見事なコンディション）、ウィンター・パッケージ、新しくオープンしたパノラマ・レストランの予告。地方描写の少なからずは、子ども社会を褒めたたえるある礼儀正しい者に与えられた答えを想い起させる――「まずは写真で見てみるべきですよ！」[1]

愛国心なるものと一体化する人々にとっては悪くない、でも、愛国心は幼子からだって求めるべきではない、「善良なるオーストリア人」であろう、という十把ひとからげの願いもろとも。それをどう定義できる？ オーストリア放送協会のやり方は、一日の始まりには民間伝承で、終わりには『タクシー・オレンジ』[2]で――待機、倦怠、やがて合図、誰かを恋人にする、あるいはグループから脱退させる、「真正な」グループから、その本物らしさは、国営のテレビ局によって保証されていた――倦怠によって、本当のところ、『タクシー・オレンジ』で彼らが待っているのは何なのだろう? 次の戦争? 善良なオーストリア人たち?

ひょっとしてその定義は、「純良であれ、ともにいよう!」[3]のような民謡の歌詞をも経由して出回っているのかもしれない、第二節には――「忠実であれ、移り気せずに!」

要求されているのは――ともかく、ちまちまと定義を問わないこと、定義の根拠を探る者はサボタージュしているのだ、共同体に対して、その者も属する洗い水に対して。ばらばらにならないこと、距離を取らないこと。「あの人たち《ディー・ロイテ》」は私たちのことをどう思うだろう。そうこうするうちに「あの人たち」は、ありとあらゆることを考える、でも、誰のことだろう? 「人たち」とは、友愛関係を持つための単語で、若者集団は好んで使う、一方で、連邦首相シュッセル[4]の発言においても、どういう人たちかは容易に想像がつくだけではない。「あいつら《ディー》」は、「私たち」のことをどう思っているだろう? そうこうするうちに人たちは、先述の通り、ありとあらゆることを考える。それで、自らで考えるリスクを負う者は、もうつねに一人ぼっちのままでいるリスクを負ってきた。たいていの声は、いつも、いつでも、「ともにいる者たち」を得ようとする。けれどもある程度、長い目でみれば、いわゆる公共の団体というものは、どれも、それと一体化しない、必ずしもそこに所属しなければならないわけではない人たちによって定義されるもの――「移り気な人たち」とともに。

(二〇〇〇年一二月一日)

1 子ども社会という概念には、子どもを大人の視線で客体としてとらえるのではなく、子ども自体に主体性を認め、そこから子どもの社会を考えていこうとする、一九八〇年代頃から提唱されている社会学的立場が含意されている。とはいえ子どもの主体性を見極めるのが大人である以上、子ども社会とは実体として存在するものではなく、あくまで大人がいてはじめて構築されるものである。

2　タクシー運転手をしながら一つ屋根の下に住む若い男女を追うリアリティー番組。

3　チロル地方に伝わる民謡。

4　ヴォルフガング・シュッセル（一九四五年―）、オーストリアの政治家、国民党所属。二〇〇〇年に極右・自由党との連立政権を発足させ、欧州各国から反発を招いた。〇七年まで連邦首相。

国喪とケーブルカー事故

「これ、カワイイでしょ、このサンタクロース」冷たいシュテファン広場に立つキオスクの、普段はどちらかというと節度のある婦人が、ある客に言う。それから、ため息交じりに――「本当、カワイイ、一緒に喜ばなくっちゃね！」

特定されない主語に、誰が一緒に喜ばなくてはならないのか、疑問がわく――何を、のところは明瞭。アルミ箔で包んである大量生産ものの、チョコレートでできたサンタクロース。もうこれらがあって、旧市街地には同時に、これまた大量生産方式に、取り付けられた光のチェーンが灯っている。

幼い男の子たちが三人、どこもかしこも閉じられた大司教宮殿へと通じる階段の上で遊んでいる。見るからに、信じられないほど固く閉ざされた門にも、早朝だというのにどぎつい光のチェーンにも関心はなし。喜んで、というキオスク女店主の命令も効き目なし。どのみち楽しんでいて、さっぱり散髪された頭から、たがいにウールの帽子を取りあっている。指図されたクリスマスの喜びは――関連商売の始まりは、どんどん早まっている――たいていの大惨事がそうであるように、正確なタイミングのための勘を持たずに突発する。それにひきかえ男の子たち三人は、クールで自給自足的、「カワイイ」ことがあるとしても、だからといって決して「本当、カワイイ」わけではない。おそらく彼らは将来、本物の高級官吏になることもなければ、本物の連邦大統領ないし本物の連邦首相になることもない――この種の仕事を志すのであれば、もう小学校に入るまえの段階で、熱心かつ機敏で摩擦がなく、いつでも国喪に服せる用意ができているように見えるもの。

いましがた姿を消した男の子たちは、むしろ小さな脱走兵のよう。脱走兵とはきっともう早い段階で、求められる共通性から逸脱する傾向があるに違いない。三人のうち一人が銃殺刑に処されることになるとしても、おそらく誰も考えるにはいたるまい、国喪を検討、あるいは指示し、決して存在しなかった共同性、一体性、純真さを募ろう、と。

カプルンの大惨事、人はそれを、以前のオペレッタ映画やハンス・モーザー映画がそうであったように、自分を飾り立てるために喜んで使用したいと思うけれど、徹頭徹尾、それには用をなさない——オーストリアのテレビ局が、ブッシュかアル・ゴアか、の投票結果をめぐる半時間の中継放送よりも、カプルンからの信頼すべき報道を優先させるとしても。州政府首相たち、ケーブルカーの専門家たち、経営管理部門の人々、その間、途方に暮れた市長、州政府首相代理人たち、山林課職員たち、死者数の新たな集計。スキー客たち——彼らのウェアと装備は、風と寒さに耐えられるものであったけれど、火は違った。ケーブルカー内の技術的な安全装置は、予期しえないものを助けただけで、旧式のエレベーターによくある注意書きを想い起こさせた——「火事のさいは業者に通報のこと」

サンタクロースを喜ぶときのように、いま、全員一致が求められている、隅々から倦むことなく轟《とどろ》く「国喪」！　しかし——どの人も、一人ひとりで死んだのだ。一般的でありうるのは、観光産業とここの政府の茶番だけ。理《ことわり》を超えた状況、苦しみと一つ《イデンティフィカツィオーン》になるには、孤独が前提とされなくてはならない——苦しみもだえて沈んだ一六〇名のスキー客たちを契機に発令された国喪は、それとは反対に、まるでアルミ箔に包まれた中身が空っぽのサンタクロース——商売への貢献。国家は共通の涙を要求する一方で、同じときに、遺族には一筆で年金を減らす。だから、いつも、いつまでも――抜け目ない茶番《シュピール》から離れて、本来の劇《シュピール》へ。痛みを麻痺させることなく、まさにそれゆえに、それをそのまま受け入れられる劇へ。

誰もがビューヒナーを読むわけではないだろう。でも幾人かは、帝国シネマのヴェルナー・ヘルツォーク映画『ヴォイツェク』で、なかなか重いものを負うことのできる現実の数々を見るべきである、そして、ひどい事態にあってもなされうることを活発化させるべき――同調しない、ということ。ビューヒナーにあって、皆は、集団となってそのアウトサイダーを凝視する、関心はないのに、それでいて数々の政府同様、サディスティック。突然、木組みからの台詞――「何のための仕立て屋、靴屋、パン屋だってんだ、人間がいないなら、何のための棺担ぎ人だってんだ、死体がないんなら」。映画館で人々は、緑のトウモロコシ畑を見る、そこを闊歩するクラウス・キンスキー、静かな池、殺人に使ったナイフを沈める。「正真正銘の殺人」は成功した。皆がヴォイツェクを一人にしておいたものの、いったん不幸が起きるやいなや、彼らはふたたび団結してのぞき見しだす、無関心な同調者たち、いまで言えば、メディアと国家を消費する人々である。[2]

（二〇〇〇年一一月一七日）

カプルンの大惨事（オーストリアケーブルカー火災事故）

二〇〇〇年一一月一一日にオーストリアはザルツブルク州に位置するカプルンのケーブルカーで生じた火災事故。四キロメートル弱の距離を走るケーブルカーは当時、スキー場利用客を上に下に運ぶのに使われていた。その日、上りの車両がトンネルに入った直後、ケーブルカーの最後尾で火災が発生。消防士で知識のあった男性と彼の誘導に従った人々、計一二名のみ、炎を突っ切って下山し、助かった。運転士と残りの計一五〇名は火から遠ざかろうとして上に逃げ、トンネル内で煙により全員死亡。この他、下りの対向車両に乗っていた二名、停電で上側の駅に閉じ込められた三名も犠牲になり、計一五五名が命を落とす大惨事となった。アルプス山岳地とあって国内外からのスキー客も多く、日本人も一〇名が犠牲になっている。

その後、ケーブルカー運行会社と交通省の責任者の過失を巡り、裁判で争われたものの、全員無罪となった。遺族には任意補償金として、オーストリア政府、保険会社、ケーブルカー運行会社が総額一三九〇万ユーロ（単純計算で一人あたり九万ユーロ弱）を支払っている。

1 ハンス・モーザー（一八八〇—一九六四年）、ウィーン訛りが特徴的なオーストリアの俳優。

2 『ヴォイツェク』は、二三歳で急逝したドイツの劇作家ビューヒナーが一八三五年頃に執筆した戯曲である。貧乏な下級軍人ヴォイツェクが、唯一の支えである妻に姦通され、「声」に導かれて彼女を殺すというもの。言葉、文体、イメージ、場面転回といった点で「一九世紀の戯曲としてはもっとも現代的」（岩淵達治「ビューヒナー　ヴォイツェク」保坂一夫編『ドイツ文学　名作と主人公』二〇〇九年、一一七頁）な『ヴォイツェク』は、これまでに何度も映画化されてきた。なかでも有名なのが、ニュー・ジャーマン・シネマを代表する一人、ヴェルナー・ヘルツォーク監督（一九四二年—）によるもので、七九年のその映画版ではドイツの個性派俳優クラウス・キンスキーがヴォイツェクを力演している。アイヒンガーの引く「木組みからの台詞」はある徒弟職人によるもので、正確には、映画の中で次のように言われる——「百姓は、靴屋は、医者は、どうやって暮らせってんだ、神が人間をつくっていないってんなら。兵士は？　神が人間を、欲求で、欲求で……、たがいに殺しあう欲求でもって装備してやってないってんなら」。映画最後にインサートされる字幕「正真正銘の殺人」もそうだが、ヘルツォーク監督映画版は、個々の台詞が戯曲にほぼ忠実である。

違うものを求める気持ち

ナショナルなテレビにおけるインターナショナルな訪問

あるものを要求されているとき、別のものがいい、と誰が力説したがらないというのだろう？　別のもの、ひたすらまったく別のもの。哲学者たちと神学者たちは、たちどころに、代替案なくして自らを定義することができなくなってしまった――問いという問いが耕地のごとく借り入れ、即座に応じて消してしまう、そんな類の代替案なくして。オーストリアでは、まさにこの種の神学が、すっかりオーストリア放送協会によって取り込まれてしまっている。「私たち」こそ、「まったく別のもの」――これぞ各番組の福音。それもあって――映画館に逃げ込む。

どんな路地も、あるものであると同時にまったく別のもの。急いで映画館に向かう者なら、そのことは容易に理解できる。ひとたび到着して、遅れてきたことを理由にチケットを無料でもらえるなんてことがあれば、ひとまず救われて、最後列に身を沈め、自らの探し求めるものをスクリーンから得ようと試みる、時間通りに来ることを彼自身がそんなにも重要視した、その理由を。離れるのであれば自分自身よりも容易な映画が、彼を助けてくれるだろう。

あるものであって、別のものでもあるものの、その場所とはどこだろう？　映画が続いている間、彼は何となく、この問いを先延ばしにしてもいいだろうと考える。けれども家にたどり着くと、彼はふたたび選択肢を手にする。そして、新しい『時代を映像で《ツァイト・イム・ビルト》』(略して『Z・i・B』[1])を聞く。実のところ映像は時代を、時代の存在への問いもろとも激しく抱き寄せ、そっと飲み込んでしまった。

それに相応しい隠語で、またほとんどあからさまな興奮とともに人は知る、ヨルダンの若い王妃と若い国王が、三人の子どもを携えて(末っ子はまだお乳を飲んでいる、とニュース番組の中で伝えられる)ウィーンに到着したことを。すべて「ウィーンの土曜日」の流儀――「ファーストレディたち」は、もうスモールトークに溶け込んで、双方の、目下、焦眉の小さな国々の間には、なんて多くの隠れた類似点がいとも簡単に見つけられることでしょう――肝心の商売の詳細は、追い散らされたまま。ともかくヨルダンは産油国ではなく、あるのはただ、そこに相応しい金満な雰囲気だけなので、それを新たな要求に適応させて、オーストリアの投資家たちを勇気づけなければ。

関係は良好で、オーストリア連邦軍はヨルダンの砂漠で空軍の軍事演習を行ってよろしい(そのために、いま、若い国王夫婦の泊まっている「ホテル・インペリアル」[2]のまえで警官たちが凍えている)。私たちの新鮮な森のふるさとに[3]欠けていたのは、どうやら砂漠の香りのよう、それに、ある種の見通しのきかなさとエレガンス。従順さ《ウンターテーニッヒカイト》。

とはいえヨルダンには、オーストリアより「臣民《ウンターターン》」がやや少ない、オーストリアをしてこのことは、当地のいたるところで要求される「愛国主義」をさらに強めるだけ――つまるところ、オーストリアの臣民たちと互角に張り合うことのできる国なんて、どこにもない、数においてではなく、従順さの質において。テレビ画面の中では連邦大統領クレスティル[4]が、氷のように冷たい君主の顔をして、動員された警備員たちのまえをゆっくりと歩いていく。両国は、「投資保護協定」に署名した。

すべて、重い意味を持つ。人はタバコを一本、手に取り、他のチャンネルに変えようと、ようやく思いいたる。ホルシュタイン・スイス[5]の天気予報を見ながら、新たな観点が浮かび上がる——湿った草原、新鮮な風。どれも、オーストリア放送協会の報道文のせわしない地方性より、穏やかで都会的。ふたたびチャンネルを変えると、ゾフィー・フロイトがまだあとほんの少し映っている、八二歳になる孫。びっくりするくらい溌剌としていて、生き生き、映画館に行くのが好きで、ウィーンに骨を埋《うず》めてもらいたいという。その理由ときたら、説明しようともしないのである。

（二〇〇一年一月二六日）

オーストリアとヨルダン

オーストリアの人口が約八〇〇万人であるのに対し、ヨルダンは約五〇〇万人とその規模はやや小さい（二〇〇〇年時点）。北から時計回りにシリア、イラク、サウジアラビア、エジプト、イスラエル、パレスチナと国境を接し、周縁性が一つの特徴であるヨルダンは、国土面積の観点からしてもオーストリアと似たような条件下にあるといえる。

オーストリアとの関係で真っ先に思いつくのは、いわゆるワルトハイム・スキャンダル絡みのことである。クルト・ワルトハイム（一九一八—二〇〇七年）とは、一九七〇年代に国連事務総長にまで上りつめ、その後はオーストリアの大統領にまでなった大物政治家である。八六年、大統領選挙キャンペーンのさなか、第二次世界大戦時にナチス犯罪に関与した疑いが明らかになり、国内外から激しい批判にさらされたものの、とりわけ外からの糾弾によって火がつけられたオーストリア・ナショナリズムに乗じて当選された。国際社会はこれに厳しく応じ、ワルトハイムは大統領就任後、近隣諸国ですら公式訪問できない状況が一年余り続いた。そして八七年七月、最初に公式訪問を行ったのがヨルダンであった。

1　一九五五年の放送開始当時から続くオーストリア放送協会の国民的ニュース番組。
2　ウィーン一区、リング沿いの最高級ホテル。
3　一九世紀後半のオーストリア郷土文学作家ペーター・ローゼッガーの自伝に『森のふるさと』（一八七七年）がある。
4　トーマス・クレスティル（一九三二―二〇〇四）、国民党所属、一九九二―二〇〇四年連邦大統領。
5　北ドイツ・ホルシュタイン東部。

ビル・ブラント「公園の春」一九四一年

「公園の春」

公園の春は肌寒く、何も隠し立てしたりしない――枯れた枝に緑の葉は一枚もなく、わずかな手漕ぎボートに誇張した熱もない。暗黒の一年が始まっていた。ひしめきあう羊たち（小さな子羊はいない）は、いまなお待ち構えていて、密で、房をなした、どの春も等しくもじゃもじゃなその毛が、画一的な印象を与えることを、ほとんどないようにしてみせる。

ビル・ブラントに気に入ってもらいたい羊は一頭もいない、皆、ちょうどいい具合に、自分自身に無関心。自らにも、観察者にも、力強い羊毛以上のものを約束することはない、その毛は、羊たちがつむじ曲がりであるかのように見せ、ただ羊たちの視線だけを煩わせずにしておく。その視線は、鳥たちのそれに似ている――罠猟師たちがじっと待たれているが、まだ視界には入っていない。大げさに畏れる理由はないけれど、反抗のそれもない、どのみち羊たちは反抗に向かない。唯一、一頭、ある種の疑念を持って、ビル・ブラントを子細に眺めているよう。「戦争という劇の数々《シアターズ・オブ・ウォー》」に関して、彼に責任はない、彼自身はそのように受け止めている節《ふし》があるけれど。ブリテンの神話に、氷の聖人たちは登場しない――五月には、なおのこと。[1]それは、もっとも期待の持てる春のひと月――ゾフィーは冷たく、二、三の古い法則と天候を予知できる運命の日々に関する農事暦には土砂降りもあって、人々はそれらを五月のせいにするけれど。五月と干し草は、どこか性急に関連付けられるもの。そのひと月を、人々はたえず歓迎しようとする、七月にはもう干し草になる、湿った草と同時に――そして、しぶしぶ別れを告げる。これほど適した月は他にないであろう（ひょっとしたら、一二月を除いて）、取り込まれて、花を咲かせるには、もう六月には雑多な権力者たちの足元にばらまかれることになる花を。そして、教会の儀式だけでなく、他の季節に合わせた儀式をも、実際そうであるより素敵なものにする。

一九四一年五月の毛皮は、秋の半ばに移送が始まった頃には、とっくに肉を除去され、おそらく偽者たちを芯から温めたことだろう。「戦争という劇の数々」と、それとセットになっている登場しないではいられない人々、欠けることの決してないそれらの人々は、まだしばらく、そこから利益を手にする人々にとっての「素材」であるだろう、彼らが、残っているものをすっかり滅ぼしてしまうまでは。

それならいっそ、残りものの方にあるほうがいい、それに、残りの春のもとに、そこにいるブリテンの一頭の羊だけが予感しているそれらの地獄が、始まってしまうまでは。

（二〇〇一年四月）

1　氷の聖人たちとは、ドイツ語圏における五月中旬の寒い日々を記念日とする聖人たちを指す。その最後がゾフィーで、記念日は五月一五日である。

おまけのホラー映画は要らない

映画館における死――本来であれば、目指すべき何か。病院での死よりマシ。けれども、どの映画館でも、というわけではなく、どの映画でも、というわけでもないに違いない。断末魔の苦しみは、陶酔よりも、はるかに質を必要とする。ましてや存在が押しつけられているときに人は、他人の好みを信用すべきではない。複合に複合を重ねた映画館であれば、どでかい音量で、めくらめっぽう地面からうなるように銃をぶっぱなってくる。なんでも、そうした映画館が中程度の成功しか得られないときは、待って結果を見てみるしかないのだそう、「仕事させ」なきゃ――政府が、政府について、つねにそう言うように。その間、政府は一方で、待って結果を見てみることなく、救援策を、例えば死にゆく人々に対するそれを、打ち切ってしまう。

それなら、アンソニー・ホプキンスの方がちゃんと仕事をしているというもの。でも、私は『ハンニバル』[1]を観にいけない、イギリスでは救急隊員が駆けつけなければならなかったと読んだのだ、なんでも観客のなかには胃がねじれにねじれて、中に何もなくなってしまうほどだった人もいたという。そういうことであれば、オーストリアの場合は『ハンニバル』がなくても大丈夫。おまけのホラー映画は要らない。でも、その準備の方は、身を護るために――一冊の本。

「うちじゃ、置いてませんよ」コールマルクト通りのフライタークとベルント[2]のもとで映画史について質問をしたら、きっとそう返ってくるに違いない。望むところだった、そこには地図しか置いていないのだ、でも誰が暗い映画館の中で地図を必要とする？　場合によって、ただ単に挑発したいというのであれば、きっと同情の眼差しを得る――でも、道は正しい。いまだにわびしいマルク・アウレル通り横の「ザトゥル・フィルムヴェルト[3]」まで下っていくのに、そう遠くない。フライターク・ベルント経由の回り道は有益だった。「ザトゥル」で入手――『映画史における偉大な悪党たち』そう、レクラム・シリーズ一七一一のタイトルにある、初版二〇〇〇年、装幀は「コスモス・ネット」なる会社による。彼らが使用しているのは、映画『羊たちの沈黙』から、ハンニバル・レクターの肖像写真。

この本には、帝国シネマで上映されていたシリーズに含まれる映画もでてくる、シリーズそのものは残念ながら終わってしまい、味気ない東ドイツ映画特集にとって代わられてしまったけれど、エドガー・ウォーレス映画[4]も入っていた――『下宿人』、『ロンドン・シティの怪物』、『テムズ川殺人事件[5]』。もちろん『博士の異常な愛情[6]』のような映画も登場する。つまるところ、アル中のスコットランド・ヤード捜査員たち[7]には、まだ他にも残っている。

それにしても吟味してわかったのだけれど、悪の純粋培養というのも、残りの純粋培養と比べてより容易なわけではない、それは奇妙な思考回路を、強度の抽象能力を、引きこもりを、そして血への飢えを要求する。アルフレッド・ヒッチコックの『サイコ』に出てくるノーマン・ベイツですら（殺すのは二人だけ）謙虚に映る、ほとんどお人よし。

ハロウィンの殺人鬼たち、サディスティックな生徒たち、あやしい精神科医たち。ひとまず観客たちは、親切に、と言っていいほどに操られる。そこを切り抜けた者は、じきに、より真剣に受け止められることになる。

「本当のところ、悪魔的なのは誰だろう?」そう、『映画史における偉大な悪党たち』の巻頭エッセーにある。ごもっとも——神々を逆上させるのは誰だろう、神々とともに、隠れて見えない唯一の神をも? G・B・ショー[8]は、巧みかつアイルランド風に(この二つはかなりそっくり同じだそう)残虐行為の発明者を評価する——「旧来の型にはまった社会民主主義者である我々が、我々の時代を教育と扇動と組織とに浪費していたあいだに、何にも縛られない一人の天才が、主導権を握ってしまっていた」

(二〇〇一年二月二三日)

1 二〇〇〇年アメリカ映画。『羊たちの沈黙』(一九九一年同)の続編にあたる。
2 グスタフ・フライタークとヴィルヘルム・ベルントが一八八五年に創業した老舗地図専門店。長らく一区は目抜き通りのコールマルクト通りにあったが、二〇一四年に横道のヴァルナー通りに移転した。
3 映画専門の書店(二〇一八年一二月末に閉店)。
4 二四二頁参照。
5 『下宿人』はM・ベロック=ローンズ原作、一九二六年ヒッチコック監督版と四四年J・ブラーム監督版がある。『ロンドン・シティの怪物』はブライアン=エドガー・ウォーレス原作、六四年西ドイツ映画、『テムズ川殺人事件』は七九年イギリス・カナダ合作映画。三作とも「切り裂きジャック」を巡る映画である。
6 六四年米英合作映画、スタンリー・キューブリック監督。
7 E・ウォーレス映画にお決まりの登場人物。
8 G・B・ショー(一八五六—一九五〇年)、アイルランドの劇作家、批評家。

「ひとりぼっち」

ホラー映画製作者ウィリアム・キャッスル

春の始まりは、春の始まりについて書く機会を与えるものかもしれない。でも私を引きつけるのは、いつも最良のものではなく、その次に良いもの。成功に満ちた人々より、挫折してしまった人々、きれいな言葉たちより、悪い言葉たち、騒がしい春より、少しずつ消えていく秋。だから映画を専門的に扱うザトュルで聞いたのは、映画と春について何かないかということ、すると、ホラー映画関連の本を案内してくれた。次善の監督兼プロデューサーの一人、ウィリアム・キャッスルのところで足が止まった。

「不安の対象《ダス・ヴォフォア・デア・アングスト》は、まったくもって無規定的である」とハイデガーは一度、言った[1]、またぞろ、あまりにも一般的で意味深。それだけになおさら重要なのは、この「対象《ヴォフォア》」の策略を見破ること。数多くの見誤られた春の大惨事の一つ[2]であれば、その際に、きっと快く役立ってくれるに違いない。あるいはウィリアム・キャッスルが（一九一四年―一九七七年）、一九一四年四月二四日にニューヨークで生まれた当時はウィリアム・シュロスという名であった彼が、二〇〇一年、ハリウッド・スタジオシステムにおける永年勤続の契約監督としてふたたび話題になるのは、さしずめお断りであっただろう彼が。

なんといっても彼は、ホラー映画とフィルム・ノワールで本領を発揮した「B級映画の偉大な監督」の一人。『イナゴの日』に出てくるプロデューサーとしては一般的に忘れられてしまっている感があるとはいえ、彼がロマン・ポランスキーに監督を任せた『ローズマリーの赤ちゃん』が、ホラーにより具体的なチャンスを拓いてやることになった。まさにチャンスを必要としていたのだ、ホラーとキャッスルは。両親にサマーキャンプに送り込まれ、九歳にしてすでに彼は、同年代の子どもたちからの侮蔑に耐えなくてはならなかった。野球やバスケットをしようにも、あまりにも不器用で、あまりにも下手、泳ごうとするだけだって。まさにそれゆえ、彼はもう幼い頃に試みたのだった、ハドソン川を横断することを、地下鉄のプラットフォームから飛び降りることを、しまいに彼は、ハリウッドを目指して脱出。けれども、オルバニー[3]まで来ただけだった。

私はオルバニーを一度、見たことがある、ザンクト・ファイト・アン・デア・グラン[4]を想い起こさせたところ。すべての道はローマに通じていないだけでなく、ほとんど目立たない中程度の様々な地獄へと、まっすぐ通じることもありうる。その危険を、ウィリアム・キャッスルは冒した。彼はそれを彼らに見せてやりたく、ほとんど何も省略することはなかった、どんな落とし戸だって、ほとんど全部。落とし戸たちの方こそ、彼に感謝した。「一三のゴーストたち、あるいはウィリアム・キャッスル崇拝を支持する一三の、亡霊さながら時をさまよう根拠たち」では、彼のチャンスが明らかにされる——忘れられた、あるいは消えていなくなった他のどのハリウッド映画の作り手たちよりも、一三、余計にあったチャンスが。市場占有率でテレビを凌駕しようとして、ハリウッドがますます馬鹿げた、不必要でもあった絶望的な歩《あゆみ》の数々を踏んだとき、彼はオーソン・ウェルズとジョーン・クロフォードとともに、偉大で悲劇的でもあるハリウッドの歴史に、説得的な貢献のいくつかを行うことに成功した。『柊と石《ホリー・アンド・ストーン》』[5]から『ナイト・ウォーカー　夜歩く者』あるいは『地獄へつづく部屋』にいたるまで、彼は、見紛うことのない映画を撮り続けた。彼のおめでたい、ある意味、世間知らずで実直なところが互角に張り合えるものとなっていた、闇の力と、それどころかより大きな、より知られていない、どぎつすぎて目をくらませるほどの光の力と、映画館に逆らって、自然と、新鮮な空気を動員するという誘惑の力とも。

ウィリアム・キャッスルは、エドワード・D・ウッド[6]のアンゴラ・セーターと札付きの無能っぷりを槍玉にあげていた、ジェイムズ・ホエール[7]が公然と生きた、同性愛者としての生をも。それでもホエールは、キャッスルの映画に関して天賦の才を賞賛した。いかにこの「熱に浮かされたように動く小さな頭」（ジョン・ウォーターズ[8]）が彼の天分というマンモスに加勢したのか、そして不安の正体とは何だったのか――それを説明するのに、スティーヴン・キングが一度、唯一の語を見つけたことがある――「ひとりぼっち」。ウィリアム・キャッスルの両親は、早くに重い病気で亡くなった、すべてが、大なり小なり春めいた、華麗な破滅に向かっているように見えた。それでも、彼の機知とあどけなさがいつも助けになり、それはますます明瞭なものとなっていった。ヒトラーとゲッベルスに宛てた彼の電報――「私のために働く気になったのですね?」――を、真似る者は誰もいない。フランス中をめぐるプロモーションツアーの合間に、彼は城を一つ買った、今日、その城が誰の手にあるのか、知る由もない。見通しのきかない春が、その上には伸びている。幸いなことに可能性も、映画館に黒さを任せておくという、映画館は、その黒さで生きている。

（二〇〇一年四月六日）

ウィリアム・キャッスル（一九一四―七七年）

ユダヤ系の両親のもとにウィリアム・シュロスの名で生を受けるが、差別や面倒を避けるために、いつしか自らキャッスルを名乗るようになる（シュロスはドイツ語で城の意味）。九歳で母を、一〇歳で父を亡くす。一三歳のときに、渡米していた二重帝国はハンガリー出身の俳優ベラ・ルゴシの舞台『ドラキュラ』に出会い、ホラーの世界にはまる。俳優業をへて一九四四年、ハリウッドで監督デビュー。オーソン・ウェルズ監督映画『上海から来た女』（四七年）では、共同製作者として名を連ねた。

有能な低予算映画監督として頭角を現し、『マカーバー』（五八年）以降は自主製作を監督するようになる。同時に、様々なギミック（仕掛け）を施していく。『マカーバー』では、観客が恐怖でショック死する場合に備えて生命保険をかけておき、映画上映の冒頭に保険証書を配るなどを敢行。『地獄へつづく部屋』（五九年）では、スクリーンに幽霊が現れるのに合わせて劇場内にも幽霊を走らせた。「ホラーはホラーでも、キャッスルのホラーは遊園地のローラーコースターのようなもの」（柳下毅一郎「ウィリアム・キャッスルのギミック・ホラー」山崎圭司他編『怖い、映画』二〇一八年、二四頁）で、観客は喜んで幽霊にポップコーンを投げつけたという。

ジョーン・クロフォードとは自身の監督製作映画『血だらけの惨劇』（六四年）でともに仕事をしている。監督はユダヤ系ポーランド人のロマン・ポランスキーに任せ、自身は製作に回った『ローズマリーの赤ちゃん』（六八年）は世界的に大ヒットしたが、これはアメリカ・モダンホラー映画の幕開けを告げる画期的な一作であった。

1 ドイツの哲学者マルティン・ハイデガーの代表的な著作『存在と時間』（一九二七年）からの引用（第一章、第六部、第四〇節）。ハイデガーによれば、不安の対象（das Wovor der Angst）とは明確に規定されうるものではない。具体的にこれこれに対して不安、と言えるものではなく、その対象は世界そのものに向かう。

2 一九三八年三月一五日のヒトラー・ウィーン入城を示唆している。

3 アメリカ・ニューヨーク州の州都。

4 オーストリア・ケルンテン州に位置する。

5 一九五一年のキャッスル監督映画 *Hollywood Story* の間違いであろうか。

6　エドワード・D・ウッド（一九二四―七八年）、自作映画がすべて失敗したことで有名なアメリカ人監督。
7　ジェイムズ・ホエール（一八八九―一九五七年）、イギリス出身のハリウッド映画監督。
8　ジョン・ウォーターズ（一九四六年―）、アメリカの映画監督。

ティー・フォー・ワン

「自分、ひとり、見つけたロンドンの男《ザ・マン・フー・ファウンド・ヒムセルフ・アローン・イン・ロンドン》」（ビル・ブラント『ピクチャー・ポスト』一九四七年一月一八日）――彼は、湿った霧の中へと走る、向かってくるものは何もない。そのような何かを、彼が期待する様子もない。帽子をかぶったままなのは、無数の映画の中のスタン・ローレルとオリヴァー・ハーディと同じ。急《せ》いてはいない、頭上の月だって、多くを約束することはない。一九四七年一月一八日のその日も、ロンドンでは人々が走っていた――なんともなしに、というのであれば――そこはやっぱり一杯の熱い紅茶に向かって、薄いミルク入りで、いつも「上出来で温かい《ナイス・アンド・ウォーミング》」とは限らない。

　彼の走り方は、ストイックに映る。きらめくサーチライトを当ててみたところで、お涙頂戴はとうてい明るみに出まい、スコットランド・ヤードにだって見つけられまい。それにしても、彼は何を見つけるのだろう？　他ならぬ彼の紅茶と、彼自身。すっかり恍惚して、というでもなく、彼は満足しているよう、がむしゃらに向かうでもなく、避けるでもなく。キャリアにまつわる悩みはなさそう。彼は、自分自身を目《ま》のあたりに見る（「自分自身を目のあたりに見るのって、いつも簡単じゃないんだよね」と、隣のテーブルで誰かが言うのを、私は一度、聞いたことがある）。それも、ひとりで自分自身を／自分自身がひとりなのを、目のあたりに見る。おそらく、それを探していたわけではなかったけれど、逆らう理由もない。自己実現の願望――不合理な願望ではないけれど、分析を要する願望の一つ。その願望を、なんとはなし

ビル・ブラント「自分、ひとり、見つけたロンドンの男」一九四七年

に、彼はすっ飛ばす。

生暖かいブリテンの紅茶と健康なブリテンの空気のもとで、彼はおそらくまだしばらくは、自身の自転車と自身の家主《ランドレディー》、自身の近所の人々とともに、途上にあることだろう、構いはしない。じめじめした壁も、己の存在に関する展望が将来有望とは言えないにしても。大きな期待は抱いていない。彼の向かって走る一つ一つの瞬間の何が、彼を驚かしうるというのだろう？　一九四七年は二月も三月も、おそらく凍える寒さだろう。[1] そしてブリテンの夏が、頭と心に嵐を起こすことはまずない。

ひょっとしたらイギリスではそんなにさげすまれているでもない五〇年代と、そんなに希望に満ちているでもない六〇年代を、彼はまだ目のまえに控えている。もっとも、新たな一千年だって甘んじて受け入れるだろう。代償が高すぎることはないはず、多額の貯金を求めているようにも、肉体的な蓄えを求めているようにも見えない。センセーショナルなところは、ほとんど何も。『イブニング・ポスト』は、それほど興味津々でもなく。ものすごいことは何も、河畔での一日さえなく。「一筆だけ《ジャスト・ア・ライン・トゥー・レット》」、つまるところ、彼に関してはそれでいいのかも。

ロンドンで自分、ひとり、見つけた男を、さてどうしよう？　彼を、彼自身のもとにそっとしておくことができよう。彼はそこでも、ビル・ブラントの写真集一二九頁でそうであるように、大事に扱われているのだから。「プロジット・ノイヤー」[2] とは、ロンドンでは誰も言わなかったし、どのみち言わない、なおのこと彼は。年々の新しさに対する疑念が持続するのであれば、チャンスも増えるかもしれない、ようやっと新しい年々がくる、という。遅くとも毎年、一月一八日には。

（二〇〇〇年一二月二九日）

1　一九四六—四七年にかけての冬、欧州は記録的な寒波に見舞われたことが知られている。
2　ドイツ語で「新年に乾杯」の意。

テムズ河畔のゲストハウス

「いろんな国土《レンダー》が、広く旅してくるもんだ」ポルガーかトーアベルクに[1]、そうある。でも、本当にそんな遠くまで行くものであろうか？　低地オーストリア《ニーダーエースタライヒ》は短い間、千年王国の下ドナウに席を譲った。華々しいところがない地域に、宣伝目的でこれみよがしの名前があてがわれた。アントン・ブルックナーとアドルフ・アイヒマンの故郷なだけではない高地オーストリア《オーバーエースタライヒ》も、状況はたいして良くなかった。残りは、自らが自らを理解したように名のってよく、要するに、そんなに遠くまで行かなかった。[2]

ザルツブルクは、どのみちいつもザルツブルクにたどりつくことに慣れていた、あるいはザルツブルクの周辺に、だからもう、さしたる努力もしなかった。チロルはチロルで、スコットランド人がある歌のためにもうずっとまえに発見していた、チロルの高地地方が、唯一可能なあの高地地方とはちっとも関係なかったことを[3]、それというのも、まさに「おまえの《ザイ》ランズ・ヒルズ」は「わたしの《マイ》ランズ・ヒルズ」たりえなかった。はたしてスコットランドの高地地方が、そもそもそんなチロルの高地地方との比較を受け入れたであろうか？

もっとも、そのような問いが膨らむことは、どのみちもうスコットランドの、あるいは他の丘陵に富んだ中心地《メトロポーレン》ではないだろう。むしろ、神に見捨てられた日曜日の午前中に、都市で、週末は映画館がお昼の一二時に開くところ。人はしばしば計画し、突如、そのときがくる。ヴォティーフ映画館で『ロベールとは

ロンドンに漂着して――イジス・ビデルマナス「疲れた水夫、ピカデリーサーカスにて」一九五三年頃

無関係』[4]、ベラーリア映画館、こう言った方が良ければ「ベラーリアで」『恋愛三昧』。あるいはすぐさま、なかなか人目を忍ぶ帝国シネマへ直行、そこで私は一度、タクシーから降りてすっとロビーに消えるルイ・マルを見たことがある、物静かというか、おどおどしたところがあって、『さよなら子どもたち』に出てくるブロンドのノルマン人少年とは、これっぽっちも似ていない。

その後ほどなくしてハリウッドに戻り、あっという間に死んでしまった。

それ以降、この映画館は私にとって、この街で新たに方位確認するための機会となった。不要な学校教科から離れていたかった、できることなら生まれるまえからすでに消えていたかった、という人は、ジャンキーが帝国シネマへの道をお供してくれるのであれば嬉しいに違いない、今日の私がそうしてもらったように、治外法権の、俗物根性とは無縁の領域へ。毎日、一八時を過ぎた頃にエドガー・ウォーレス映画が始まり、ファスビンダーへと移行する。短い休憩時間が、コーラ一杯にちょうどいい。つい先日、息せき切って到着したところ、他の人が目に入らなかったので、今日はウォーレス映画があるのでしょうかと聞くと、切符売り場の男が言った――「お望みでしたら」、そしてその映画を、私はたった一人で見た。ファスビンダーには、その後、何人か他の人たちがやってきた。

ウォーレス映画では、スクリーン上のブリテンの霧が、期待通りとても濃い。『ロンドンの死んだ瞳』が浮かび上がり、『テムズ河畔のゲストハウス』、もちろん全部、ドイツのスタジオで撮影されたもの、でも、それでいてとても英国的《ヴェリー・ブリティッシュ》、湿った敷石、半開きの修道院の扉。それに、そこに属する娘たち、ミニスカート姿、きもちデコルテののぞく制服のブラウス、かわいらしい脚、「殺されるべくして生まれた《ボーン・トゥー・ビー・マーダード》」よう。人々が考えることのできるまえに、もうそれは起こる――勉強部屋で、あっという間にガールズのうち三人が、毒ガスによって意識を奪われ、椅子からひっくり返る、両目を見開き、いなくなる。

「寝るのは、若者の特権」と最近、ウェイトレスが別の一人に言っていた。明らかに、死ぬのもそう。そして、映画館は、死なくしてどのようにやっていけるというのだろう。「主は羊飼い。わたしには何も欠けることがありません」[5]映画の終わり近くで娘たちが歌った、訓練のなされていない、力強い声々。映画館はその照明を消した、声はというと、映画館が消すことはない。

（二〇〇〇年一一月一〇日）

エドガー・ウォーレス映画

イギリス人作家エドガー・ウォーレス（一八七五―一九三二年）の犯罪小説を原作として、一九六〇年代―七〇年代初頭に西ドイツが単独あるいはイギリスやフランスと共同で製作した一連の映画を指す。『ロンドンの死んだ瞳』は六一年、『テムズ河畔のゲストハウス』は六二年西ドイツ製作。当時の西ドイツに犯罪映画ブームを巻き起こし、劇場版だけでも三八本が作られた。

ドイツ映画史家ザビーネ・ハーケによれば、「殺人ミステリーと、ヴィクトリア時代風のメロドラマと、ゴシック的な恐怖物語の要素を結びつけて、イギリス人の礼儀正しさと慎みの背後にある残忍性と背徳とを示すことによって、どぎつい魅力を期待するファンを楽しませた」という（S・ハーケ『ドイツ映画』二〇一〇年、二四四頁）。

1　アルフレート・ポルガー（一八七三―一九五五年）、世紀末ウィーンを代表するユダヤ系の作家。フリードリヒ・トーアベルク（一九〇八―七九年）、ウィーン生まれのユダヤ系作家。

2　一九三八―四五年の合邦期、オーストリアではそれまでの州が廃止され、ナチスドイツの帝国大管区に再編成された。それに伴いニーダーエースタライヒ州（低地オーストリア）は「下ドナウ」、オーバーエースタライヒ州（高地オーストリア）は「上ドナウ」となった。その他の州については名称変更こそなかったものの、ブルゲンラント州は「下ドナウ」と「シュタイアーマルク」に吸収され、フォアアールベルク州と隣接するチロル地方は「チロル＝フォアアールベルク」としてまとめられ、ザルツブルクの南側に位置する残りのチロル地方は「ケルンテン」に属すことになった。なお、オーバーエースタライヒはヒトラーの故郷でもある。

3 スコットランド・バグパイプ演奏曲「チロルの緑の丘」では、一兵士がチロル高地地方を目のまえにして、スコットランドのそれではない、と自らの故郷を想う。

4 一九九九年フランス映画。

5 旧約聖書詩編二三章、ダビデの詩。

「ドナウ川から亡骸《なきがら》を引き上げてね、乾かして、洗ったんだ」
——ヨーゼフ・フックス、名もなき人々の墓地の亡骸管理人

名もなき人々の墓地

「毎晩、あの窓を見上げながら、中風《ちゅうふう》という言葉を小さくひとりごちた」（ジェイムズ・ジョイス『ダブリナーズ』[1]）――この洞察に、付け加えられるものは何もない。ひょっとしたら、ニコラウス・ゲイハルターのドキュメンタリー映画『漂い流れて岸につき』の与える印象をのぞいては、おととい、普段はものすごくみすぼらしい上映プログラム、西駅、ある暫定的な、じきにふたたび消えてなくなってしまう映画館でのこと。

風の吹き抜ける、施錠されてない会場には、ちょうどあと二席が最前列に残っているだけ。私の左は空席のまま、右はごろつきが二人、しゃべっている、片方はずっとしゃべり続けて、中断しやしない、それにしても攻撃的、かつ、飛ぶ準備は完了していて、スクリーンから目を離さない。冒頭部分はなし、予告も、メトロ・ゴールドウィン・メイヤーのライオン代わりに挿入される「あなたがいる場所、ウィーンの映画館」ですら。

あってもここでは実のところ、かなり的外れであろう。この映画に出てくる人々は、俳優ではないのだ、素人俳優でもない。多くもない、見習いが二人か三人、漁師一人、埋葬人一人、国立公園の管理人が一人、多弁な人、彼は、アルバーン[2]の名もなき人々の墓地と緑地を誰にも歩ませたくない、もっとも嫌なのはウィーン人で、彼らが彼を激高させる。

この管理人は、彼らが何をしでかすかを知っている、遠くから（まさにウィーンから）やって来て、芝を踏みにじり、川岸の森に押し入って、土が差し出すものを引っこ抜く。あとに残るのはすっかり怯えた鳥たちと、サンドイッチの包み、荒廃。かわいそうな花々はすっかり抜き取られ、ばらまかれている、アルバーンが元通りになることはもう決してないだろう、悪い夢のあとのように、そこにあり続ける、と。でも、そこは彼が間違っている。アルバーンはグリンツィングやカルテンロイトゲーベン[3]より、夢々と上手く渡り合うことができている、そこは、夢によって創られているのだ。

埋葬人、白髪で無帽、長い外套に身を包んだその人は、死者たちについて、まるで、すくすくと育ってゆく子どもたちを語るように語る、いくぶん可能な将来へと、人々が手助けしてやる必要のある子どもたちであるかのように。彼は、彼らを川から引き上げ、洗い、乾かし、埋めた。彼同様、ドナウ川は寛大で、来るもの拒まず去るもの追わず、引き取り手がいなくとも。三四歳で自殺した息子の両親は、ありふれた花々を持ってきて、来たときと同様、途方に暮れて、また帰っていった。

埋葬人ヨーゼフ・フックスは、彼が世話したうちの一人について語る、その彼は、ドナウ川に入水するまえにスウェーデン橋から身投げして、頭を怪我したのだった。フックスはその地域からもう十分、埋葬しているのだけれど、寄り道には、性急な試みには、頭を振って応じる。彼が映るやいなや、私の右の者ですら、一瞬、口をふさぎ、またしゃべり始める――「おいらには冷たすぎだってんだ、水がよ」、それから「幸せじゃねえか、連れ戻そうっていうかあちゃんがいねえんだからさ」

ルーマニアのハウスボートが一艘、姿を現す（「ツュルンって言うんだ」と彼は批判的に指摘する）。長くてがっしりとしたボートで、撃沈させられるまえのUボートのように、ぴかぴかに磨いてある。甲板にいる二人のうち、話すのは女だけ――「ルーマニアに子どもが四人、孫は七人、働かなきゃだよ」。男は何も言わない、船長は彼、でも「ああ船長、我が船長」[4]の一語も。その代わり、問いが来るのを待つことなく、女の方――「あたしたち、どうやって生きてるって？　お金じゃないよ、鶏よ」。鶏たちも甲板にいる、駅にいるときと同じように、ぼんやりと。「鶏シュニッツェルのときもあれば、卵だけってときもね」

彼女は満足。「女遊びしようったって、船長がよ、かあちゃん、奴を離しゃしないぜ」映画の終わり近くで、隣の男が言う。斜め向かいの、ザールフェルデン[5]や、パリから来る一人一人を歓迎するプルカウ[6]のワイン酒場は、くすんだように映る、半ば暗くされて、それらは死んだ様子を装っている。目覚めさせるべきではないだろう、その方が映画にとって好都合だろうにしても、その映画を、人々はちょうど永遠に後にした。でも、それは脳裏にとどまり続ける。ドナウ川とその緑地が、他の優先順位を創りあげたのだ。ハウスボートにいる鶏たちのように。そもそも、鶏たちのように。

（二〇〇〇年一一月二四日）

ニコラウス・ゲイハルター（一九七二年―）

ウィーン生まれのオーストリア人監督。一九九四年、『漂い流れて岸につき』で映画監督デビュー。監督・カメラ・プロデュースを一手に担い、一貫してドキュメンタリー映画を撮り続けている。コメントや説明を一切入れることなく、ただひたすら見せるところが特徴的で、解釈は観客にゆだねられることになる。

他の作品に、チェルノブイリ近郊の村プリピャチの、原発事故から一二年後の現在を追った『プリピャチ』（一九九九年オーストリア映画）や、大量生産の現場を映した『いのちの食べ方』（二〇〇五年墺独合作映画）、廃墟で描く『人類遺産』（一六年墺独映画）などがある。

1　引用は『ダブリナーズ』一九一四年、「姉妹」より、柳瀬尚紀訳。

2　ウィーン一一区。

3　グリンツィングはウィーン一九区に位置し、グスタフ・マーラーら著名人の墓で有名な墓地がある。カルテンロイトゲーベンはウィーン郊外メードリングに位置し、いわゆる森のお墓がある。

4　一九世紀アメリカの詩人ウォルト・ホイットマン作、暗殺されたリンカーンに捧げられた詩の表題。

5　ザルツブルク州西南部。

6　ニーダーエースタライヒ州北部。

消失の構築

フランツ・リッケンバッハ『谷と丘のはざまのシナゴーグ』

「超越してはならないのです」休憩の間、フランツ・リッケンバッハは映画を撮ることについて言う、「とことん沈まなくてはなりません」——ヴィエンナーレは、人をしてそれを畏れさせ、同時に待ち望ませる。でも、どうやって人は沈んでいくのだろう、リッケンバッハのように、ある目標を見据える人は、つまり、一つの共同体の消失を描くという目標を？　その語りを通して終始、彼は自身の無知を強調する。「私はこれらの人々を愛しています」その代わり、彼は言う、「彼らの様子を見守るんです」。何の最中の？　彼はあるユダヤ人共同体を、ジュラ州のドレモンを発見した。老女五人と老人二人があともう残っているだけ——例えばロベール・レヴィ、エンジニアで共同体の責任者。家畜商人のゾンマー一家とレヴィ一家は、谷中で一目置かれてきた、「彼らもわしらと同じ村の人たちだったんだ」ジュラの農民たちは、そう説明した。いまや、これらみんなが消えてなくなろうとしている。

いかんせん、シナゴーグ建設に必要な信者最低一〇人という規定数に達していない。信仰心は篤かったものの、何の役にもたたなかった。娘たち、母たち、姉妹たちは勘定に入らなかったし、移住してくる者もいない。撮影後、共同体メンバーの二人が亡くなっている——映画の中で、視力が落ちていることに気

「消失への抗《あらが》い——この光こそ、シナゴーグに**なる**べきだ」

づくアンドレ・ゾンマーと、安息日《ザバト》用の蠟燭に、慎重に、自分だけのために火をつける、縫物・編物商人エドモント・マイヤーの未亡人トゥルーディ・マイヤー。

それでも——「ただ宗教的実践だけを見せていたら、実のところ本当に特別なそれらだけを、そうしたら私はこれらのユダヤ人を、またしても少数派の片隅に追いやってしまったことでしょう。私はこの映画を、了見の狭いことで有名なスイス人たちに捧げます、私たちのもとに一八〇〇〇人のユダヤ教信者が住んでいるという事実に不安を抱く、彼らに」。この言を引用するのに、人はほとんどためらいを覚えてしまうほど。それはひとまず、それを口にした人同様、何でもないように見える。それでいてその人は、もう『水門管理人の夜』で成功を収めていたというのに。問いを立てる、いかにして彼は、水門とその管理人たちからシナゴーグとごく少数の人々へと、まだシナゴーグを求めるそれらの人々へといたるのか。それどころか、その問いにこだわる。

執拗に、死への準備をカメラで追う。まだドレモンには、老人二人と老女七人[1]が存在している、七匹の子ヤギ、あるいは七人の小びととの比較が可能。子ヤギも小びとも、彼らに大いに関わるものの、狼は巧みに隠れている。そして白雪姫は来ないまま。色鮮やかな洋服に、村の髪結いに編み上げてもらった堅苦しい髪型の七人の老女は、これらメルヒェンに登場する人物の、またガチョウの世話係の、より幸せな子孫。アウトサイダーなこれらの人々が、シナゴーグを建てようという。彼らは確信に満ちている。あるいは、男二人のうち一人について一度、言われるように——「彼は将来に向けて、確信に満ちた音符を発信しているのです」

信じられない、ときには苦々しいほどのこの確信を、リッケンバッハはユダヤ人たちと分かち合う、これらの人々について、彼は、彼自身が言うように、あまりにも知ることが少ない。けれども、あまりにも見ることは多い。目立たない、建築物としてはどちらかというと失敗したシナゴーグへの眺望で始まる彼の映画は、ヴィエンナーレでもっとも重要な映画の一つになるだろう。

『谷と丘のはざまのシナゴーグ』と、それに続くヨハン・ファン・デル・クーケンの『ロング・ヴァケーション』[2]、ユトレヒトの癌専門家による診断に始まり、死んだといわれる患者が爪を揚げるところで終わるその映画には、明らかに一つの共通点がある――消失への抗い、と同時に、密かにそれを望む気持ち。それは、私のもっとも幼い頃の、もっとも強い願望の一つに応じるもの――自分自身の消失、隠遁に。

（二〇〇〇年一〇月一六日）

フランツ・リッケンバッハ（一九五〇年―）

チューリヒ出身のスイス人映画監督。日本では知られていない監督であるが、彼についてのドイツ語文献も少ない。監督した映画に一九八二年『教室のささやき』（ニーノ・ヤクッソ監督との共作、スイス映画）、八九年、悲喜劇『水門管理人の夜』（西ドイツ・スイス合作映画）がある。「映画ドキュメンタリー」としては、すでに九一年、ベルン州ビール（ビエンヌ）近郊の村タヴァンヌにスポットを当てた『ロイヤルメント・ヴォトレ――映画を通したある村の年代記』（スイス映画）を発表している。『谷と丘のはざまのシナゴーグ』（同）は九九年公開。

1　正しくは老人二人と老女五人。

2　二〇〇〇年フランス・オランダ合作映画。ヨハン・ファン・デル・クーケン（一九三八―二〇〇一年）はオランダの写真家・映像作家。

「ライオンズのニッピー（ミス・ヒボット）」

二〇〇一年四月二七日、土曜日の今日[1]、ようやっと、もう一度、彼女に届く場所を見つけた――一九三〇年のパリ。彼女がパリにいたことは一度としてなかったし、古風《アルカイッシュ》なもので彼女を引きつけたものなど、何もなかったに違いない。でも、そんなことはぜんぜん理由にならないはず、だからといって彼女をそこから眺めない、という理由には。私たちの母のいちばん年長の姉で、生まれるまえからもう長いこと、イギリスの虜になっていた。

彼女自身がそのことに気づいたのは、ずっと後になってからで、一八歳の頃だった、南海岸で一年間、お手伝いをしていた頃のこと。「ジョリーマン家よ」と、強調したものだった。ジョリーマン家とブリテンの南海岸は、幼い頃の幸せな亡霊の景域に含まれていた。彼女のことを想い起しやすいように、私はビル・ブラントの助けを借りることにして、七九頁に、一九三九年の「ミス・ヒボット、ライオンズのニッピー」[2]を見つけた。最後の一息までミス・クレーマーでいつづける代わりに、移住せねばならなかった一九三九年よりもまえの時点で、もう彼女自身がミス・ヒボットを発見しているべきだったのに、でも、それにはいたらなかった――ミス・ヒボットの眠たそうな視線、堅苦しいエプロン、おちゃめで目立たない表情の数々には。彼女には、じきに「品のいいガール」でなくなる、というチャンスがこれっぽっちもなかった。その気があったか、なかったか――ビル・ブラントの写真以降、彼女は「ミス・ヒボット、ライ

ビル・ブラント「ライオンズのニッピー（ミス・ヒボット）」一九三九年

オンズのニッピー」であり続けた。

将来、孫とひ孫が、ニッピー特有の衣装にあるボタンのように数えきれないくらいになって、お盆の上に置いてある訳の分からないストローのように取り換え可能になるとしても、そうであっても、そのときも。もしかしたら、ミス・ヒボットの名はアリスといった。一九三九年の後も、彼女には国々が手近にあった、喜んで受け入れてくれたであろう国々、ニュージーランドでなくてもよかった、それに、ニュージーランドであろうと、デヴォンであろうと、ドーセット[3]であろうと——ミス・ヒボットは、二、三の望みを叶えた、一つ一つの指示に静かに、かつ注意深く耳を傾け、求められたときには背筋をピンと伸ばして立ち続けた。

ミス・クレーマーからも、同じことを期待することができた。もっとも、ミス・ヒボットの場合より、当然といえば当然。彼女は家のお手伝いとして、あるいは運送会社で、あるいはボタン工場で働いた、いつもいいお金がもらえたわけではなく、長時間、働いて、地階の部屋へ、入れ替わりのあった彼女の猫の下へと帰った——馬鹿々々しい暖炉の「炉棚《マントルピース》」の上には、小さな象が少なくとも一一体は立っていた、ネズミのしっぽ付きの幸運のお守り、誰もそれを回してはならなかった。暖炉では、「二五ペニーの炎」が燃えていた、小銭を丁寧に貯めていた。

窓は猫のために夜でも空けっぱなしだったので、私たちのうち誰一人として、副鼻腔炎に罹ることなくウィーンに戻る者はいなかった。病はゆっくりと消えていった。イギリスへの想いが、ミス・クレーマーの声への、私たちの母のいちばん年長の姉のそれへの想いが、消えてなくなることはない。ビル・ブラントのおかげで、彼女は一九三〇年のパリにとどまるのだ、彼女が決していたることのなかった、一九三〇年のパリに。[4]

1 正しくは金曜日なので、日付と曜日が不一致。

2 ロンドンでチェーン展開されたティーハウス・ライオンズのウェイトレスは、動きがすばしこい様子 nippy からニッピーと呼ばれた。

3 デヴォンとドーセットはともにイングランド南西に位置する。

4 このエッセーは何がきっかけとなっているのか、定かではない。読者に与えられた情報は一九三〇年とパリの二つだけである。映画だとしたら、同年に公開されたルネ・クレール監督の名作『巴里の屋根の下』(仏独合作映画)であろうか。パリの下町が舞台の、道で歌いながら楽譜を売る男とルーマニアから来た娘をめぐる切ない恋物語は、エッセーにおけるアイヒンガーの、恋・労働・貧しい暮らし・移住といった事柄をめぐる連想と通じるところが多い。

映画なしの聖金曜日

「己の感覚を／内に忍ばせし者／人の話さぬことを聞き／夜のうちに見る」（アンゲルス・シレジウス）[1]――フィルム博物館に赴く者は、いくぶん運が良ければ、人の話さないことを聞くことができる。それに、フィルム博物館だけではないけれど、夜に見ることもできる。そこでは昼間も当然ながら、ある種の苦行を覚悟しなくてはならないけれど。最後の審判の日まで、誰もあの座席を入れ替えることはしないであろうから。

同じように想像しがたいのは、フィルム博物館やメトロ映画館、帝国シネマや他の映画館が、聖金曜日における全面的な映画禁止令を遵守すること。そもそも映画禁止令は、まだ存在するのだろうか？　そうした禁止令は、人をして認識の境界線の数々について、さらなる興味を抱かせ、考量させる。

ドルフース時代の第一共和国では「祖国の青少年団」が、なかなか値のはる灰色の、ボーイスカウトかヒトラーユーゲントの服装に似せて作られた制服を身にまとっていた。十字のままでなくてはならず、そのことはヒトラーですら理解していた。ただし、馬鹿々々しいやり方でファッショ的なだけであったわけではないオーストリア政府の「祖国戦線」の場合、記章は撞木《しゅもく》型十字だった――十字の端についている鉤が、どれも両方向に向かって伸びていた。歌もしかり。オーストリアの若者集団の暗い制服は、警察のそれ同様、ナチの服装よりも優雅でより目立たないものだった。他には、優雅さがたいしてなかった。

「なにはともあれ治癒力のある浄化の試み」とは当時、人がしばしば耳にしたところ。自然との結びつきも、それに含まれた。まだあらゆる形の散歩が可能であったものの、同一の歩調は目に見えていた、悪意がなくもない者たちにとっては、もう閲兵式歩調だって。

テレビはまだなく、あったのは放送通信株式会社《RAVAG》、要するにオーストリアのラジオだった。それから、なんといっても映画館。無声映画があった、そこでは話されなかったことを聞くことができた。いずれにしても夜には見ることができて、人は身を隠して角のところへ、ファザン映画館へと行った、ちょっとした世界旅行、そして次の世界旅行までの間、救われた。

残念ながら聖金曜日は違った。街中が声を無くした。無声映画の他にも、たいがいのものが無声になった。すべての映画館が閉じられた。オーソン・ウェルズが（一〇年後に『第三の男』でそうするように）自分のお葬式を切り抜けることもできなければ、マグダ・シュナイダーがヴォルフガング・リーベンアイナーとともに、毛皮にくるまってリーゼン山脈の雪の間を滑っていくこともできなかった。

その代わり、ウィーン人たちはもう晩頃になると「復活」へと赴いた、聖土曜日の緑[2]に間に合うように。「聖なる墓」を次から次へと、彼らは足早に散策した。ほとんどどの教会でも、十字架にかけられたその人の像《フィグア》が十字架から外されて、むきだしに横たわっていた、あるいはガラスの棺に入れられて、祭壇のまえに置かれていた。聖書を素材にした巨大なハリウッド映画の数々は、まだ存在していなかった、もっともあったところで上映されなかっただろうけど。映画館はなし。一年に一日「だけ」だったけれど、当時、その日は私に最後の審判の描写を想い起させた、神の左の一群を。そこに映画館はなく、開いていたのは地獄だった。[3]

（二〇〇一年四月一三日）

1 アンゲルス・シレジウス（一六二四―七七年）、ドイツ・バロック時代の神秘主義的宗教詩人。引用は『ケルビムのごとき旅人』より。

2 復活祭（イースター）の時期は春の訪れと重なることもあり、緑（das Grüne）で飾られる。ただし復活祭の文脈で使われる grün という語（例えば聖金曜日 Karfreitag の前日は聖木曜日 Gründonnerstag と呼ばれる）は、語源をたどれば中高ドイツ語で「嘆く」を意味する grinen が転じたものである。

3 最後の審判の描写では、キリストから見て右は天国に昇る善人が、左は地獄に落ちる悪人が描かれる。

キャロル・リードが撮影を開始するまえ——親衛隊と赤軍の最後の戦いで破壊された大観覧車、一九四五年

第三の男

悲しいかな先週の日曜日、一四時四五分、ブルク映画館には『第三の男』がいなかった。でも、もう一七時頃にはどうでもよかった、男はどのみち——市立公園近くの下水道内で、またしてもキャロウェイ少佐の一撃にすっかり伸びて——次の日曜日まで、またもや潜伏してしまっていただろうから。

一九四五年、ウィーンにはもう映画館が、まだ映画館がなかった、映画は、映画館なしで演じられていた。役所という役所で、一九三八年以降、役人たちの返答はまったく同じだった——「その辺に寝たらどうですか」——凡庸さと荒涼さは、凌駕しがたかった。なんといっても映画館がなかった。六年間、ゲッベルスはウーファ映画が街から消えてなくならないように努めた。それ以外はというと、かなり多くのものが消えてなくなった、何区画もの家屋群がすっかり、橋々、運河沿いにあった石だらけの市民農園《クラインガルテン》、ユダヤの星に、それをコートに縫いつけていた人々も。

終戦——美容師はほとんどおらず、それに応じた髪型。それから、映画館はもうなく。薄暗いことはほとんどなく、その分、薄明るい——母と私にとって、一九四五年五月にマルク・アウレル通り九番地を後にするのは、難しいことではなかった。手押し車に置けるものを置いて、私たちは半ば倒壊した家々を通り過ぎながらホーエマルクト市場の方[1]へと移動していった。六年間、強制的に住まわされた家の女主が五階から、立ち去る私たちに向かって屋根瓦や瓦礫を投げつけた。

ラートハウス通り八番地に、私たちはほんのつかの間、寝床を見つけた。そこには、二、三人の闇商人と、幼い娘と彼氏とともに、私の祖父母の末息子の妻だった女が住んでいた、末息子はとっくに死んでいた——彼女はシュタイアーマルク人で、アーリア人で、一九四一年に婚姻を解消、この末息子を死の手にゆだねたのだった。今のいままでも、彼女は私たちに彼のことを「ユダヤのブタ野郎」と語った。たちどころにラートハウス通りを後にした。市外への道を、今度はヘルナルス[2]へ、私たちはある狭い家に、長期間、はるかに快適に泊まらせてもらうことになった。そこから、ずっと後になって、プリンツ・オイゲン通りの間借り部屋へ、多くのものから見放されていた通りで、まだロシアの占領区域にあった。けれども映画館が、ふたたび近づいてきた。

なんといっても「ジープの四人」[3]が、旧市街を抜けて走っていた。『第三の男』の中でと同様、背筋を伸ばして、途方に暮れて。闇は、ほとんど照明がなくてもやっていけた。確かなのは、『第三の男』が、彼の演じる時代といくつかの見境のない気晴らしに、今日、反撃しているということ。彼なしの日曜日はなし。ホリー・マーチンス（ジョゼフ・コットン）は「殺されるべくして生まれた《ボーン・トゥー・ビー・マーダード》」まで、どんな下水道にも行きつくし、どんな銃身のまえにも立つ。「死はプロに任せときな《リーブ・デス・トゥー・ザ・プロフェッショナルズ》」イギリス軍キャロウェイ少佐（トレヴァー・ハワード）は、彼に助言する。でも、自らは決してたどり着きたくない場所へと他の人たちを積み込む訓練を受けた「プロたち」こそ、まさに、彼らの発明した殺人に関わる詳細を、もっとも理解していないのではなかろうか？

当時もプリンツ・オイゲン通りを走っていた市電D線は、深く下ったところで七一番線と出会う、ウィーンでもっとも人気のある路線の一つ、墓地がもう視界に入る（第一門、第二門、第三門、第四門）。戦時中、私たちはできるかぎり頻繁に、第四門に行きついた。公園のベンチとリング沿いのベンチは

「アーリア人専用」だった。墓地ではユダヤ人の山羊飼いが何頭か、おそらくこれまたユダヤの山羊たちを歩ませていた。山羊飼いは青いジャケットを肩にかけ、ユダヤの星を隠していた。「肌に縫いつけることはできないからね」すっかり満足した様子で、彼は言うのだった、「山羊だって、つけてないだろう」。『第三の男』で人々が見るのは、山羊の代わりにアリダ・ヴァリ、オーソン・ウェルズの葬式から門へと向かう、ホリー・マーチンスことジョゼフ・コットンが彼女の後に続く、ためらいがちに彼女のまえを通り過ぎ、おそらくトレヴァー・ハワードに連れていかれる、彼がジョセフ・コットンに時間を聞く――「二時半」が、最後の陳述《アウスザーゲ》。私にしてみたら、あらゆる映画館の時間的近さゆえに、耐えうるものとなる一つの時間帯。

今日、中央墓地は（すべての門）、葬儀形態や墓石飾りの選択（第四門に関しては、一九四八年がもうそうだったように、おそらくいまだにアンナ・ディーナー[4]によってなされている）、弔問客のためのレストランのそれも、すっかり変わってしまった不変性に似せられてしまっている。終戦後、私たちに明らかになった、政治に関わる機関の相変わらずの凡庸さをめぐる失望にも。映画館には、どの程度、救済力があるのだろう？

『信頼していいよ《ユー・キャン・カウント・オン・ミー》』[5]と、キュンストラーハウス映画館[6]は約束する。それにしても、アニー・オンドラとハンス・シューバーの『ハネムーン』[7]をベラーリア映画館で見る、と当てにしたいのは誰だろう？『きたれ、甘き死よ』[8]は、ショッテントーア[9]の映画館へと移住させられ、スタン・ローレルとオリヴァー・ハーディは『極楽発展倶楽部《サンズ・オブ・ザ・デザート》』[10]とともにペンツィング[11]へ。残るは帝国シネマ、ふたたびフリッツ・ラング、一九時に『口紅殺人事件』、二一時に『条理ある疑いの彼方に』[12]。見越すことのできる将来の見通しのなさからひとまず逃れるには、条ある理《ことわり》。ともかく半世紀前の、映画館に希望がなかった頃よりはマシ。

ウィーン中《Ganz Wien》が上映なしだった、今日のドイチュ＝ヴァーグラムやグミュント、グフェールのように。[13]

（二〇〇一年四月二〇日）

『第三の男』（一九四九年、イギリス映画）とブルク映画館

ウィーンといえばプラーターの大観覧車、ツィターの繊細で美しい響き、という連想は、第二次世界大戦終結直後の雰囲気が濃厚なこの映画に由来するだろう。ウィーンには一〇〇年近い歴史を持つ個性派映画館が数多く存在するが、なかでもリング通りは新王宮（ノイエ・ブルク）そばに位置するブルク映画館はとりわけ『第三の男』と特別な関係にある。一九一二年に創業を開始したこの映画館は、ドイツ語圏では今日でも映画上映といえば吹替え版が主流であるにもかかわらず、創業いらいオリジナル言語での上映を定期的に行ってきた珍しい映画館で（ただし合邦期はのぞく）、八〇年以降は『第三の男』を定期的なプログラムに組み入れている。九〇年代半ば以降は現在（二〇一九年九月）にいたるまで、週に二―三回、この映画を原語で上映し続けている。

いまや観光客にも好評な『第三の男』の定期上映に、アイヒンガーは毎週、居合わせた。その理由の一つに妹ヘルガのエキストラ出演がある。冒頭のホリーとアンナの出会いは、ホリーがアンナの主演舞台を観て、その後、楽屋を訪ねるという流れになっているが、アンナと一緒に舞台で貴婦人を演じる二人の女性のうち、一人がヘルガである。ほんの一瞬、顔が映り、台詞も一文、耳にすることができる。

頻繁に訪れるアイヒンガーに、いつしかブルク映画館の切符販売員が声をかけたという――「あなたはチケット無しでどうぞ。上司と話してありますから」と（エルンスト・グラボフスキーとのインタビュー、二〇〇一年）。

1　旧市内中心の方。
2　ウィーン一七区。

3 戦後ウィーンはソ・米・英・仏により分割統治されたが、一区のみ共同統治された。

4 第四門の墓碑係アンナ・ディーナーについては本書に続くエッセー集『定かならぬ旅』の中の「イギリスを讃えて」でも触れられている。彼女は、伯母クララと飼い猫が亡くなり、第四門、第八列に埋葬されたさいの墓碑係でもあった。

5 二〇〇〇年アメリカ映画。

6 ウィーン一区、一九四七年―。

7 一九三六年ドイツ映画。なお、ハンス・シューバーはハンス・ゼーンカーの間違い。

8 二〇〇〇年オーストリア映画。

9 ウィーン一区。

10 一九三三年アメリカ映画。

11 ウィーン一四区。

12 ラングの両作品はともに一九五六年アメリカ映画。

13 どれもニーダーエースタライヒ州の三〇〇〇―九〇〇〇人規模の村、「グ（g-）」の連想が見られる。

訳者あとがき

一九八七年にエッセー集『クライスト、苔《モース》、雉《ファザーネ》』を発表していらい、断筆していたかにみえたユダヤ系オーストリア人作家イルゼ・アイヒンガー。その彼女が二〇世紀も終わりに近づこうというとき、映画に端を発した自伝的エッセーを新聞紙上で矢継ぎ早に発表し、人々を驚かせた。ウィーンの日刊紙『デア・スタンダード』における連載がもとになっている本書『映画と災厄』（二〇〇一年）は、一九二一年に生まれて二〇一六年に息を引き取ったアイヒンガーの、晩年の活躍の嚆矢にあたる。

堰《せき》を切って言葉があふれ出てきたのは、アイヒンガーがふたたびウィーンに戻っていたことと関係している。幼少期の一時期をリンツで過ごしたものの、それをのぞけば生まれも育ちもウィーンの彼女は、戦後、ロンドン滞在（四七年末―四八年春）やドイツ旅行をへて、五三年、ドイツの詩人ギュンター・アイヒとの結婚を機に故郷を去っていた。ドイツ・バイエルン地方を転々とし、本書でも言及のあるオーストリアはドイツ国境付近のグロースグマイン（ザルツブルク近郊）に二一年間暮らしたあと、ふたたびドイツに戻ってフランクフルトに四年。八八年、ようやっとウィーンに帰ってきた。

本書で主に想い起されるのは、母方でユダヤ系の家族である。一八六八年生まれの祖母は我慢強く、優しかったという。ピアニストの叔母エルナ（一八九九年生まれ）は母ベルタの妹で、大の映画好きだった。この二人がエンジニアの叔父フェリックス（一九〇一年生まれ）よりも頻繁に想い起されるのは、アイヒンガーが一時期、彼女たちと同居していたからであろう。アイヒンガーの両親は、愛書家の父が本の買いすぎで膨らませてしまった借金がもとで、彼女が五歳のときに離婚していた。離婚後、母とアイヒンガー、双子の妹ヘルガは、ウィーン三区はホールヴェク通り一番地の祖母のもとに暮らしており、そこに叔母たち——エルナとクララ（一八八九生まれ、母の姉）——も住んでいた。

幸せなひとときはしかしながら、オーストリアがドイツとの合邦を選んだ一九三八年三月に終わってしまう。伯母のクララ・クレーマーはイギリスに職を見つけてウィーンを離れたものの、三九年、祖母と叔母エルナが家を追われ、叔父ともども集団収容施設（Massenquartier）での生活を強いられた。四一年一〇月、ウィーンで大規模なユダヤ人移送が開始されると、翌年五月六日、三人はミンスクへと移送され、殺害されてしまう。

合邦期のウィーンがアイヒンガーから奪ったのは、祖母、叔母エルナ、叔父だけではなかった。実のところ一家は、ドーバー海峡を越えた伯母クララを追ってイギリスに亡命する計画を立てており、三九年七月四日、まず妹ヘルガがクエーカー派による子どもの輸送（救出活動）の機をとらえてイギリスへ逃れた。ところがその二か月後に第二次世界大戦が勃発してしまい、出国の道は閉ざされてしまう。伯母クララとはもちろん、妹とも離《はな》れ離《ばな》れになった。

母ベルタはというと一八九一年の生まれで、ウィーンの歴史に最初に登場した女医の一人であった（ウィーンの大学で医学の専攻が女性にも許されるようになったのは一九〇〇年のことである）。一九二〇年、ドイツ系のオーストリア人で教師をしていたルートヴィヒ・アイヒンガー（一八八二年生まれ）と結婚し、翌年、双子に恵まれるものの、二七年には離婚。ウィーンの実家に戻ってふたたび医者としての仕事についた。三八年、わけあって子どもたちを連れて六区のグンペンドルファー通り五a番地へと転居する。やがてヘルガが亡命に成功し、三九年、アイヒンガーと母はマルク・アウレル通り九番地の一部屋へと追いやられるが、二人が祖母たちに強制された集団生活を免れたのは、アイヒンガーがナチスの法律用語で言うところの「アーリア人」を父に持つ「第一級混血児」であったからだった。母は、子の養育者としてアイヒンガーに護られた。

母は医者業を解かれ、アイヒンガーには大学への進学が禁じられた。それでも二人は科せられた強制労働を耐え抜き、なんとか戦争を生き延びる。戦後、寝床のない彼女たちに救いの手を差し伸べたのは、戦時中にアイヒンガーが薬局事務所で知り合ったゲルティ・ヴェルツェルの母であった。一七区（ヘルナルス）のその小さな家に、二人を受け入れた。

合邦期の状況を中心にやや詳しく記したが、本書にはもちろん第二次世界大戦後の日々を想うところも多い。想い起される人というところで言うと、「白バラ」の名で知られる非暴力主義のドイツ・反ナチ学生運動の主要メンバーであったゾフィー・ショルとハンス・ショルの長姉インゲ・ショル（一九一七—九八年）とアイヒンガーの間には、一九五〇年から親交があった。彼女の勧めもあって翌年、参加したドイツの文学サークル・グルッペ47の会合で、アイヒンガーはのちの伴侶となるギュンター・アイヒと出会うことになる。五三年に結婚、翌年、長男クレーメンスを、五七年に長女ミリアムをもうける。六三年、一家はグロースグマインの静かな家に移り住み、アイヒンガーは執筆活動に集中。彼女が三か月に渡るアメリカでの朗読ツアーでボブ・ディランから直々にサインを得ることに成功するのは、六七年のことだ。七二年、アイヒの病死。アイヒンガーが看取らねばならなかったのは、しかしながら夫の死だけではなかった。八三年、母ベルタが亡くなり、俳優として、また作家としてもキャリアを重ねつつあった長男クレーメンス・アイヒも、九八年、事故で帰らぬ人となった。

本書でアイヒンガーは、自ら、あるいは他の人の身に降りかかった災厄（原語 Verhängnis には、個人の身に降りかかる宿命、不運、非運といった意味がある）を様々な形で想起する。そのきっかけは通り名や建物など様々であるが、本書で大きな役割を果たすのは、なんといっても映画あるいは映画館である。エッセー執筆当時、アイヒンガーは頻繁に映画館を訪れており、一日に複数本映画を観ていた。多いときには四本も観ていたというから驚きだ。観たばかりの映画への想いは過去の情景を呼び起こす。映画をめぐる思惟は監督や俳優・女優の生に寄り添うかと思えば、映画の世界が現実のそれに重なり現実が批判される……という具合に、映画に端を発した想起の像は、幾重にも重なっている。

そもそも映画館に行くという行為自体が、アイヒンガーにとっては想起とつながっていた。映画が大好きだった叔母に影響されて、アイヒンガーも子どもの頃から映画館に足しげく通っていたのであるから、映画館に行くという行為自体がもうすでに過去の日々の反復をなしていた。そしてなにより重要であったのは、映画館に行ってそこでの暗闇に身を沈めることが、アイヒンガーにとっては自身の消失に等しかったことである。上映中だけでも消えていられる。そして、それがいつしか邂逅の場となった――スクリーンにきらめく銀幕のスターたちはもちろん、殺された祖母、叔母、叔父、離れ離れになった伯母、妹、友たちをはじめとする、消えていなくなった人々が、ふたたび浮かんでは消えた。

アイヒンガーの想起は、言葉の上でも映画的想起と呼ぶに相応しい。「AだからBだ」あるいは「AにもかかわらずBだ」と脈絡を強要することなく、ただ「Aだ、（そして）Bだ」と言葉に言葉を続ける。イメージ喚起力に富む言葉の連なりは、思わず連像的と言いたくなるほどで、読者はエッセーを読みながら、映画を観ているかのような錯覚にとらわれるに違いない。

映画館で学んだ想起のあり方は、映画に触発されたわけではなさそうな想起のさいも力を発揮する。例えば、エドガー・アラン・ポーをめぐるくだり。以下は、ポーが陸軍士官学校で士官候補生になった、という内容に続く段落である。

そうこうする間に、ふたたび彼を腕に抱くことなく、母が死なねばならなかった。リッチモンド劇場は焼失した——ブルク劇場での火災のときと同じように、安全ではなかった。リッチモンド中が喪に服した、「国家的服喪」へといたる者はいなかった。とはいえリッチモンドの雰囲気は、充満していた。（二一〇頁、強調は訳者）

ひとまずは言葉を丁寧にたどってみよう。ふたたびポーを腕に抱くことなく息絶えたのは彼の養母フランセスで、一八二九年二月、リッチモンドでのことだった。実母エリザベスの方は一八一一年一二月八日に死に、その直後の一二月二六日、リッチモンド劇場が焼失している。劇場の火事といえば、ウィーン一区にあるブルク劇場も第二次世界大戦の終戦時に火災に見舞われた。リッチモンド中が服した喪に「国家的服喪」の言葉が続いたのは、エッセー執筆当時（二〇〇一年二月）、その数か月まえに生じたケーブルカー火災事故後に隅々から倦むことなくオーストリア中に轟いた「『国喪』！」（二一七頁）が念頭にあったからであろうか。あるいはブルク劇場の火災後の、すなわち第二次世界大戦終戦時のオーストリアの状況を国家的服喪として皮肉ったのかもしれない。いずれにしてもリッチモンド中は喪に服したが、それはオーストリアにおける喪、すなわち国家的服喪とは違っていたという。

上記のように説明してしまえば文章の魅力を殺《そ》ぐだけであるが、要するに最小限の言葉でもってなされる想起が映画的と言えるのだ。引用箇所では歴史の線的な時間軸が破られ（実母の方が養母より先に死んでいるし、リッチモンド劇場が燃えたのもブルク劇場が燃えるずっとまえのことである）、一九世紀と二〇世紀が行ったり来たりする。リッチモンドは地理的にも時代的にも異なるウィーンと短絡《ショート》させられ、さながらモンタージュ技術を駆使した映画のワンシーンのようだ。

映像が多義的に読めるように、アイヒンガーの想起の像も多義的である。印象的な箇所を一つ挙げるとすれば、彼女が「一〇〇年の映画史のなかでもっとも美しい映画」と称賛する、マックス・オフュルス監督映画『恋愛三昧』を想うところ――

> 一〇年後、そのマックス・オフュルスが『恋愛三昧』を制作した、一〇〇年の映画史のなかでもっとも美しい映画、評論家たちが見に行くような映画ではないけれど。通俗性へと向かう映画史の一つ一つのさらなる試みを――シュニッツラーを原作として――オフュルスが不必要なものにさせるとは、予期せぬことだった。道と道が交差するところにある、一つの映画、これがあればスピルバーグやタボリの作品なんて、なくても大丈夫。実のところ一つの交差点、華々しいわけではぜんぜんなかった一つの生が、小都市ザールブリュッケンからただひたすらゆっくり逃れて、俳優五人の身のこなしを指示してゆく、破滅への道はスレスレのところ。この映画へといたった一つの生の、その跡に、私はとどまり続けてみよう。その生に他でもない「恋愛三昧」が成功していたら、それで容易に足りていたのであろうけど。（一五三―一五四頁、強調は訳者）

オフュルスについて述べている箇所で、「交差するところ」にある「道」とは、一義的には通俗性へと向から映画史とそうではない映画史（「評論家たちが見に行くような映画」史）を指しているのだろう。けれども読み進めていくと、彼の俳優としてのキャリアと演出家としてのキャリアのことでもあり、さらにはオフュルスの生とアイヒンガーの生、あるいは叔母エルナの生でもあるのではないかと思えてくる。「破滅への道はスレスレのところ」にいたのはオフュルス自身（キャリアの曲がり角）と俳優たち（物語の破滅的クライマックス手前）であったが、当時のアイヒンガーたちの生だって崖っぷちにあった。「この映画へといいたった一つの生」とは、だからオフュルスのそれであると同時にアイヒンガーの、あるいは叔母の生でもあるだろう。

アイヒンガーの原文は、ともすれば想起の対象と想起する彼女自身が重なり合う。映画の景域を「避難所であると同時に距離を置く場所、自らの人格へと向かって、それでいて自らの人格から離れて」（八七頁）と定義するアイヒンガーが、まさにそのような仕方で——没入すると同時に、一歩ひいて——映画を観ているからだろう。

人々が消えていなくなった場所として、と同時に消えていなくなった人々にふたたび出会う場所として、アイヒンガーの想起の起点をなすウィーン。思い切って本書をその都市論として読んでみると、なかなかどうしてウィーンは両義的である。

例えば、西洋の東の砦として発展してきたという歴史的経緯。本書がローマ時代の言及に始まるのも、ウィーンがまさにローマ時代に開拓された都市で、ホールヴェク通りはその軍用道路に通じる道だったからであろうが、メッテルニヒの箴言（「バルカン半島はレン通りに始まる」二三頁、注8を参照のこと）に従えば、一番地のその家はもう「アジア」に位置していた。母方の一家の生まれ故郷でもあった東ヨーロッパに憧れを抱くアイヒンガーは、いわば「東」（ホールヴェク通り）から「西」（ウィーン市内）を眺めていた形であるが、はたして彼女の経験も、その構図に説得力があるものとした。「大英帝国のクイーンが冠を戴くのに似て、年がら年中かつらの上にいつも同じ大きな帽子を戴いている、そこでの『クイーン』の疑い深いまなざし」（八七頁）に特徴づけられるベラーリア映画館（一九一九年—）は、ハインリヒ・ザブリク地域のやや西は七区に、イワン・ペトロヴィッチ演じる白ロシアの将校たちが登場するファザン映画館（一九〇八—七五年）は東側の三区に位置していたのだから。もっともホールヴェク通りから程遠くないロシア正教会が「ヨーロッパ」に位置していたことからも察せられる通り、「東は、東だけにあるのではなかった」（七八頁）から、ウィーンの中に西の地域と東の地域があるというより、ウィーン自体が西でもあり東でもあったと言うべきであろうか。いずれにせよそうしたウィーンにあって、アイヒンガーが心を寄せるのは東の方である。が、その東は東で、幸福な幼少期の想起とともにある一方で、死へのそれ（中央墓地、死の収容所）がつきまとう。

ウィーンの宗教性や音楽的伝統についても、アイヒンガーの想起にあっては両義的だ。カトリックの街として教会や修道院に事欠かなく、修道会学校に通っていたアイヒンガー自身も、どこか懐かしさとともにウィーンの宗教的雰囲気を想い起す。けれども頻繁に耳を傾けた夕べの祈禱への想起は、「祈禱にそれほど熱がこもっていなく、何度もちらりちらりと空《くう》を見ていた」（七八頁）娘へのそれとともにあり、なにより修道女たちの宗教的信仰は「外側の構造に見合うことがほとんどできず、それに対置できる何かを、それにふさわしく、場合によってはそれに対抗できた何かを、ほとんど持ち合わせていなかった」（五〇頁）。クラシック音楽の都としてのウィーンも同様で、リヒャルト・シュトラウスやフランツ・レハールといった作曲家、あるいは『ラインの黄金』や『フィデリオ』といった歌劇が引き合いにだされ、日々の生活の一部になっているウィーンの音楽的伝統の一端が想われる。けれども一方で、そのようなウィーンにあってピアニストとして音楽アカデミーで教えるほどの腕の持ち主だった叔母エルナは、オーストリアがドイツと合邦するやいなや職を追われ、やがて拷問と死へと移送されてゆく。

そのような両義性に特徴づけられるウィーンに生きた、ないしは生きる人々を、アイヒンガーは一人ひとり丁寧に想い起す。戦時中、税理士のもとで働かされていたときに無料で診てくれた内科医、薬局事務所で気遣ってくれた支配人オットー・エーラー、ゲルティ・ヴェルツェルをはじめとする人々が、彼らにできる範囲でアイヒンガーを助けて、まえに進ませてくれた。一方で、祖母の家の斜め向かいにあった小売店の女主、人々から「テレース」と呼ばれていたその女、あるいはアイヒンガーと母を毛嫌いしたマルク・アウレル通り九番地の家の女主、税理士ハインリヒ・ザブリク、これらの人々は、彼らなりの仕方で迫害に加担した。戦後のウィーンはというと、老齢のアイヒンガーの、帝国シネマへの道をともにしてくれた「ジャンキー」(二四一頁)や、映画館で偶然となり合わせになった「ごろつき」(二四五頁)といった人々が登場する。これら歴史書にはのらない市井の人々が、「自分たちが誰の手に落ちるかを選ぶ権利は自分たちのもとにある、とずっと信じてきたし、いまだに相も変わらず信じ続けている」(六九頁)人々に特徴づけられるウィーンの周縁性を定義する。

迫害する側に回った、あるいはそれに抵抗をしなかった人々が生き続けていく——そのことを、どう考えたらよいであろう。「アイヒンガーさんはいつもしっかりと観察しておられて、機敏な同時代人といいますか、文学の枠を広く超え出ていらっしゃいました」と水を向けられて、一九九七年、アイヒンガーが次のように答えているのが印象的だ(コルネリウス・ヘルとのインタビュー)。

ええ、私は本当のところ、文学よりもそういった振る舞いをただ求めていまして、いつも、生きていける人々を探すのです。近所に小売店の女主がいるのですが、その人も例えば生きることができます。彼女には驚嘆させられます。ですから私は、どうでもいい理由を見つけては、いつもそのお店に行くのです。ただ彼女をじっくりと観てみるためにね。彼女が自分自身と人々と、人生と、どうやって折り合いをつけているか、その様子を観るのです。そこに男がいることは決してありません。彼女はひとりなはずなのです。でも、生きていけるのです。だから、そういう技（Kunst）がひじょうに大切です。もっとも大切なのです。

自らが迫害を生き延びたウィーンで、アイヒンガーは「生きていける人々」を探す。映画館の中だって例外ではない。ドキュメンタリー映画界の大御所レニ・リーフェンシュタール、ドイツ演劇界の大物グスタフ・グリュントゲンスにマリアンネ・ホッペ、戦前のドイツ映画黄金期を築いたフリッツ・ラング等々。ユダヤ人迫害・絶滅を加害者側に近いところで生き延びたこれらの人々を映画館で見つけては、観る――彼らは戦後をどのように生きたか、生きているか。まるで彼らのナチス時代の生が、その後の生き方によってても、あるいはそれによってこそ推し量られる、とでもいうように。

＊

本書においてアイヒンガーは、ふとした瞬間に想い起こした過去の断片を、その儚さも含めてとらえようとする。伝統的な意味での物語を放棄した、むしろ報告や証言に近い、切れ切れの想起の跡としての本書は、読書を戸惑わせるかもしれない。どう読めばいいのだろう、と。

例えばアイヒンガーが道を、映画を、そこに映る人々を観るのと同様の仕方で彼女の言葉を観てみてはどうだろう。同じ道でもその深さ（歴史や個人的経験）や広がり（他の道や建物との関連）がわかれば、「あるものであると同時にまったく別のもの」（二二〇頁）となるように、アイヒンガーの言葉も、深さ（指示あるいは意味しうる事柄）や広がり（映画や書籍、人物との関係など）がわかってくると、つかめそうになってこないだろうか。あるいは、わかる・わからないとは別の次元で、アイヒンガーと同様の仕方で、巷にあふれる観光案内書の代わりに本書を手に、ウィーンを散策してみたらどうだろう？　ホールヴェク通り一番地をまえにして、そこに生きた人々の幸せの跡をたどる——。もっと身近に、自分が生きた、あるいはいま、まさに生きている場所でもいい。そこで生きられた生を、潰えてしまった夢や抱かれた希望を想う、そんな仕方で自らにとって大切な場所を歩いてみては？　歩いてごらん、アイヒンガーは、そう語りかけているのかもしれない。

本書でアイヒンガーを知ったという読者の方々には、邦訳されている初期の作品群も合わせて手に取っていただければ幸いだ。第二次世界大戦の日々を報告するつもりで書いたという小説『より大きな希望』（一九四八／六〇年、拙訳二〇一六年）では、死へと向かって迫真の遊戯に生きる子どもたちの気魄に圧倒されることだろう。短編集『縛られた男』（一九四八—五二年、真道杉・田中まり訳二〇〇一年）では、希望と絶望、誕生と死、自由と束縛といったものの不可思議な反転関係に気づかされるに違いない。言語実験的要素の強い中期の作品群はいまだ邦訳が待たれるが、本書に続くエッセー集『定かならざる旅』（二〇〇五年）は一部が訳されている（山本浩司訳『Deli［デリ］八号』二〇〇七年、一四—四七頁）。「映画を見ること」とは「本質的に旅に出ること」（加藤幹郎『映画館と観客の文化史』二〇〇六年、一八九頁）なのだから、自伝的エッセー第二弾のタイトルに「旅」とあるのもうなずける——もちろんアイヒンガー流の、ひと癖もふた癖もある想起の旅。

『より大きな希望』に引き続き、東宣出版に本書翻訳の機会を設けていただいた。この場を借りて、深く感謝したい。編集部の津田啓行さんには、人生を、生に始まり死に終わるものとしてではなく、現れる・消えるという観点からとらえていくアイヒンガーの独特な知性と感性に賭ける思いを、分かち合っていただいた。

なお訳者の方で適宜、注を加えた。フォントを小さくして、すぐにそれとわかるようにしてある。巻頭の地図も、今回あらたに作成されたものである。

二〇一九年九月

小林和貴子

Quellennachweise / 出典一覧

S. 84 Ufa-Plakat – aus: Fritz Lang. Leben und Werk. Bilder und Dokumente, hg. v. Rolf Aurich, Wolfgang Jacobsen u.a., Jovis Verlag, Berlin 2001, S. 125

S. 90 Deutschlandbilder – Foto: Viennale-Katalog 2000

S. 102 Marianne Hoppe – © Stefan Moses, München

S. 108 Lya de Putti – aus: Johannes Zeilinger: Lya de Putti. Ein vergessenes Leben, Karolinger Verlag, Wien/Leipzig 1991, S. 78

S. 112 Bill Brandt: Street photographer's background, ca. 1930

S. 126 Bill Brandt: A room in Haworth Parsonage, „Bill Brandt visits the Brontë country", „Lilliput", May 1945

S. 138 Zwei in einem Boot – privat – Deutsches Literaturarchiv Marbach

S. 140 Ernst Jandl: im park – aus: E. J.: poetische Werke, hg. v. Klaus Siblewski, Bd. 9 (idyllen stanzen), Luchterhand Literaturverlag, München 1997, S. 57

S. 144 H. C. Artmann mit seinem Bruder Erwin – privat – aus: H. C. Artmann, Dichter, hg. v. Jochen Jung, Residenz Verlag, Salzburg 1986, S. 7

S. 148 Bill Brandt: East End morning, September 1937

S. 152 Wo bleibt der zweite Schuss? – Werbungsfoto Film 1932, Stiftung Deutsche Kinemathek

S. 160 Fritz Lang im amerikanischen Exil, 1938 – aus: Fritz Lang. Leben und Werk. Bilder und Dokumente, hg. v. Rolf Aurich, Wolfgang Jacobsen u.a., Jovis Verlag, Berlin 2001, S. 276

S. 166 Bill Brandt: Are we planning a new deal for youth? „Picture Post", 2 January 1943

S. 182 Bill Brandt: Girls looking out of a window, Stepney, February 1939

S. 200 Bill Brandt: Boys peeping, „A Night in London", 1938

S. 202 Bill Brandt: The Natural History Museum, London, „Odd corners of museums"

S. 224 Bill Brandt: Spring in the Park, „Picture Post", 10 May 1941

S. 236 Bill Brandt: The Man Who Found Himself Alone in London, „Picture Post", 18 January 1947

S. 240 Izis Bidermanas: Müder Matrose, Picadilly Circus, ca. 1953 – aus: London in Photographien 1839 – 1994, hg. v, Mike Seaborne, Eulen-Verlag, Freiburg 1995, S. 203

S. 244 Friedhof der Namenlosen – © Geyrhalter Filmproduktion

S. 250 Das Aufbauen des Verschwindens – Foto: Viennale Katalog 2000

S. 254 Bill Brandt: A Lyons Nippy (Miss Hibbott), 1939

S. 260 Riesenrad – Archivfoto: ÖNB (Österreichische Nationalbibliothek) Wien, Signatur: O 61/16-16A

［著者紹介］
1921年、ウィーンに生まれる。第二次世界大戦後、大学で医学を学び始めるものの、執筆に専念するために中退。唯一の長編小説『より大きな希望』（1948/60年）は、異彩を放つ戦後文学として広く読み継がれている。短編「鏡物語」（『縛られた男』所収）に与えられたグルッペ47賞（52年）を皮切りに、ネリー・ザックス賞（71年）、ペトラルカ賞（82年）、偉大なるオーストリア国家賞（95年）他、数々の文学賞を受賞。80年代以降は執筆活動を休止していたかのようであったが、今世紀に入り、本書をはじめとする自伝的エッセー集を発表している。2016年、ウィーンに没する。

［訳者紹介］
慶應義塾大学、ハンブルク大学で学ぶ。現在、学習院大学文学部ドイツ語圏文化学科准教授。二十世紀ドイツ語圏文学、オーディオドラマやオーディオブックを研究。訳書に『より大きな希望』（東宣出版）。

映画と災厄　生にフラッシュを

2019年10月30日　第1刷発行

著者
イルゼ・アイヒンガー

訳者
小林和貴子（こばやしわきこ）

発行者
田邉紀美恵

発行所
有限会社 東宣出版
東京都千代田区九段北1−7−8　郵便番号102−0073
電話（03）3263−0997

ブックデザイン
塙浩孝（ハナワアンドサンズ）

印刷所
株式会社 エーヴィスシステムズ

ISBN978-4-88588-098-8　C0098

より大きな希望

イルゼ・アイヒンガー
小林和貴子訳

戦渦に翻弄される少女の運命を
幻想的に描いた名作

「すべてが青一色になる場所があるってことを信じ続けるんだ。何があろうとも、だよ」——ナチス・ドイツ合邦期のウィーンを舞台に、〈青一色の世界〉を探しもとめる少女エレンの軌跡を描いた物語。作家の自伝的要素に、歴史、宗教、伝説、民謡を織りまぜた10の断章が、イメージ豊かな幻想世界を紡ぎだす。ユダヤ系女性作家イルゼ・アイヒンガーの、最初にして唯一の長篇小説。